青春言情,就看纸上偶像剧

墨汀汀 著

苏叙环住了她的腰,眼底慢慢变得幽深,说:"原来你喜欢打C位的男人。"

"你打哪个位置我都喜欢。"陆惜的眼睛里满满的都是情意。

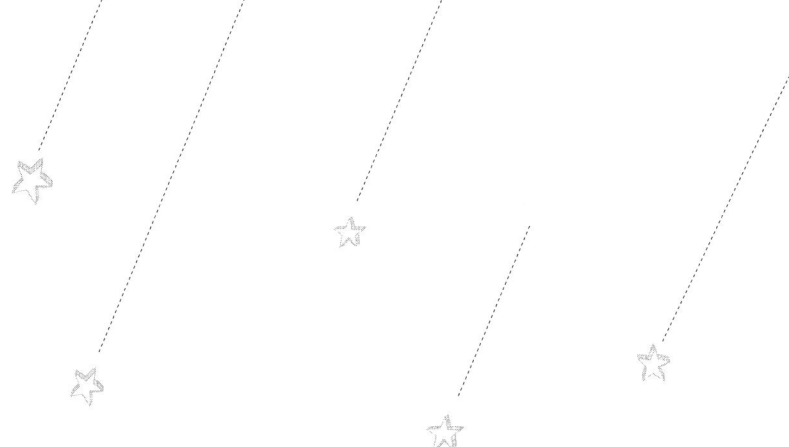

苏叙吐出的烟雾隔在他们中间,使得他的表情有些莫测:"撩我这么久,现在打算拍拍屁股走人?"那上扬的尾调宛如羽毛,划过心尖。

正当她要解释的时候,苏叙的脸在还没消散的烟雾中逼近。他空着的那只手按上了她的后脑,不容拒绝地吻上了她的唇。

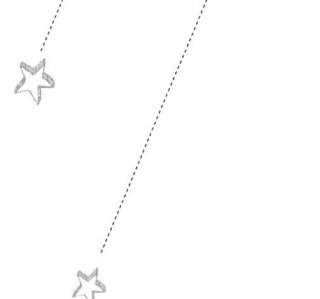

不是喜欢美少年，只是因为喜欢你，顺带喜欢你少年时候的样子。
认识你、喜欢上你的时间有些晚，所以要收藏一张你过去的照片填补遗憾。

紧张、热血、专注,这就是电子竞技的魅力。

他们只有一次机会。这一次是复仇,是打脸,是破釜沉舟、背水一战。

只有经受过荣耀的洗礼、目标明确且坚定的人,才能在这条路上,不受得失影响,宠辱不惊!

目录 —— Contents

Chapter 01 ——— 远古大神 ——————————— *001*

他是最早打职业的远古大神,几乎拿遍国际赛事的冠军,唯独就缺了波士顿世界联赛这个含金量最高的冠军。

Chapter 02 ——— 世界第一C位 ——————————— *015*

陆惜最后终于想到了一个完全符合条件却又不可能来的人——苏叙。
他是大家心中的世界第一C位,也是国内一代玩家和职业选手的信仰。

Chapter 03 ——— 你是我信仰 ——————————— *042*

这样一个雨夹雪的傍晚,在N大的图书馆里,她见证着电竞传说即将回归,四个走投无路的少年将另辟蹊径继续追梦。

Chapter 04 ——— 大神秒变小学生 ——————————— *057*

苏叙抬头,发现陆惜已经躺在沙发上睡着了。
她睡相很好,发梢盘在精致的锁骨上,红色的桃心被发丝覆盖着。
深夜看到这样的景象还是很有冲击力的。

Chapter 05 ——— 一个字:行 ——————————— *075*

"还行是多行?"陆惜只觉得一瞬间自己就被笼罩在了他的身影之下。
苏叙眼中浮现出的笑意慢慢中和了身上的气场。他意味深长地问:"你问我有多行是不是太不好?"

Chapter 06　　　　**见人说人话，见你只想说情话**　　　095

苏叙声音里带着调侃说："你要是始乱终弃，空空他们会很失望的。"
"我怎么可能放下他们不管？"说完，陆惜又忍不住怼他一句，"我要始乱终弃也是对你。"

Chapter 07　　　　**女人的世界太复杂**　　　115

陆惜用带着点撒娇和调侃的口吻说："苏皇，教教我打游戏啊。"
苏叙抬头，对上她满脸的笑意，眸光变深，问："你这么厉害还用教？"

Chapter 08　　　　**我的小狼狗**　　　138

"苏皇怎么都不说话？"她看向对面的他，眼尾勾起一弯明艳的弧度，"难道吃醋了？"
"惜姐希望我吃醋？"上扬的尾调透着别有用心。

Chapter 09　　　　**傲娇的他**　　　169

苏叙吐出的烟雾隔在他们中间："撩我这么久，现在打算拍拍屁股走人？"
陆惜一愣。那上扬的尾调宛如羽毛，划过心尖。

Chapter 10　　　　**我有场恋爱想跟你谈谈**　　　198

苏叙看着她，刚要开口，她又说："没什么，我就想问问你，上次亲我是什么意思？"
靠在椅背上的苏叙摘掉只戴了一只耳朵的耳机，眼底浮现笑意，若有所思地看着她。

Chapter 11 —————— **能抱住你是我的过人之处** —————— *217*

她抬起头,在他线条好看的下巴上轻轻咬了一下,没好气地说:"你是故意的!"
"是你投怀送抱,我只是顺手丢了个控制。"说完后,苏叙托着她的下巴让她抬起头,吻上了她的唇。

Chapter 12 —————— **惜姐,我想要奖励** —————— *263*

明明还很热,却能感觉到空调吹得身上发冷,陆惜低头,发现雪纺衬衫的扣子不知不觉几乎全开了。
她脸一红,职业选手的手速就是不一样。
"惜姐,要是拿了冠军,能不能跟惜姐要点奖励?"

尾 声 —————— **新赛季,继续** —————— *295*

新的赛季,还在继续。
追梦的步伐永远不曾停下。

CHAPTER 01

远古大神

他是最早打职业的远古大神,几乎拿遍国际赛事的冠军,唯独就缺了波士顿世界联赛这个含金量最高的冠军。

01

2018年的夏天,美国波士顿的州立体育馆内刚刚结束了一场全世界规模最大、奖金最为丰厚的电子竞技比赛的总决赛。

在全场高呼"USA!""尤斯塔!"时,两个身影分别从体育馆的两个出口离开,前往洛根国际机场。

陆惜乘坐的是飞往上海浦东的国际航班。在飞机过了起飞阶段开始平稳飞行后,她打开手机连上了机舱的Wi-Fi。

接连不断的提示音吸引了周围乘客的目光。陆惜把头低得很低,看着来自同一个人的消息,眼眶渐渐红了。

这些消息都来自她的男朋友,不,现在已经是前男友,就是此刻名字依然响彻波士顿体育馆的天才少年尤斯塔。

看完这些千篇一律、根本不走心的道歉语句后,陆惜抹了抹快要掉下来的眼泪,开始回复。

打了长长一段英文之后,陆惜又一下子全删了,最后只打了一串脏话:"睡粉就是睡粉!哪来的借口?就算是刚刚拿了冠军的天才少年也不行!"

就在她按下发送键的时候,身边传来了一声轻笑。

她撩开阻挡视线的长发皱着眉看过去,发现是一个穿着一身黑衣、戴着顶黑色鸭舌帽的年轻男人。压得很低的帽檐让他的大半张脸完全落在了阴影里看不清,唯独嘴唇和下巴露了出来,嘴角的一弯弧度看起来很闲适。

又看了眼他手上平板电脑正在播放的视频,陆惜收回目光。

原来是个巧合,这个男人没有偷看她聊天。

简单粗暴地回完尤斯塔的消息,陆惜关掉后台,平复心绪,打开了网页。

国内相关专题报道上已经铺天盖地都是"中国新人战队不敌,Closer战队拿下第七届波士顿世界联赛冠军""19岁美籍捷裔少年尤斯塔获得千万奖金"这样的标题了。

美国和中国虽有时差,但从凌晨看比赛一直看到中午的网友却依然很多。陆惜翻着他们的评论,忽然听到旁边一个模糊不清的声音响起:"借过一下。"

她坐的是左侧三人位置中靠过道的一边,

说话的是她旁边那个穿着黑衣服的年轻男人。此时黑衣男人已经站了起来,陆惜抬起头,依然没看清他藏在阴影下的脸。

好神秘。

她收了收腿,发现这个男人的身材很高大,估计过去有些困难,就准备解开安全带站起来给他让路。可谁知黑衣男人并没有意识到她要站起来,刚好准备过去。

陆惜的头撞到了黑衣男人插在口袋里的手臂,猝不及防,他的手机从口袋里滑出来,掉在了她的腿上。

"抱歉。"陆惜重新坐回来,要把手机拿起来还给黑衣男人的时候,黑衣男人正好弯下腰。

她的手臂打掉了他的帽子。

这些状况都发生在一分钟之内,巧得不行。陆惜下意识地抬头看向黑衣男人。刚刚看到一个高挺的鼻子,头上就忽然一重,被人按了下去,仿佛不想让她看到脸一样。

黑衣男人按着她的头,飞快地捡起帽子戴在头上,说了句:"抱歉。"然后,他拿着手机走向了洗手间。

这声音似乎在哪里听过。

陆惜抬起头,只能在过道里看到一个高大的黑色背影。头顶被那只大手按着的感觉还在,心中的气愤让她忽略了那声音带给她的异样。

太没有礼貌了!

黑衣男人从洗手间回来的时候依旧把帽檐压得低低的。坐下来后他一句话都没有再说过，又看起了视频。

陆惜忍不住看了他几眼。他的坐姿看着有些别扭，双腿交叠屈起，前后排座位之间的空间好像根本不够他伸腿一样。

不过这个男人确实很高。

接下来一路都很平静，刷了会儿网页之后陆惜就开始犯困，没多久就睡着了。睡梦之中，陆惜隐约觉得自己靠在了一个肩膀上，她调整了一个舒服的睡姿，醒来以后却发现自己睡得很端正。

她看了眼旁边的黑衣男人。他没有在看视频，藏在阴影里的脸看不清神色，应该也是睡着了。

02

从波士顿飞上海要十几个小时，中间还要转机，飞机落地的时候已经是第二天了。

终于回国了，这次回家不知道要被骂得多惨。想着这些，陆惜的心情很沉重。

拿行李、过海关，那个黑衣男人始终走在她后面。

到了出口，看到一群手里拿着带"××游戏""××娱乐"标志话筒的记者，陆惜下意识停下脚步。这些人应该是为了蹲点等坐下一班航班从波士顿回来的职业选手，顺便提前蹲一蹲看有没有偷偷去看比赛的退役大神的。

陆惜和尤斯塔是姐弟恋，因为尤斯塔跟她在一起的时候只有18岁，所以这段恋情饱受争议。再加上尤斯塔性格嚣张，话题度很高，因此连带着陆惜也成了电竞圈知名人物。

不想被这些媒体抓住，陆惜准备等一会儿混在人堆里一起走，可谁知背后忽然被人推了一下，让她往前一栽，差点摔倒。

"哎呀——"惊呼了一声,她回头正好看见之前坐在她旁边的黑衣男人朝出口的反方向转身。

直觉告诉她,就是他推的。

陆惜气愤地想要去找他。第二次了,这个男人太没有礼貌了。

他们难道有仇?

"这不是陆惜吗?"不知道是谁先叫了一句,记者们迅速朝陆惜围过来。

陆惜在心里骂了句脏话,停下脚步,不甘心地看着那个黑衣男人越走越远,随即回头,脸上露出非常官方的微笑。

"尤斯塔刚刚拿下冠军,陆小姐不陪他庆祝,反而回国了?"

"这次冠军队的奖金高达912万美元,估计尤斯塔个人能拿到折合人民币近千万元的奖金,陆小姐是不是因为看到了他的天赋才跟他在一起的呢?"

"尤斯塔今年才19岁,相差六岁的姐弟恋会让你心中有压力吗?"

记者们的问题都非常犀利,几乎每句都不离"尤斯塔"。接连不断的提问和不断逼近的镜头就像是洪水猛兽,陆惜被包围在中间,几乎都要被淹没了。

几次想要逃走都没找到机会,她只能用微笑掩饰自己因为失恋低落的情绪。

"我跟尤斯塔已经分手了。"忽然,她的声音让现场安静了下来。因为围着她的记者太吵,她不得不用很大的声音来压过他们。

这句话她几乎是喊出来的。

不远处那个看了会儿热闹、准备转身离开的黑色身影停了下来。

这是个大新闻!

记者们在一瞬间的错愕之后,眼睛变得比原来更亮。就在他们准备发起更猛烈的提问的时候,有人惊讶地叫道:"苏皇!那不是苏皇吗?"

一瞬间,所有媒体的目光都被吸引了过去,就连陆惜也回了头。

苏皇并不是一个人的名字,而是这个圈子里所有的玩家、粉丝和选手给一个人加冕的称号,是许多人的信仰和青春。

苏皇,本名苏叙,游戏ID(账号):SUGER。

苏叙像是也刚刚下飞机,一身黑衣,背着一只黑色的包。他一边朝记者走过来,一边抬了抬鸭舌帽的帽檐,把整张轮廓英挺的脸露在灯光之下。

飞机上坐在她身边的那个男人竟然是苏叙！怪不得他总是压着帽檐，怪不得帽子掉下来的时候他按着她的头，原来是怕她认出他！

刚刚就是他把她推到了媒体面前！

陆惜恨得咬牙切齿。

"苏皇好久不见，你也是从波士顿回来的吧？对于总决赛和尤斯塔，你有什么看法？"

大概是陆惜的眼神攻击性太强了，苏叙看了她一眼，那双带着几分懒散的眼睛里闪过笑意，回答说："尤飘飘确实是个有天赋的少年，但并不是不能被超越的。我很看好我们国家的新战队，也就是这次的亚军Shape。"

尤斯塔的游戏ID叫float，因为少年成名性格非常嚣张，整个人很飘，而他的游戏ID也有"飘"的意思，所以国内观众给他取了个外号叫"尤飘飘"。如果要深究这个外号的由来，还要归到苏叙头上，因为这是他叫出来的。

苏皇和尤飘飘这两个称号放在一起是十分敏感的。

会来事的媒体立即看向陆惜问："陆小姐，你觉得苏皇说得对吗？"

苏叙是这个圈子的传说，但传说终究都是不圆满的。

他是最早一批打职业的远古大神之一，几乎拿遍国际赛事的冠军，唯独就缺了波士顿世界联赛这个含金量最高的冠军。两年前的第五届波士顿世界联赛是他退役之前打的最后一场比赛，那一年正好也是尤斯塔第一次打职业。

他们在决赛相遇，苏叙所在的战队输给了尤斯塔所在的战队，止步亚军。苏叙遗憾退役。而那时只有17岁的尤斯塔凭借这场和苏叙的比赛，登上神坛，一战封神。

苏叙的失败成就了17岁的尤斯塔。尤斯塔年少气盛，性格张扬，比赛结束后还在自己的主页嘲讽老牌大神们已经年纪大了，操作和意识都跟不上了，暗指苏叙。

他们可以说是敌对的。

要是放在以前，陆惜肯定毫不犹豫地替尤斯塔说话，猛踩苏叙，反正她已经不是一次两次在采访里、在网上踩他了。

可是现在不一样。

存着报复尤斯塔的心思，陆惜露出了一个无懈可击的笑容说："我觉得苏皇说得很对。Shape是个很了不起的战队，在系统化和专业化的管理之下一定会更好。尤斯塔也不是不可超越的。"

在跟尤斯塔谈恋爱之前，她就是Closer战队的副经理。跟尤斯塔在一起后，更是陪着他到世界各地打比赛，所以她对各个战队都很了解。这个叫Shape的中国新人战队，起先是五个20岁左右的少年自己组成的网吧队，一路打进了世界联赛的总决赛，可以说是非常了不起了。

这算是公开怼前男友？媒体们看热闹不嫌事大，想让陆惜多说一点。

苏叙在旁边笑着说："这是陆小姐在采访里说过的最公正的话了。"

陆惜瞪了他一眼。谁要他来点评了？

苏叙一开口，记者们的注意力便被他吸引，又开始追着他不放。"苏皇，您退役得突然，现在年纪也不大，有没有想过复出或者开直播？"

"我坐了那么久的飞机非常累，需要休息了，下次再聊吧。"说着，苏叙压低了鸭舌帽，把脸遮住了大半。

媒体们着急了。下次？下次抓到您得是什么时候？您出现的频率跟濒临灭绝的珍稀动物差不多啊！

可是苏叙就是油盐不进，媒体拿他这样的老油条一点办法都没有，只能眼睁睁看着远古大神走掉。

陆惜也趁机逃离了媒体的视线。

出机场到打车的地方，看到前面黑色的身影，陆惜冷笑了一声。

"苏叙！"他们本来关系就不好，今天遇上也算是冤家路窄，根本不用客气。

苏叙回头。因为帽檐压得很低，挡住了视线，他不得不微微抬起下巴。

这眼神……陆惜觉得自己被蔑视了。

她不由得站直了身体，拉长了自己的曲线，然后拢了拢微卷的长发说："今天出来的时候是你在后面推了我一把？"她一直很在意跟尤斯塔的年龄差，所以平时都是往年轻、清纯里打扮，但是她的身材完完全全就是个御姐，只要是有意拔高自己的时候，气场还是很足的。

苏叙没有否认，却也没有直接承认，而是说："要不是我，你现在还在被媒体包围着。你应该谢谢我。"他的语气里带着笑意，再加上那懒散的目光，整个人的状态看起来非常舒适，但在陆惜眼里非常欠揍。

陆惜挑高了眉毛。

这么说来，她还得谢谢他？

就在她要开口骂他无耻的时候，等出租车的队伍正好轮到苏叙了。

他侧过身体把路让给陆惜，绅士地打开车门，说："女士优先。"

后面的车还没有来，这是唯一的一辆。陆惜给了他一个白眼，然后毫不客气地上了车。

03

第二天，国内电竞新闻铺天盖地都是"陆惜、尤斯塔分手""苏皇退役后首度出现"，甚至还有什么"陆惜、苏皇波士顿携手归来，尤斯塔会不会选择原谅她"的文章。

陆惜气疯了，心里狠狠地把尤斯塔和苏叙骂了一遍。

在上海休息一晚后，她退了酒店的房间，坐上回家的高铁。她的家在苏州。

陆惜是突然回来的，没有通知父母，所以傍晚她打开家门的时候，陆爸爸陆妈妈吓了一跳。

"陆惜，你怎么忽然回国了？"陆妈妈问，"这次回来多久，什么时候回去？"

陆惜没想到两个姑姑也在，笑着打了声招呼。她本来不想在两个姑姑面前把回来的原因说出来的，可是架不住陆爸爸和陆妈妈反反复复地问。

"我不回美国了，以后都在国内。"

陆妈妈愣了一下，问："那小尤呢？"

"我跟他分手了。"说完，陆惜不敢看几个长辈的表情，拖着箱子回房间关上了门。

她跟尤斯塔本来准备过两年就结婚的,家里把她的嫁妆都准备好了,全都在她的银行卡里。嫁去美国,什么都没有钱当作嫁妆来得实在。

她连婚礼都想好了,在国内办一场中式的,再去美国办一场西式的,可谁知出了"睡粉"这件事。

真是瞎了眼。

04

四个月后。

11月25号,国内电竞圈发生了一件大事。

Shape战队的五名成员未经协商擅自离队,被游戏联盟以"破坏联盟规则"为由判以终身禁赛。

刚刚在世界联赛上拿到亚军、国内头号种子队五个主力全被禁赛?

这件事在网上引起了轩然大波。

这天也是陆惜受不了家里父母和七大姑八大姨的追问、逃到南京来投奔堂弟陆勉的第二天。

陆勉看到消息的时候直接从椅子上跳了起来,骂了句脏话,愤怒地说:"明明是Shape战队的老板不顾选手比赛辛苦,为他们接商业活动在先,又扣他们的工资,凭什么终身禁赛?世界联赛亚军队伍也有360多万美金的奖金,难道他们老板没米下锅了非要他们去接活动?"

陆惜翻着游戏联盟那条微博下面的评论,几乎清一色都是指责联盟的,也有一些说Shape战队的五个小朋友太冲动,应该向联盟申请仲裁。

"姐,这个圈子你熟,他们真的要被终身禁赛了吗?"陆勉的语气里带着一丝期盼。

这个游戏联盟是电竞圈外的人看到了电竞行业有利可图然后进驻的,为的是整合资源，把利益最大化，现在国内所有的战队都加入了联盟。"

陆惜点了点头："至少现在没有战队会接纳他们了。"

说着，她登上了自己四个月没上的账号，转发了那条禁赛的微博："一群根本不懂电竞的人组的联盟凭什么制定规则？"

转发完后，她没有看自己这四个月累积下来的私信和评论，而是继续翻起了禁赛那条微博。她发现就在她转发的前一分钟，苏叙也转发了。

他转发的内容很简单——联盟？我怎么没听说过？

字很少，却给人一种浓浓的嘲讽的感觉。

确实，根据陆惜了解，这个联盟只是国内这边自己搞的，并没有得到美国总公司的官方认证。

苏叙自从退役后就变得很神秘，很少出现在公众视线中，微博几乎一年才更一条，长满了草。

按照规律，他只有每年大年三十的时候才会发一条"新年快乐"的微博，今天突然出现，粉丝们炸了。果然苏皇退役后还是关心着圈子的！

"天哪！苏皇！"旁边的陆勉忽然惊叫，把陆惜吓了一跳，"苏皇太帅了，我要粉苏皇一辈子！"

陆惜想到四个月前在机场碰到苏叙时的情景，冷笑了一声。

"姐，苏皇点赞了你刚刚的微博！"陆勉激动地说。

微博里是可以看到自己关注的人点赞的微博的。随着陆勉声音落下，陆惜的微博不断发出有新消息的提示音。

苏叙的点赞扩大了她那条转发的微博影响力，许多人通过那个点赞来到她微博下面。

陆勉的语气好像是她沾了苏叙的光一样。可是，谁让他点赞了？他们的微博什么时候开始有互动了？他到底有什么阴谋！

除了评价这次禁赛事件外，很多人在她微博下提"尤斯塔"，简直是在揭她的伤疤。

陆惜气愤地点开跟苏叙的私信，发了三个问号给他。

苏叙很快回了个笑脸。这个表情让陆惜想到了四个月前他在机场恶劣的行径,气得敲键盘的力气都比平时大。

"把点赞取消。"

苏叙很快回复了两个字:"就不。"隔着屏幕都能通过这两个字感受到他的懒散和狂妄。

陆惜打了一句脏话发过去,然后关掉了微博,看得陆勉目瞪口呆。

这时,陆惜的手机响了起来,是陆妈妈打来的。

"姐,大伯母打来的,你不接吗?"陆勉提醒说。

陆惜浏览着网页说:"不接。"

直到第三个电话打过来,她才叹口气接了电话。

电话一通,陆妈妈先是劈头盖脸把她骂了一顿,然后问:"上个月跟你相亲的小陈怎么回事?人家长相、脾气看起来都挺好的,是不是你做了什么?"

陆惜看了眼伸着脑袋的陆勉,走到阳台上说:"妈,我什么都没做,是那个小陈嫌我没有正经工作。而且那个小陈都三十多岁了,长得也实在不好看。"

"你以为你自己好看?"陆妈妈问。

陆惜皱了皱眉说:"我确实好看啊!"不然尤斯塔怎么会跟她谈姐弟恋?

陆妈妈被她自恋的口吻气得不轻,顿了一下,说:"我不管你了!随你吧!"说完,她挂了电话。

提起那个小陈,陆惜就来气。因为她待业在家,他相亲的时候就不断教育她不能当米虫,还说他不会跟一个没工作的女人结婚,催她赶紧找工作,语气里满满的优越感。

回到房间后,陆惜坐回电脑前打开招聘网站。

这几个月,她试着找了些别的工作,可最后都提不起劲去。她最感兴趣的还是电子竞技,最喜欢的还是赛场紧张的氛围和欢呼声。

看到南京和上海的战队都有招人的,她投了简历过去。

陆惜不仅在顶级职业战队Closer有过工作经验,还是美国所有职业战队的选手管理团队中唯一的亚洲人。

当年去Closer应聘的时候,她还没有毕业,却从所有的应聘者里脱颖而出,原因是她在电竞圈的人脉很广,同时对一个战队的管理和运营十分了解,甚至比面试官还要专业。

她到美国读书，最早做的兼职就是在一个职业战队里。

那还是六年前，世界联赛才刚刚开始办第一届。虽然说是世界联赛，当时参赛的其实只有美洲的几个国家。那时候的职业选手和战队比现在要少很多，战队内部也没有现在这么多分工，知道电竞的人更加少。

她去的是一个三线战队，老板也是选手之一，给的工资很低，除了她这样的学生，根本招不到人。她进去的时候只是个助理的职位，但是没多久战队的经理辞职了，整个战队除了选手，就只有她一个人。工资虽然低，但是对她一个学生来说已经很好了。她就这么硬扛了三四年，什么都要做。

这三四年也是电子竞技发展最快的时候。许多人看到了这个行业的前景，开始投入这个行业。

后来，这个战队解散了，大家各自转行，她也只好重新找工作，就去了Closer。

那时候正好是大四下学期，虽然她年纪很小，但可以说，她是跟着整个行业从萌芽时期走过来的。以她的经验和资历，完全可以做Closer的战队经理，但是俱乐部觉得她一个年轻的中国女孩压不住下面那些人，就让她做了副经理。

05

陆惜本来以为凭借自己的履历找个工作轻而易举，可是几天过去了，投出去的简历像石沉大海一样，没有一家战队给她打电话。

偏偏这几天陆勉心情很好。N大电竞社的社长因为下学期要去实习了，社长的职务终于到了他头上，他准备大干一场。

他敲开了陆惜房间的门，讨好地朝她笑了笑问："姐，我想问问怎么样才能把我们这个半死不活的电竞社救活？"

这个房子是陆勉租的，面积不大，只有一大一小两个房间。陆惜来了之后他就把卧室让给了她，自己去睡书房。没办法，谁让他这个姐姐是电竞圈的大佬呢。

正躺在床上思考为什么没战队给自己打电话的陆惜皱了皱眉说："救活？先搞个招牌，比如弄个学校风云人物，很快就能吸引人了。有了人你才能继续规划。"

陆勉若有所思地点了点头。

陆惜觉得再这样等下去不是办法，决定主动出击。她把陆勉赶了出去，拿起手机翻着通信录。

这次投简历的几个战队都有人跟她是认识的。她决定打个电话让熟人帮忙问问。

电话没响几声就通了，陆惜跟电话那头的人寒暄了两句，然后问："宋哥，我看到你们战队在网上招战队经理，现在招到人了吗？"

宋哥是上海SO战队的教练，是个很仗义的人。

"还没有呢。"

陆惜松了口气说："那你能帮我问问，看到我的简历了吗？"

电话那头的宋哥沉默了一下，叹了口气说："陆惜妹妹啊，我也不瞒你。你的简历战队看见了，还讨论过，但是你得罪了人，恐怕短期内国内的战队都不会聘用你。"

陆惜没想到投出去的简历一直没有回音是因为自己得罪了人。她下意识地问："尤斯塔？"除了尤斯塔，她想不出自己还跟谁有不愉快。

宋哥提点说："不是，是联盟那边。前几天你转了Shape五个人被终身禁赛的微博，言辞有点过激，影响力也有点大，让联盟那边的高层不太高兴。"

"影响力？"陆惜有点疑惑。她虽然有点粉丝，但也不至于有多少影响力。

这姑娘心也太大了。宋哥继续提醒说："苏皇不是点赞了你那条转发吗？"

电脑就在手边，陆惜登上了微博，发现自己那条微博转发已经过万了。

"知道了宋哥，谢谢你。"挂了电话后，陆惜的心沉了下来。现在国内所有的战队都加入了联盟，既然联盟的高层打过招呼，那就没有一个战队会聘用她。

一个没有获得官方认证的资本团体凭什么控制着电竞圈？为什么没有一个人

反抗？再这样下去国内的电竞环境只会越来越糟糕。陆惜又是生气又是失望，一股情绪堵在心头，找不到发泄的口子。

就在这时，外面传来了陆勉的叫声："姐！姐！你快来！"

"又怎么了？"她烦躁地打开门。

陆勉被她吓得愣了一下，吞吞吐吐半天，犹豫要不要开口，但是他最后还是说了。

"那个……外网上说尤斯塔公开了新欢。"

陆惜深深地呼出一口气，拿起他的手机。屏幕上是一张尤斯塔和他的新欢的照片，一个打游戏，一个坐在旁边自拍，看起来很甜蜜。他的新欢就是7月份的时候她发现他睡的那个粉丝。

四个月的时间过去，那种失恋的低落感已经被时间抹得差不多了，看到这张照片，除了一点点伤心外，她心里更多的是生气。

"我为什么当初瞎了眼？"她咬牙切齿地说。

陆勉一个劲儿在旁边点头，说："是啊，尤飘飘没什么好的，明明不如苏皇厉害，还那么膨胀，那么目中无人。"他是苏叙的死忠粉，当然也就是尤斯塔的黑。

关于苏叙那句，陆惜没有听见。她正沉浸在愤怒和不甘里。

凭什么在尤斯塔春风得意公开新恋情的时候，她却被家里人嫌弃、被相亲对象嘲讽、找不到工作？这种落差让她回国后积攒的负面情绪濒临爆发点，浑身的血液都在翻滚。

离开了尤斯塔她就真的在圈内混不下去了吗？她不想就这么相亲嫁人生子，不想在电竞圈销声匿迹！

"我决定了！"陆惜抿了抿嘴唇，坚定地说，"既然没有战队收我，那我就自己组个战队！反正我暂时不结婚，嫁妆留在银行卡里也没有用。"

CHAPTER 02

世界第一C位

陆惜最后终于想到了一个完全符合条件却又不可能来的人——苏叙。
他是大家心中的世界第一C位,也是国内一代玩家和职业选手的信仰。

01

自己组建战队是陆惜受到刺激一时冲动做的决定，但是她并不后悔。

"姐，你看我能不能加入你的战队？"陆勉满脸期待地问。

陆惜打量了他两眼，委婉地拒绝说："你还是在学校好好弄电竞社吧。"陆勉的水平在路人里还可以，但是距离职业选手的级别还差很多，而且年纪也偏大了，没有成长空间。

被拒绝在意料之中，陆勉没有很失落。他问："那你要去哪里找职业级的选手？现役职业选手不好挖啊。"

"谁说我要挖他们了？"陆惜抬头，微卷的头发拂过脸颊，柔和的曲线交错在一起形成了难以言说的力量，"我准备试试把整个Shape战队接手过来。"

陆勉不可思议地说："什么？他们可是被终身禁赛了啊。"他觉得他姐疯了，根本就是在异想天开。

陆惜没有解释，随即回到房间打开微信给Shape战队的空空发微信："你们还好吗？"

空空的游戏ID叫KONG，Shape战队五号位，19岁，跟尤斯塔一样大，长得很帅气，是整个战队的颜值担当。

Vate是一款五五对战的竞技游戏，一个队伍分为五个位置。

没一会儿，空空回了个"哭"的表情，说："姐，你上次替我们说话我们看到了，谢谢你。"联盟控制着国内的大环境，整个职业圈站出来为他们发声的只有陆惜和苏叙两个人,其他选手虽然也向着他们,但是都有所顾忌。

"你们现在还在杭州吗?我有事想找你们面谈。"

空空发来定位后,陆惜立即买了第二天从南京去杭州的高铁票。

Shape战队的五个队员都不是杭州本地人,但从战队离开后,他们也没有离开杭州。

看到他们一起租了个别墅住下,陆惜心里有些感慨和酸楚。看得出来他们不甘心就这么回家,还是想打比赛的。

"怎么只有你们三个?"陆惜在沙发上坐下后问。

空空说:"回程的女朋友生病了,他去看女朋友了。"

回程的ID叫TP。TP是英文单词transportation(运送)的缩写,在游戏里指的是一件道具,叫"回城卷轴",需要在商店里购买。使用回城卷轴可以把英雄传送到任何友方建筑单位旁边。回程的全名叫郑回程,跟TP是一个意思。

他是Shape战队的三号位,经常单人走劣势路。这个位置需要抗压,他在打游戏的时候非常稳重沉默,但是在现实里是个脾气有些暴躁的男生。

"那你们队长六月呢?"她问。Shape队长的游戏ID叫June,平时都叫他六月。

气氛顿时变得低迷。

"队长他……前天回家了,"小谢戴着一副眼镜,斯文白净,"他爸妈准备让他出国读书,他回去办手续做准备了。"

小谢的游戏ID就叫xiaoxie,担当四号位,偏团控、掌握大局的辅助。

这么说,回家就不会来了。

陆惜的心沉了沉。

Shape的队长是战队的carry(核心)位,也是Shape所有人的主心骨。

察觉到他们三个都很低落,陆惜换了个显得挺拔的坐姿,振作起来说:"我今天来是找你们商量一件事的。我想把你们拉过去重组个战队。"

她的话太出人意料,导致话音落下后半天没有人回应。

隔了一会儿,他们的二号solo(单挑)位,也就是中单的柔弟摸了摸脑袋,尴尬地笑着说:"惜姐,我们几个被终身禁赛了啊,那条微博你还转发了。"柔弟是个阳光少年,今年刚刚18岁,游戏ID叫rolled,音译过来就叫柔弟。

他们的疑惑跟陆勉是一样的。

"他们只能禁止你们打国内的比赛,但是——"陆惜顿了顿,勾起唇说,"我们可以打国际比赛啊。"她勾起唇的时候,眼睛微微眯起,眼尾弯着,眸光闪动的样子像有一抹光亮划过,很璀璨。

Shape的三人表情有了变化。

柔弟激动地跳了起来:"是啊!我们怎么没想到!"

这个提议很振奋人心。

但是陆惜不是一味打鸡血的人,很多实际情况也要说明。

"只不过我的战队可能暂时发不起你们的工资,只能包吃包住。战队的老板、经理、后勤等一切都是我,条件比较艰苦……"说到后面,她自己心里都没有底了,不知道他们会不会加入。

小谢面露难色,说:"惜姐,其实工资我们不在意,直播的收益比工资多多了。只是我们队长回家了,我们队少了个人。"

柔弟在兴奋过后垂下头,像是骤然又泄气了,遗憾地说:"是啊,平时我们都听队长的,少了队长心里有些没底。"

六月是他们之中年龄最大的,22岁,是队伍的灵魂,对他们来说太重要了。

空空说:"惜姐,不瞒你说,在你发消息给我之前,我们都打算散伙回家了。"

果然没有想象中那么顺利,陆惜有点失望。她打起了精神说:"这样吧,我先找你们队长做工作,如果说服了你们的队长,你们会来吧?"

三人互相看了一眼,说:"应该会。"

"好,那你们等我消息!"

02

见过他们后,陆惜当天就回了南京。

她到家的时候陆勉也刚刚从学校回来。

他期待地问:"姐,怎么样?"

陆惜摇了摇头,有些疲惫地说:"不太容易。Shape那边能做决定的队长六月回家了,剩下的还在犹豫。"

她离开别墅就给六月发了消息。

在高铁上,她收到了回复,很长一大段话。他拒绝了,说很快就要出国了,从语句中可以看出来是经过深思熟虑的。

既然他已经决定了,她也不好强迫人家。

"那怎么办?"陆勉失望地问。

陆惜摇了摇头。没有队长,Shape剩下四个人是绝对不会加入她的战队重新回来打比赛的,少一个人,战队也组不成。可是六月不会回来打游戏了,去哪里再找一个可以让他们信服、信任,并且跟他们磨合得很好的队长?

尤其这个队长还不能是现役职业选手。

有职业级水平、非现役,还要让人信服能带领整个队伍的……

陆惜脑中闪过许多国内圈子里的人,统统都被自己否定,最后终于想到了一个完全符合条件却又不可能来的人——苏叙。

苏叙,大家心中的世界第一C位(团队核心位置),即使退役了也没人能超越,正好能完美代替六月的位置,而且"苏皇"这个称号是国内一代玩家和职业选手的信仰。

看着她脸上露出了又是激动又是犹豫又是咬牙切齿的表情,陆勉疑惑地问:"姐,你怎么了?"

"我想到了一个合适的人,"陆惜说,"苏叙。"

陆勉愣了一下,忽然惊叫了起来:"苏皇?天哪!要是他回来打职业我会激动哭的!姐,你一定要加油啊!"

陆惜皱着眉嫌弃地说:"你一个大男人要哭?这事我再想想吧。"

她没想到自己重回职业圈的关键竟然是苏叙。

苏叙的恶劣行径数不胜数,她实在不想向他低头。

03

明明奔波了一天非常累,这一晚,陆惜却失眠了。

去找苏叙,不仅他答应的概率很小,而且她还会被冷嘲热讽。可是不去找他,就再也没有更合适的队长人选了。

那样她就要彻底离开这个圈子,找个不喜欢的工作,等到被催婚催到忍无可忍的时候随便找个人嫁了,就这么过完一生。

夜深人静,人最容易冲动。

凌晨三点,始终睡不着的陆惜咬了咬牙,拿起手机打开了微博私信。

她跟苏叙的聊天记录还停留在她上次发的一句脏话。

陆惜深吸了一口气,破罐破摔,手指在屏幕上敲出一句话:"苏叙,看到了回我。"

国内电竞圈许多人的联系方式她都有,唯独苏叙的没有。她跟他的联系仅限于微博私信。

先发一条私信给他,等白天再找人打听他的联系方式吧。

在她准备睡觉的时候,手机传来提示音。

苏叙回复了一个问号。

简单的符号很符合他懒散的性格,让陆惜心里紧张了一下。

没想到一个平均一年才更新一次微博的人凌晨三点居然还在线。

人都戳活了总不能说没事,陆惜放下了面子,直奔主题问:"你退役后在干什么?有没有想过重新回来打比赛?"

苏叙回复得很快,一点都不犹豫:"不想。"

这两个字里流露出的坚定让陆惜很不能理解，忍不住问："为什么？"

苏叙今年26岁，虽然说过了黄金年龄，但是很多现役大神比他的年纪都大，打比赛完全没问题。

"我要好好学习。"又是秒回。

一个两个不打比赛以后都沉迷学习了？

这个借口太拙劣了！陆惜飞快地打了句脏话，在即将发送的一瞬间冷静下来，删除了。

"我们能不能面谈？给我留个手机号？"她换上平和的语气。

苏叙连回了两条消息："不能。"

"时候不早了，我要继续学习了。"

紧接着，他的头像就暗了。

"苏叙？"

"苏叙！"

陆惜气得一晚上没睡好。

第二天中午醒来，她向苏叙的几个前队友打听他的联系方式。

别的职业选手退役了会选择去做教练，或者开直播，依旧活在大家的关注之中，而苏叙是个特例，自从两年前退役后就像是在电竞圈销声匿迹了一样。

连问了三个人都不肯透露苏叙现在的联系方式，陆惜察觉出了异常。她抓着一个问："是不是苏叙让你们不要告诉我的？"

"是的。我早上看到了他的留言，说如果你来打听他，什么都不要说。"

没想到苏叙做得这么绝。陆惜软磨硬泡，甚至直接打了电话过去问："为什么？就告诉我一下吧。"

"他说你在追她。我说陆惜啊，感情这种事是不能勉强的。再说你的前男友还是尤飘飘，老苏怎么会不介意？"

"什么？苏叙说我在追他？"陆惜简直不敢相信自己听到的。

"是啊，所以你找他为了别的事还好说。这个我真的帮不了你。"

任陆惜怎么解释自己真的没在追苏叙，对方也没有信。

挂了电话后，陆惜深深呼出一口气。这个时候愤怒已经冲昏了她的头脑，让她想不起来组战队的事情，只是一遍一遍地骂着苏叙。

起床去洗漱，路过书房看到墙上一幅海报，她停下了脚步。

陆勉去学校上课了。他是苏叙的死忠粉，书房的墙上贴着苏叙最擅长使用的英雄"雷霆领主"的海报，鼠标、鼠标垫、键盘之类的外设用的也是纪念版。

陆惜看到这些东西就想到苏叙，越来越气。

04
≫

下午陆勉从学校回来的时候，陆惜正在阳台上安静地抽烟。

她凝重的表情隐藏在了缭绕的烟雾里。重组战队比她想象的困难得多，她几乎已经没有办法了。

中午的时候她还收到柔弟给她发的消息，问她筹备得怎么样了。显然他还很想打比赛，对她抱着期盼。

Shape战队队员的平均年龄才20岁，他们的职业生涯本来应该还有很长。

陆惜心中的凝重不单是为了自己。她觉得自己身上又背负了四个少年的希望。

给了他们希望，现在又要告诉他们不行了，她不知道该怎么开口。

"姐！我的东西呢？"

陆勉的叫喊声让她回过神。她灭掉烟头走到书房门口，靠在门上轻描淡写地说："海报被我撕了，鼠标垫被我扔了。"

陆勉像是对自己去上了个课回来收藏的东西就没了这个事实一时接受不了，憋了半天才愤恨地说："你怎么能撕我的苏皇！"

撕的就是他！

陆惜挑了挑眉毛说："键盘鼠标给你留着了。"

"你得赔我！"陆勉很生气。

"赔什么？"

对上她凉凉的目光，陆勉硬生生把原来要说的话憋了回去，说："不用赔，只要你明天早上送我去一趟学校就行了。我要带一些材料去学校做实验,自己不太好带。"

"行吧。"

05

南京的高校大部分都在江宁和仙林的大学城里,只有少数几个还在市区,N大就是其中之一。

陆勉今天早上第一节就有课,陆惜不得不起个大早送他,7点50分到校门口正好。

等陆勉进学校,她准备回去的时候忽然想起什么,翻了一下包发现没带钥匙。

她只好下车给陆勉打电话。

这时候已经7点56分了。

"陆勉,你的教室在哪儿?我忘带钥匙了,去找你拿。"

距离N大第一节课开始只剩四分钟,校门口都是脚步匆匆的学生。

在电话里指路很麻烦,陆惜一边听着一边往里面走,眉头皱得很紧。

走到N大里的圆形广场上,她正根据指示四处寻找图书馆的位置作为参照,忽然看到一个有些眼熟的身影。

在这里看到他?不能吧。

见那个身影就要走远,她立即追了上去。

像是要赶着去上课,那个人走得很快,陆惜好不容易才追上,保持着两米的距离仔细打量着。

明明很赶时间,那人身上却依然有一种说不出的悠闲,再加上一米八几的身高、黑色的短发,还有走路时手插在口袋里的动作,她已经可以确定他是谁了。

电话另一头,陆勉以为陆惜迷路了,说:"姐,你看到图书馆了吗?就是图书馆左边那条路。要不然还是我来找你吧。"

"暂时不需要了,你先上课。"

挂掉电话后,陆惜快步追上去堵在了那个身影面前,勾起唇说:"这不是苏皇吗?"

苏叙显然没想到会在这里见到陆惜,停下脚步,漆黑的眼中闪过诧异,问:"你怎么在这里?"

陆惜一直以为苏叙退役后就藏在了上海的某个角落里,没想到他居然在南京,更没想到他居然在N大上学。

要是让粉丝知道他们的苏皇退役后在乖乖上学,不知道会怎么样。

没等她开口,苏叙绕过她说:"我赶时间。"

看他走进身后的大楼里,陆惜抬起头看了看"外语学院"四个大字,然后跟了进去,刚刚好挤进电梯。

8点05分,已经上课五分钟了,电梯里只有苏叙和陆惜两个人。

在电梯这种狭小的空间里,苏叙修长高大的身材存在感很强,但是此刻在气势上,陆惜一点都不输给他。

她靠在扶手上冷笑着问:"你跟别人说我在追你?"

苏叙没有否认,坦然地说:"谁让你要打探我的隐私?"

要个手机号就是打探隐私了?

他的样子在陆惜眼里非常恶劣。但是现在不是算账的时候。

她忍得身体发颤才把火气压下去,然后露出个友好的笑容说:"如果你加入我的战队,以前的事我可以都不跟你计较。"

大概是被她挤出的虚假的笑容给愉悦到了,苏叙眼底闪过笑意,清晰地说了三个字:"我不要。"

正好这时候电梯门开了,他先一步走了出去。

"苏叙你别走!"陆惜着急地跟上。

教学楼的走廊很安静,高跟长靴踩在玻化砖上的声音有点突兀,她不得不放轻脚步。

快走到阶梯教室后门口的时候,苏叙忽然停下脚步转过身看向陆惜,用惯有的语气说:"别打扰我学习。"说完,他勾了勾唇,从容地从后门走进教室。

那笑容像是料定了她不敢跟进去一样,简直就是挑衅。

陆惜一咬牙,跟着进去了。

能容纳百来号人的阶梯教室几乎被坐满。因为是早上第一节课,迟到的人不少。陆惜进去后还有人陆续进来,所以注意到她的人并不多。

苏叙坐在最后一排,旁边的位子空着。

陆惜在他身旁坐下,在他看过来的时候得意地挑了挑眉。以为她不敢进来?

已经毕业两年,再次坐在课堂里的感觉很奇妙,尤其旁边还是苏叙。

看着老师在讲台上讲得认真,时不时还要看向教室后排,陆惜用手臂撞了撞苏叙,小声说:"借我本书。"

他像是没听见一样。陆惜干脆趁他不注意把他的书抢了过来。

苏叙看了她一眼,没有说话,又拿了一本书出来,假装一副认真听课的样子。

陆惜昨天睡得很晚,今天又起得那么早,翻了两页书之后就开始犯困了。她撑着脑袋侧身看向苏叙。

冬日的阳光从窗口细碎地洒在他身上,温暖的黄调放大了他身上舒服的气质。看着他,她想到了眯着眼睛晒太阳的猫。

一代电竞大神、许多人心中的信仰竟然像普通人一样坐在教室里上课。

"苏叙,要不要认真考虑一下回来打职业?"他那种闲适感很容易感染到别人,使得陆惜的语气都变柔和了。

她拿出了所有的诚恳,继续小声说:"Shape被终身禁赛的事情你也知道。我想把他们聚集起来,重新组个脱离联盟的战队,打回世界联赛。六月要出国,不打职业了,现在差一个C位。"她竖起食指比了个"1"。

苏叙看向她,在她期待的目光下开口说:"我要上学。"

又是拿学习当借口。陆惜的语气变得有些激动:"要不是你点赞,我那条转发就不会有那么大的影响,联盟也不至于封杀我,让我找不到工作——"

在讲台上讲课的老师突然停了下来。

她把身体转了回去,低着头小声问:"你到底答不答应?"

苏叙的声音同样很小:"你是来碰瓷的?那条微博是你自己转发的,我没有按着你的手转发,也没有威胁你。"

"我们来做个练习。这个听力有点难度,哪位同学自告奋勇?"

这种时候,全教室的同学都低下了头,不敢跟老师对视。

"那我就自己点了。"老师扫视整个教室一圈后,目光落在最后一排苏叙那个位置。

苏叙和陆惜都感觉到了,不约而同保持安静。

陆惜因为不是N大的学生,尤其心虚,头低得非常低。

"那个——"就在老师要开口点人的时候,她被旁边的苏叙推了一下。

苏叙推的力气不大,但是她没有防备,整个人被推得歪了一下。

在所有同学都低着头不动的时候,她动这一下特别明显,成功吸引了老师的注意力。老师把到嘴边的"男"改成了"女",说:"那个女同学吧,不用站起来。"

被点到名的陆惜狠狠地瞪了苏叙一眼。

又推她挡枪!第二次了!

苏叙抬起头朝她勾唇笑了笑,做了个"加油"的口型,眼中一片坦然,特别气人。

"注意,我要开始放听力了。"老师提醒说。

陆惜是坐着的,而且还是最后一排,老师只能大概看清她的脸,没有发现她不是学生。

好在她是在美国读的大学,英语听力对她来说没有难度。回答问题的时候,她一口流利的美式英语更是让老师频频点头。

因为太优秀,她被老师关照了一节课,不得不注意着老师在讲什么,像是回到了学生时代。

好不容易熬到下课。

等老师走后,陆惜侧过身体把苏叙堵在了里面,问:"苏叙,你到底答不答应我?"她的眼睛里是压抑了整整一节课的怒火。

他要是不答应,她就不放他出来。

明明处于被动的状态,苏叙却一动不动,一点局促的感觉都没有。他抬眼看她的时候样子惬意极了。

"我不答应。"这四个字从他嘴里说出来轻飘飘的,好像没有用力。

他轻描淡写、什么都不在意的样子让陆惜的脸都黑了。

她追问:"到底为什么?别拿学习敷衍我。"

苏叙终于动了。他慢悠悠地收拾着书,说:"我刚刚退役,现在又回去打比赛,不是打自己的脸,让别人笑话吗?"说完,他拿起背包,轻巧地抬起大长腿从椅子后面跨了过去,临走还给了陆惜一个轻蔑的眼神。

他脸皮那么厚,会在意这种事?分明就是借口!

陆惜骂了句脏话后,追出教室。

苏叙出阶梯教室后并没有离开外语学院,而是去了楼下的另一间教室。

他接下来应该是还有节课。

看着他从前门走进教室,陆惜毫不犹豫地跟了进去。

这个教室比起刚刚的小了很多,大约只能容纳三十个人。他们进来有些晚,教室里已经坐得七七八八了。

苏叙个子很高,走动的时候高大的身体像是能挡住光,使得光影有了变化,让人忍不住抬头去看,但是更吸引大家注意力的是他身后的陆惜。

陆惜一头卷发披肩,大衣下是一件长款毛衣,脚下是一双过膝的黑色长靴,跟大约五厘米高,毛衣下摆和长靴之间露出的一截大腿很吸睛。这身打扮跟教室的环境非常不搭,走进来就是一股十足的"社会气"。

感觉到大家的目光,她停下脚步,尴尬地笑了笑,然后朝苏叙看过去。

同样是毕了业的年龄,苏叙甚至还比她大一岁,但是他却非常自然地融入了教室里。唯一和普通学生不一样的就是他身上多了些沉稳,那是经历过荣耀后锋芒慢慢敛去后形成的。

隔着半个教室视线相触,苏叙眼中浮上笑意,指了指旁边的空位子,像是笃定她不敢过来坐下。

陆惜确实不敢。这节课是专业小课,跟刚刚那节大课不一样。要是她混在学生里,肯定会被老师一眼发现。

对上他的挑衅,她怒极反笑,不顾教室里其他人的目光,勾着唇大声说:

"苏叙，我在外面等你下课。"他是重组战队的最后希望，她不会轻易放弃的。

离开教室后，陆惜靠在了教室外的墙壁上。

这时，一个看上去有些严肃的女人走过，看了她一眼后进了教室。

这应该就是老师了。

陆惜身上的"社会气"太明显，一点也不像学生，更不像老师，使得走过的老师或者学生都要打量她一眼。

今天遇到苏叙纯属意外，她一点准备都没有，这样的打量让她很局促。好在没过多久就上课了，来往的人变少。

她拿出手机，看到陆勉给她发了好几条消息问她怎么了。

她回了六个字——我遇到苏叙了。

"什么？苏皇？"

"在哪儿？"

隔着屏幕都能感受到陆勉的激动，陆惜不明白苏叙那样恶劣的人怎么会有那么多粉丝。

她把在苏叙那里受到的气全都撒在了他的粉丝身上，回复说："什么在哪儿？好好上课！"

陆勉发来了个委屈的表情。

她没有再回复，切换到了网页，搜索苏叙的相关信息，想找到切入点说动他。

当年在世界联赛上输给尤斯塔后，他就突然退役了。虽然输给一个17岁的孩子很丢人，但是他那样油盐不进的性格不像是接受不了打击的。退役后他更是跟别的职业选手不一样，没有开直播、没有做幕后，好像彻底退出了这个圈子。

一节课一个半小时，陆惜穿着高跟长靴站得很累，干脆坐在了地上。

回顾着苏叙的职业生涯，就像是在重温整个游戏的发展历史，见证一个充满荣耀的传说之路。

看到所有的光辉在两年前戛然而止，她抿起唇。

世界联赛是所有赛事中级别最高的，获得冠军的队伍会在波士顿举起象征最高荣誉的冠军斧，那是所有职业选手最终的目标。

没举过冠军斧，她不相信他心里没有一丁点遗憾。

陆惜看着屏幕上的文字和图片，心里莫名有些沉重，忘记了时间。直到老师从教室里走出来，她才意识到下课了。

她匆忙站了起来，对上老师的目光，笑了笑。

学生陆陆续续出来。没等到苏叙，陆惜只好走进教室。

苏叙依旧在座位上。他旁边站了个女生，个子不高，眼睛很大，看上去很可爱。两个人正在交谈。

"你女朋友？"陆惜的声音响起。进来的时候她做足了心理准备，现在看上去很从容。

女生的脸立即红了，解释说："我们只是同学。"

陆惜一副来挑事的样子。苏叙抬眼看了看她，然后对那个女生说："罗月，我还有点事，补习的事情下次再找你谈。"

补习？陆惜不动声色地看了眼桌上的英语教材。

叫罗月的女生走后，苏叙收拾了东西离开。

陆惜立即跟上去。

没走几步，苏叙回过头，认真地问："你这么跟着我真的不是在追我？"

他明明知道不是！

从早上开始就一直在生气，陆惜现在已经有些免疫了。她露出一个笑容，调侃地说："苏皇，我们好歹也算认识。来到你的地盘，你不该请我吃个饭吗？"

这一声非常做作的"苏皇"让苏叙皱了皱眉毛。

最后，他还是请她吃饭了，请的N大食堂。

N大食堂的菜色不错，反正是苏叙请客，陆惜点了不少。

跟着他找到空位子坐下后，她忍不住打量他，问："苏叙，你平时在学校就这个样子吗？没人认出你？"

苏叙漫不经心地抬眼看向她，反问："难道陆小姐混个电竞圈就把自己当明星了？"

没有就是没有，为什么不能好好说话？陆惜气得差点站起来走人。

这个时候只有吃饭才能让她冷静，她不再跟他说话。

苏叙吃饭的速度跟他的性格一样，慢条斯理，很懂享受，也很专注。

大概是被气的，陆惜的胃口不是很好，吃了没多少就不想吃了。她看了苏叙一会儿，忍不住再次开口，问："难道你不想在下一届世界联赛上跟尤斯塔交锋，打败他，拿到冠军吗？"

苏叙停下筷子问："你就这么想报复尤飘飘？"

这一次，陆惜没有跟他争论。她坦诚地说："确实有一部分原因，还有一部分原因是我被联盟封杀了。而且我更不愿意看到Shape的几个孩子就这么离开这个圈子。国内现在的大环境太乱了，没有我，他们再也打不了比赛。"

她的表情前所未有地认真。在跟空空他们接触中，她感觉到了他们对重返赛场的渴望，她还背负着他们的期望。

她继续说："你当年不就他们那么大吗？电子竞技这两年才被重视，那时候环境更加艰难，你应该很明白。"

在她真诚的目光下，苏叙眸光微微闪动，却什么也没说。

看他继续动筷子，陆惜快被他不着调的样子给气死了。

"你到底答不答应？要不要认真考虑一下？"

"吃完赶紧走。"说完，苏叙放下筷子，端起餐盘。

从食堂出来后，他径直往校门口走。

陆惜跟在他身后问："你是要回家？"

苏叙似笑非笑地问："怎么？你还想跟我回家？"午后的阳光有点刺眼，他微微地眯起眼睛，更像一只晒太阳的猫了。

"我可以送你回去。"陆惜的脸皮厚了起来。

"不需要。"

看着他走进地铁站，她勾了勾唇。在她认真说那一番话的时候，她看到了他眼中的触动，所以还是有机会的。

暂时放他回去，反正跑得了和尚跑不了庙。她已经知道他在N大了。

06

陆惜到家的时候陆勉已经回来了。

门一打开,他就满脸激动地问:"姐,你在哪儿看到的苏皇?"

"你们学校,"陆惜看了他一眼,不满地说,"让开,别挡着门。"

陆勉朝后退了一些,眼里仍然是压抑不住的兴奋,说:"真的?他在我们学校干什么?"

大概谁都想不到苏叙在N大上学。陆惜回答说:"上学。"

"真的假的?哪个专业?"

大概是因为今天被苏叙气得不轻,所以陆惜今天看陆勉格外不顺眼。她学着苏叙那副漫不经心的样子说:"不告诉你。"偶像犯错,粉丝买单,天经地义。

眼看着答案就要出来,却一下子停了,陆勉心里像是被猫挠了,崩溃地哀求说:"姐!你告诉我吧。"

陆惜摇了摇头朝房间走去。谁让他是苏叙的粉丝呢?

第二天,陆勉早上没课,前一天晚上熬夜打了很久的游戏,打算中午再起。而陆惜却起得很早。

她今天依旧穿了昨天那件黑色大衣,但是高跟长靴却变成了运动鞋,下身是一条浅色牛仔裤,裤脚卷起,露出一截纤细的脚踝。

这身休闲的打扮使得她身上的"社会气"终于没那么重了。

她今天要做的是去N大的外语学院堵苏叙,想办法弄到他的手机号和课表,然后天天去盯着他,直到他同意回来打职业、加入她的战队为止。

九点半的时候,陆惜在一楼大厅等到了上完课出来的苏叙。

看到他皱了下眉毛,她似笑非笑地朝他打了声招呼。

她今天一身非常青春的打扮让她看起来很像大学生。外面的阳光落在她身上,本来就很白的她被照得又白了一个度,像是会发光一样。

在N大,外语系的女生是除了艺术系之外颜值比较高的了,但是她比走过的一群女生都要漂亮。

苏叙远远地就看到了她，却在走近时移开了目光，什么也没说。

倒是他身边的男生推了他一下，好奇地说："昨天就想知道这个漂亮的小姐姐是谁了，还不介绍介绍？"这个男生眼睛很大，性格阳光，一看就很招女生喜欢。

苏叙漫不经心地说："死对头的前女友。"

陆惜狠狠地瞪了他一眼，自我介绍说："我叫陆惜，是苏叙的旧交。"

"我叫纪嘉，他的同班同学。"

陆惜发现，纪嘉可能是个很好的突破口。她朝他笑了笑问："你们接下来是要去上课吗？"

苏叙还没来得及阻止，纪嘉就热情地说："是啊，公共课，你要不要跟我们一起？"

"你今天话怎么这么多？"苏叙没好气地问。

纪嘉提醒说："你忘了罗月今天身体不舒服，让你帮她点到吗？那节课老师点名的时候会一个个看的。有陆惜不是正好吗？"

苏叙看了陆惜一眼，不再说话，像是同意了纪嘉的提议。

知道还有这件事，陆惜也没着急答应。她朝他们眨了眨眼睛说："那我帮了你们，你们是不是得谢谢我？"

"你属猴的？"这一次，苏叙抢在纪嘉前面开口了。他漆黑的眼睛里隐约闪过一抹不明的笑意。

乍然提到生肖，陆惜很疑惑："什么？"她不属猴啊。

"顺杆儿就往上爬。"

陆惜看着只留给自己一个背影的苏叙，心里骂了句脏话，然后跟了上去。

公共课除了点名之外，相对较松。

陆惜本来打算继续跟苏叙耗一节课，可苏叙在找到位子坐下的时候先她一步拉着纪嘉坐在旁边，一副想远离她的样子。

她只好坐在纪嘉的边上。

无辜被当隔离板的纪嘉看了看两人，脑补了一出爱恨纠葛。

看苏叙不想跟自己说话，中间又隔了个人很不方便，陆惜干脆从纪嘉下手，先加了他的微信。

"你以前在美国呀？"纪嘉翻着她的朋友圈问。

陆惜回答说："在那里上的大学。"她的朋友圈更新并不频繁，尤其是回国后的几个月，被催婚、求职，这些内容没什么好发的。

就在她打算跟纪嘉要苏叙的电话号码的时候，纪嘉忽然"咦"了一声，惊讶地说："你也玩Vate啊？"

陆惜下意识朝苏叙看了一眼，没想到苏叙也正好看向她。

没办法，他们两个对Vate太敏感了，一个的所有工作经历都跟这个游戏息息相关，一个代表着这个游戏的信仰。

"主要是看比赛，我打得并不好。你也玩？"陆惜问。

纪嘉笑了笑说："才玩不久，这个游戏有点难。"

Vate可以说是同类型游戏的鼻祖，也是细节最多、最难上手的。玩家的黏性也是最高的。

陆惜撑着脑袋，眼中闪过精光，问："那你知道他是谁吗？"

话音落下，她看到了苏叙微微眯起眼睛，带着警告的意味。

她朝他挑了挑眉，以示挑衅和威胁。

纪嘉顺着她的视线看过去，看着面无表情的苏叙，皱起了眉。他细小的表情牵动着一左一右两个人的心。

陆惜有些兴奋，期待着纪嘉开口。

苏叙不是想低调吗？被认出来后看他以后怎么低调。

"他不就是苏叙吗？"纪嘉摸不着头脑地说。

这一次，换苏叙眼底带着笑意，得胜一样地看向陆惜。

陆惜尴尬地附和了一句"是啊"。稍微对Vate有些了解的玩家听到"苏叙"这个名字都不会是纪嘉这样的语气和表情。看来他不是谦虚，确实是个才玩没多久的萌新。

纪嘉疑惑地问："怎么了？"

这个话题聊不下去了。

正好这时候老师进来了，纪嘉的注意力被成功转移，从包里拿出了书。

桌上空空的陆惜问他要了本书做掩护，然后推了推他小声说："对了，你能不能把苏叙的电话号码告诉我？"

本来以为纪嘉肯定会答应，可谁知他犹豫了一下，竟然问旁边的苏叙："要给她吗？"

教室很安静，陆惜跟纪嘉说的话苏叙都听见了。

"不给。"他拒绝得很干脆。

纪嘉抱歉地对陆惜笑了笑说："我不能出卖兄弟。"

这时，老师的声音响起："上课了，我们先来点名。"

陆惜看了眼讲台，眼中闪过狡黠说："你们不是要我点名吗？不给我号码我就不帮。你们要是顶替，我就举报。"

纪嘉像是没想到她会这么做，瞪大了眼睛。

老师已经点名了，答到的同时要举手。

纪嘉看了苏叙一眼，低下了头。

紧接着，陆惜就收到了一串手机号码。她勾了勾唇，安慰他说："放心，点名的事包在我身上。"

替罗月点完到后，她把苏叙的手机号码存到通信录里，然后通过号码查找到了他的微信号，添加他好友。

隔了两分钟，没有通过的提示，她抬头看了苏叙一眼。

他明明在看手机。

她又添加了一次。

添加联系人失败，对方把你加入了黑名单。

看到这一行字的时候，她气得咬牙。微信不加就不加，反正有手机号了！

陆惜现在终于明白记者的感受了，苏叙的油盐不进让人头大，特别难搞。

她转而继续跟纪嘉套近乎，在微信上跟他要到了苏叙的课表。纪嘉说他们俩选课的时候是一起选的，课基本上都一样。

拿到课表后，陆惜看了一下。明天他们没课，后天是周五，他们只有下午一、二节有专业课。课表上连上课地点也有，以后她围堵苏叙就方便多了。

快下课的时候，纪嘉的手机响了两下。

看完消息后,他抱歉地说:"苏叙,周五下午上完课电竞社有活动,我就不跟你去图书馆了。"

电竞社?不就是陆勉那个吗?

陆惜神色微动,说:"你还加入了电竞社?听上去挺有意思的。"

"是啊,电竞社主要就是玩Vate,你要是好奇到时候可以跟我一起去。"纪嘉热情地邀请。看得出来他现在对电竞很有热情。

陆惜把目光移向好像没听到他们谈话的苏叙身上,嘴里说:"不如我们三个一起去。"

苏叙朝她看过来。

纪嘉一脸莫名说:"苏叙又不打游戏,让他去背单词的社团还差不多。"

说着,他看向苏叙问:"你去吗?"

"不去。"

陆惜侧着身体,单手支着下巴,歪着脑袋对上苏叙漆黑的眼睛,一头卷发从肩上滑落。她小声说:"那我陪你去图书馆,苏皇。"最后"苏皇"两个字她没有说出声,而是用的口型。

明亮的眼睛里浮动着嚣张的笑意,满是挑衅的味道。

苏叙皱眉。

纪嘉没有察觉到他们之间的暗潮涌动,用非常暧昧的目光看了看他们。

07

这节课结束后,就是中午了。纪嘉要回宿舍订外卖打游戏,苏叙要回家。

陆惜有了他的课表,完全掌握了他的动向,没有再纠缠他。

她回去的时候,陆勉已经起来了。

因为苏叙的原因,她今天看他依旧不顺眼。

陆勉一副对待"大佬"的样子,脸上带着讨好的笑,问:"姐,你今天去学校找苏皇了吗？"

陆惜点了点头问："你们电竞社周五下午有活动？"

"你怎么知道？"陆勉惊讶地问，"难道苏皇周五也要来？"

"他不去。"

陆勉失望地"哦"了一声。

下午，陆勉去学校上课，陆惜一个人在电脑前做战队筹备方案。

就算战队成立，也是不被联盟认可的，很难拉到赞助。而且，打不了国内的比赛就相当于没有收入，前期能维持战队的只有她的嫁妆钱。

傍晚的时候，她收到空空发来的消息，问她筹备得怎么样了，他们战队里又有人想走了。

她的心沉了下去。

如果五个人的团队走掉两个，那剩下的三个多半也会走。

她的手指坚定地在键盘上敲击着："队长已经有眉目了，正在谈，肯定不会让你们失望的。再给我一个月的时间。"一个月之后就是2019年了。

空空很快发了个"哭泣"的表情过来，说："惜姐，一个月有点久啊。回程脾气那么暴，又特别没耐心，我怕拦不住他。能不能先告诉我你找的队长是谁啊？"

在还没有把握之前，陆惜不太想说，可是就这么让Shape的四个人等一个月也不太可能。他们小小年纪，才打了不到一年的职业，就经历这么大的风波，心里焦虑是正常的。

犹豫再三，让空空保证不告诉别人之后，她在屏幕上打了两个字——苏叙。

空空虽然是Shape战队里的五号位，年纪也很小，但自从队长六月离开后，他已经隐隐成了四个人里的主心骨。

她希望他能帮忙稳住柔弟、小谢，还有回程。

很快，空空就回消息了。

"啊啊啊啊苏皇！惜姐你没骗我吧！"

果然，除了萌新外，每个玩Vate的人听到"苏叙"的名字都不能淡定。陆惜回复他："你先别说出去。"

"好的,"空空大概是因为激动,手速比之前还要快,"苏皇可是我的偶像啊!他要是能来,别说一个月了,就算一年我都等!大不了让回程打两顿。"

陆惜失笑,同时心里更加坚定了。

接下来,她要忍气吞声、忍辱负重,一定要说服苏叙加入战队!

08

周五下午,苏叙上完专业课走出教室就看到了倚在墙边的陆惜。

陆惜今天穿着件驼色的大衣,搭配牛仔裤和运动鞋,很学生气的打扮。她似笑非笑地看着苏叙,眉眼里一丝残留的"社会气"成了她身上独特的气质,让她在一群女学生里特别显眼。

苏叙像是习惯她出现了,没有任何反应。倒是他身边的罗月跟她对视一眼后,飞快地移开了目光。

她上次就看出来了,罗月对苏叙有想法。

又看见纪嘉,她跟他要了N大的校园卡跟苏叙去图书馆。

距离期末还有一个月的时间,图书馆里有不少来复习的学生。

"上次我跟你说的话你考虑过了吗?空空他们几个不打比赛真的很可惜。你们在一起是有机会在世界联赛上夺冠的。"陆惜看着坐在旁边的苏叙说,态度十分真诚。

苏叙今天好像把她当空气了一样,一句话都没跟她说过。他从包里拿出书,不急不慢地翻着。

陆惜气愤地推了他一下,说:"苏叙!你到底有没有听到我在说话?"

苏叙终于抬起头,提醒她说:"这里是图书馆,你要是被请出去,别说认识我。"

察觉到有人在看自己,陆惜只好闭上嘴。

她站起来去旁边书架上随便拿了本书,回来的时候看到苏叙已经戴上耳机了。

她总觉得他戴耳机是因为不想听她说话。这个动作带着对她强烈的嫌弃和轻蔑。

"你复习要戴什么耳机？"她毫不客气地把他的耳机摘下，自己戴上，然后打开了书。

苏叙抬头，什么都没有说，只是目光落在了她的耳朵上。

黑色的入耳式耳机衬得陆惜的耳朵小巧又白皙，尤其是那耳垂，灯光下能看到一层浅浅的绒毛，看上去柔软可爱，跟她本人不太搭。

苏叙手机里放的都是些舒缓的英文歌，很适合看书的时候听，再加上随便拿的一本竟然是小说，陆惜很快就看进去了。

半个多小时后，察觉到旁边有人影晃动，她抬起头，发现苏叙正在跟一个看起来有些严肃的女人小声交谈。

察觉到她抬头，两人停了下来。

陆惜认出来那是苏叙的专业课老师。

"老师好。"她礼貌地拿下耳机说。

老师朝她笑了笑说："我先走了，你陪他好好复习吧。"

看着老师离开，她问苏叙："你们刚刚说了什么？"

"没什么。"即使在图书馆这样的氛围下，苏叙的眼底依旧带着几分懒散和漫不经心。

她怀疑地皱了皱眉，总觉得刚刚他的老师说了些什么，还是关于自己的。

没过多久，她的手机振了一下，是纪嘉发来的消息。

他发消息跟她吐槽在电竞社遇到了破坏他跟前女友的小三，小三还约了他打游戏，想要羞辱他。

陆惜看完后把手机拿到苏叙面前。

发现他似乎在走神，她推了推他说："你兄弟要被欺负了，你身为Vate大神，不帮帮忙？"

她分析过他不愿回来打职业比赛的原因，觉得他很可能是因为太久没碰，热情没了。

职业选手，尤其是在早期国内电竞产业还没发展起来时候的职业选手，对Vate的喜欢都是很纯粹的。那时候工资少得可怜，没有奖金，让他们坚持下去的就是对电子竞技的一腔热忱。

即使经过很长的时间，这种热忱慢慢淡了，但是火种难以熄灭。所以，很多选手退役几年后又会回到这个圈子，当领队、教练或者解说都好，只要能继续在这个圈子就好。

电子竞技是他们生活中不可割舍的一部分。

陆惜继续说："你要眼睁睁地看着他情场失意，游戏里也失意？"她相信苏叙只要碰了，即使心底只残留了一点点火星，也会找到当初的热情的。

苏叙跟她对视，身高的原因让他看起来像是在俯视她。

"我以前怎么没发现你话这么多？"他的口吻加上这俯视的动作，充满着蔑视的意味。

陆惜想要开口反驳他的时候，被他横伸出来的手臂挡住了视线。他的衣服蹭到了她的鼻尖，痒痒的感觉像是被羽毛撩拨了一下。

她下意识噤声。

苏叙把还挂在她右耳的耳机摘下，站起来收拾东西。

去电竞社活动教室的路上，陆惜看着眼前高大的背影，勾起了唇。他到底还是忍不住了。

快到的时候，苏叙从包里拿出了一顶鸭舌帽戴上，遮住了半张脸。

陆勉收到陆惜发的消息后就紧张地等在活动教室门口。

看到陆惜和一个戴帽子的男人出现在走廊，他忍不住走上去迎接。

当看清男人帽檐下的脸的时候，他激动得身体颤抖，鼻子发酸。

"苏——"

面对快要哭了的陆勉，苏叙把食指抵在唇边朝他做了个噤声的动作，示意他安静，像是在哄小孩子。

陆勉立即听话地闭上了嘴。他双腿发软，差点要给跪下了。

不愧是他唯一粉过的男人啊，苏皇真的太帅了！

他想要咆哮！

看苏叙压低帽檐走进活动室,他像个跟班一样小心翼翼地跟在他的身后。

陆惜对陆勉这种没出息的样子非常不齿。

活动教室里非常热闹,充斥着点击鼠标的声音和大家交流的声音,再加上时不时有人进出,并没有人注意到苏叙和陆惜进来。

坐在角落里的纪嘉正在跟当初撬他墙脚的小三一对一中路solo(单挑)。他表情异常严肃,神情专注,就连苏叙和陆惜走到他身后都没有察觉。

陆勉殷勤地给苏叙搬了张椅子,对上陆惜不满的目光后也给她搬了一张。

陆惜很少上手打Vate,但是看得很多,对英雄的技能特点、游戏机制、各大战队的常用阵容等都了如指掌。

她看过许多顶级选手的操作,非常漂亮。相比之下,身为萌新的纪嘉毫无操作可言,根本就是在滚键盘,随便按。而且他选的根本不是中单英雄,很吃亏。

虽然她看不到对面的操作,但是从走位和意识上来看,比纪嘉要好许多。两人实力悬殊,人头9∶2,惨不忍睹。

心里有了看法后,她不由得看向身旁的苏叙。

活动教室里的光线有些暗,电脑屏幕散发出的冷光勾勒着他的五官,轮廓英挺。他的表情隐藏在了帽檐下看不清。

纪嘉在又一次被杀死、屏幕变灰暗后,终于发现身后多了几个人。

"你们怎么来了?"他惊讶地问。

陆惜笑着说:"来看看你,给你加油啊。"

纪嘉原本有些丧气,现在立即打起了精神。死亡时间过去后,他立即转过身继续投入游戏对战。

这时,一直保持沉默的苏叙终于开口了:"沉住气,注意走位,先在塔下用普攻消耗他。"他的声音不大,却很清晰。

见纪嘉能被苏皇指导,陆勉嫉妒得发疯。

看着屏幕的陆惜被苏叙的声音吸引,心中闪过说不出的异样,看向他。

他却始终专注地看着屏幕。

这让她想起了第一次见到他的情景。那是场国际赛事,她跟着Closer战队在训练室里见到他,他也是这么专注地看着屏幕。

那时候，看见其他人都在看着他、听他讲解分析，她恍然明白，哦，这就是代表着信仰的男人。

纪嘉听了苏叙的话。果然，对面很快被消耗了一半的血。

察觉到纪嘉换了策略，坐在对面的男生忍不住歪头看过来。因为被电脑屏幕挡住，他看不到纪嘉身后的人。

在纪嘉又一次躲掉了对面的控制技能后，苏叙再次开口说："用二技能控他，然后接大招。"

好在纪嘉的反应还行，跟着提示终于又杀了对面一次。

人头九比三，数字比刚刚好看一些。

在对战快要结束的时候，苏叙站起来离开了活动教室。

陆勉跟着他出来，压抑着激动的心情，小心地说："苏皇，你能不能加入电竞社？我们社里很多人都很喜欢你的。"

有了对比，陆惜终于意识到苏叙有多高了。陆勉一米七八，在男生里已经挺高的了，但是苏叙要比他高出一截。

至于气场就更没得比了。

苏叙转过身看向陆勉，朝他露出了一个微笑，抱歉地说："不能。"

陆勉眼中闪过失望，随即把偷偷准备好的纸笔拿出来，又说："那你能不能给我签个名？我真的很喜欢你！"

陆惜实在看不下去了，把他拉开说："签什么签！看你那点出息！"

苏叙的目光在他们两人间游移，问："你们是什么关系？"

"她是我的堂姐，我叫陆勉。"陆勉回答得很快，快到陆惜根本来不及阻止。

果然，她看到苏叙的眼底浮现出笑意，看起来得意极了，好像在说，原来你堂弟居然是我的粉丝。

"哦，堂姐啊，"苏叙在陆勉的本子上签上了飘逸的字，把本子还给他后，说，"以后记得提醒你堂姐少来缠着我。"

陆惜气得不轻，又拿他没办法，只好又把气撒在陆勉身上，说："还不回去？你这个社长还要不要当了？"

看着陆勉一步三回头地进了活动教室，她收起怒意，勾着唇说："苏皇，只要你答应加入我的战队，我就不再缠着你。"

苏叙看了她一眼，什么话都没说，转身离开。

她立即跟上。

"你们等等我！"纪嘉从后面叫住他们。

对战最后还是输了，但是好在输得没那么难看，他已经很满意了。

对于他们来帮他镇场子，他表示非常感动。"苏叙，够兄弟！"他拍了拍苏叙的肩膀说，"没想到啊，你居然也会打游戏？"

陆惜："……"居然敢质疑苏叙会不会打游戏？连尤斯塔都没底气这么问。

萌新真可怕。等知道苏叙的身份，他会颤抖的。

苏叙表情没有变，依旧是那副闲适的样子，说："了解过一点，只会看，不会打。"

纪嘉丝毫没有怀疑，附和着点头说："我猜也是这样。"

陆惜相信，终有一天，他会因为自己今天的无知而尴尬不已。

CHAPTER 03

你是我信仰

这样一个雨夹雪的傍晚,在 N 大的图书馆里,她见证着电竞传说即将回归,四个走投无路的少年将另辟蹊径继续追梦。

01

随着时间进入12月下旬，距离N大的期末考试周还剩半个月。苏叙除了每天上课外，没课的时候还要往图书馆跑。

从他的用心程度和陆惜偶尔瞄到他刷的题来看，他对期末应该是非常没有把握的。

这个时候的南京非常冷，风很大，偶尔还会飘雪。

她风雪无阻，每天都会按时在教室门口堵着人。要说她不是在追苏叙，几乎没人相信。

可是没办法。

她的战队成立策划书已经写好，唯一差的就是他点头答应加入。成功和失败都在他的一念之间，她不得不抓紧，天天在他耳边念。

又是下着雨夹雪的一天，湿冷的天气冻得人受不了。

在外语学院教学楼的走廊里等待苏叙下课的陆惜手脚冰凉，身体僵硬，忍不住把卷起的裤脚放下，想要多遮一遮光裸的脚踝。她今天出门忘戴围巾，脖子也很冷。

她一边来回走，一边心里骂着苏叙。她都这么诚心了，换成别人早被感动了，偏偏他无动于衷。

三点半，苏叙终于下课了。

他跟纪嘉是最后从教室里出来的。

陆惜忍不住抱怨说："你们怎么每次都这么慢啊？我都快冷死了。"

"抱歉，抱歉。"纪嘉不好意思地说。

苏叙没有开口，只是目光扫过她，在她光洁的脖子和纤细的脚踝上停留了一下。

陆惜跺着冻僵的脚说："你们今天还去图书馆吗？要去就快点走。"图书馆的暖气充足，不至于像教学楼走廊这么冷。

"去啊。今天罗月要帮我们补习。"

直到纪嘉挪动脚步，陆惜才发现他们身后还站着罗月。

视线相触，她察觉到罗月眼中的敌意。她知道罗月误以为她对苏叙有意思。

罗月移开目光问苏叙："她也要去吗？"

"放心，我不会打扰你们复习的，"陆惜搓了搓手说，"我去吹吹空调。"

苏叙回答说："不管她，走吧。"

刚走到一楼大门口，还没出去，就能感觉到一阵阵刺骨的寒风，陆惜忍不住缩到了苏叙和纪嘉身后。

苏叙突然停下了脚步。

他转过身，把脖子上的灰色针织围巾解下递给冻得瑟瑟发抖的陆惜。

不得不承认，苏叙虽然性格恶劣，但有时候还是非常绅士的。陆惜由衷地说了声"谢谢"。她空空的脖子现在非常需要一条围巾。

苏叙语气里带着几分懒散说："想要谢我就不要再缠着我了。"

陆惜挑起眉毛，笑着问："那我多冻两天，你会不会心软答应我？"

她说的是让他答应加入她的战队，可这句话在不知情的人耳中就是另外一个意思了。

纪嘉坏笑着朝苏叙挤眉弄眼，罗月的脸色则有点难看。

苏叙只当没看见纪嘉抽风，对陆惜说："不要还给我。"

陆惜飞快地把还残留着温度的围巾围在了脖子上。他又不吃苦肉计这套，她才不想白白挨冻。

苏叙的围巾对陆惜来说有些长了，足够把她的脖子连带着大半张脸都裹起来。鼻子和唇蹭着围巾，她可以闻到一股很特殊的味道，像是雪松，淡淡的，很好闻。

意识到苏叙很可能也是这样戴围巾，他的唇和鼻子也这样蹭着，她猛然把围巾拉到下巴下，脸有些发烫。

又是一阵寒风迎面而来，飞快地吹散了她心中的异样。

临近期末，图书馆进进出出的人很多，陆惜很容易就跟着混进去了。

在自习室找到位子后，她跟之前保证的一样，安静地在一旁玩手机，没有打扰他们补习。

没过多久，纪嘉移到她旁边推了推她。

陆惜一脸莫名地抬头问他怎么了。他指了指旁边。

苏叙正低头看着题目，眉毛罕见地微微皱着，样子很认真。罗月就坐在他旁边轻声讲解，时不时抬头偷偷看他，眼中带着明显的喜欢。

纪嘉夸张地叹了口气说："我被忽略了，这补习没办法进行了，看来这学期又要挂好几门。"

他的样子很好笑。陆惜看了眼他压在手肘下的试题，说："要不然我给你补？"

"你？"纪嘉怀疑地问。

因为他的声音有点大，苏叙和罗月看了过来。

陆惜无意识地撩了一下头发，勾着唇说："是啊，我在美国那么多年，辅导你还是可以的。如果你二外学的法语，我也能帮帮你。"苏叙的围巾被她跟自己的外套一起挂在了椅背上。她穿着圆领棕色毛衣，领口偏大。在大家都捂得很严实的冬天，她脖子柔美的曲线和精致的锁骨非常亮眼。

"我二外选的西语，苏叙是法语。"纪嘉说。

陆惜下意识朝苏叙看去。

他们坐的是一张一边能容纳四个人的长桌。陆惜坐在最右边，苏叙坐在最左边，中间隔着纪嘉和罗月。

正好苏叙也在看着她。

几乎隔着整张桌子，他们的目光轻轻相触。她抬了抬眉，他无视了她的挑衅，漠然移开眼睛。

"二外先放在一边。你还是先帮我补习英语吧。"纪嘉说。

"好啊。"

很快，陆惜和纪嘉也进入了补习状态。只是不同于苏叙和罗月的安静，他们这边有说有笑。

纪嘉是个很幽默的人，时不时说一些段子把陆惜逗得发笑。

因为怕声音太大影响别人，他们说话很小声，像是在咬耳朵一样。

另一边，罗月给苏叙讲了一段语法后发现他没反应。

"苏叙？苏叙？"

她连喊了两声，苏叙才回应她。

很明显，他走神了。

罗月看向陆惜，眼中闪过不悦。她拍了拍纪嘉，提醒说："你们能不能小声点儿？"

纪嘉抱歉地笑了笑。

陆惜知道罗月是在表达对她的不满。

"要不然还是我帮你一起补吧，你跟苏叙两个人我补得过来。她不是我们专业的。"罗月建议说。

纪嘉丝毫没有察觉到气氛的微妙，说："不用，我觉得陆惜讲得挺好的。"

他这句话无疑是在给陆惜拉仇恨，罗月的脸色直接变了。

"我不是说你不好啊。"纪嘉着急地解释说。

陆惜看不下去了，提议说："你还是让罗月帮你吧。"

纪嘉只好又坐回去，讨好地说："罗月大大，你替我看看这翻译。"

陆惜看了眼始终低着头没有说话的苏叙，继续玩起了手机。

"你这句怎么是这样翻译的？"

"陆惜教的啊，不对吗？"

"不对。"

陆惜听到罗月和纪嘉的对话，忍不住抬起头问："哪句不对了？"

纪嘉把刚刚的翻译题拿过来。陆惜看了一眼，笃定地说："这句没错。你那样翻译是对的，但不能说我这样翻译就是错的。"

罗月语气冷淡地说："你不是我们学校的学生，也不是我们专业的。"

"所以你想说我没资格坐在这儿?"陆惜收起了眼中的笑意。她的英语是在去了美国读书后,日常交流里学的,比起大学里老师教的,路子有些野。

"你们别吵啊。"没想到她们两个能因为一道翻译题吵起来,纪嘉左右为难,求助地看向苏叙。

这时,陆惜突然笑了。她的成熟在这一刻体现了出来,不在意地说:"你照着罗月的改吧。"她犯不着跟一个还没大学毕业的女孩子吵架。

罗月咬着唇,脸色更差。

始终保持沉默,好像这一切跟自己无关一样的苏叙终于开口了。他没有看陆惜,而是态度温和地对罗月说:"今天就先到这里吧,麻烦你了。一会儿天越来越冷,你先回宿舍吧。"

罗月不甘心,却也没有拒绝。

她走后,纪嘉尴尬地说:"罗月就是态度比较认真,你不要放在心上。"

陆惜回答说:"我没放在心上。"说话的时候,她看向苏叙。

罗月对她的不满都源于他,这些都要记在他头上才对。

纪嘉问苏叙:"那我们今天不补习了?"

苏叙抬眼,漫不经心地问:"你还想补?"

觉得他这个眼神有些奇怪,纪嘉后知后觉想起自己刚刚跟陆惜说说笑笑的样子,身上凉飕飕的。他站起来说:"那我也回宿舍了。"

陆惜觉得纪嘉走得莫名其妙,却也没在意。

不相关的人都走了,正好给了她跟苏叙谈正事的机会。她抱着大衣和围巾移到他旁边的位子坐下,开玩笑说:"苏皇,你再不答应我,你的爱慕者要误会我们的关系了。"

"我跟她只是同学。"苏叙回答的时候没有看她。他双腿交叠伸在长桌底下,坐姿看起来非常慵懒。陆惜皱起了眉说:"那你还让人家帮你补课?这不是让人家误会吗?"

苏叙沉默了一下才说:"期末考试比较重要。"

堂堂电竞大神竟然被期末考试难住。破天荒地看到他难以启齿的样子,陆惜差点笑出来。

随即,她觉得似乎找到了新的突破口,积极地说:"我可以帮你补啊。只要你答应加入战队,我随时随地都能帮你补。刚刚那句翻译就算考试那么写也不会错,我只是不想跟小妹妹争。而且,我还能帮你补二外。"

苏叙抬头就看到了一截纤细的颈项。距离被拉近,这一抹冬日的清凉就更加抓人眼球了。

陆惜把他的沉默当作是心动了。她立即翻出手机里的战队筹备方案,说:"要不然你先看看我的方案?"

在她的期盼下,苏叙终于接过了她的手机。

他右手的大拇指在屏幕上从下往上滑动,懒散的气质让他看上去有些漫不经心。

陆惜不确定他有没有认真看。以他恶劣的性格,在耍她也不一定。

但是,只要看到一丝希望,她都要抓住。因为除了他,她别无选择了。

"一起组个战队,对他们几个,还有你、我,都有好处。一起再拼一把,不好吗?"

她柔软的声音里带着一股执着和冲劲,仿佛有无限的可能在等着他们。

苏叙的手停了下来,问:"万一输了呢?或者连世界联赛的资格都没拿到呢?"

实际上,从苏叙的语调里可以听出来他只是随便一问,但是陆惜的神情却变得很认真。"我把我的嫁妆都拿出来组战队了,要是真的不行也没办法。我爸妈要是知道,得打死我。到那时我就只能听他们的话回家相亲嫁人了。"

从决定成立战队开始,她就几乎没有考虑过失败后会怎么样。但是无论她怎么逃避,怎么拒绝去想,失败的后果始终在那里。

不到比赛结束的最后一刻,谁也不知道输赢,这就是竞技比赛的魅力。她努力过了,如果到时候真的连世界联赛的资格都没拿到,也只能认了。

苏叙不知道被她哪句话触动,那平静得任谁都搅不起波澜的眼中产生了一丝光影的变化。

"成交。"他说这两个字的时候几乎连嘴唇都没怎么动。

看着桌面,情绪低落的陆惜没有听清,抬头问:"什么?"

苏叙懒懒的语气里带着一丝不耐烦，说："你帮我补习，我答应你的要求。"

他说出这句话的时候神情里没有一点纠结，好像答应重新回来打职业比赛只是件非常普通的事，明明他之前是那样坚定地拒绝的。

没想到今天居然成功说动他了，陆惜简直不敢相信自己的耳朵。

她愣了一下，心中才涌上喜悦。

苏叙继续滑动手机屏幕，看着方案点评说："Revenge，复仇，这个名字不错。"

很嚣张，很有寓意。

听到他念出战队名，她心绪涌动，浑身的血液翻滚，像是在叫嚣着什么。她的喉咙好像被什么堵住了一样，发不出声音，只有鼻子发酸。

这样一个雨夹雪的傍晚，在N大的图书馆里，她见证了一个电竞传说人物即将回归真实、回归赛场、填补遗憾，四个走投无路的少年将另辟蹊径，继续追梦。

桌面的倒影、自习室里学生们轻声交流的声音、明亮的灯光，甚至是玻璃窗上的水雾，一起成就了这个非常有仪式感的瞬间。

她深吸一口气控制住情绪，从苏叙手中把手机抢回来，打开录音界面说："我怕你耍赖。你再说一遍，我录下来。"

苏叙看了眼她发红的鼻子，发出一声似是轻蔑又有些柔和的笑，好像觉得她这样的行为很幼稚，然后站起来把书收进包里。

看他要离开，陆惜立即拿起外套和围巾追上他，冷冷地提醒说："我今晚就把消息告诉空空、柔弟他们。苏叙，你要是敢耍我，我这辈子跟你没完。"

苏叙勾了勾唇没有说话。

到图书馆门口，他停下来穿外套。

已经可以感觉到外面的寒冷了，陆惜穿上大衣后抖了一下。她把围巾递给他说："还给你。"

苏叙没有接，只是目光停留在她的脖子上，嫌弃地说："遮遮好，我看着都觉得冷。"

陆惜很不明白，这种人到底为什么有那么多粉丝？

她把围巾戴上,又是一股雪松的味道把她包围。

回去的路上,她发消息把苏叙同意加入战队的消息告诉了空空。

空空像是一直没看微信,没有回她。

02

有了苏叙同意加入战队这件事,今天所有的不愉快都变成了愉快。

回到家看到陆勉,陆惜想起这段时间自己的态度,忽然有些愧疚。毕竟也是自己的亲堂弟。

她叫了声陆勉,说:"你的苏皇要回来打职业了。"

陆勉愣了一下,从沙发上跳起来问:"真的?"

"应该是真的。"如果苏叙不是逗她的话。

陆勉声音颤抖地说:"有生之年还能看到苏皇回来打比赛!姐,我太崇拜你了。苏皇的粉丝以后肯定再也不会骂你了。"

陆惜看到他的眼眶变得湿润,真的哭了。

想起自己在图书馆时涌动的心绪,她难得没有说他没出息。

"我有自己的打算,你暂时不能告诉任何人,不然我饶不了你。"她威胁说。

陆勉连连点头:"好好好,只要苏皇能回来,我都答应你。"

就在这时,陆惜的手机响了,是空空发来了视频请求。

"我谈正事。"她拿着手机回到房间,留陆勉在客厅里上蹿下跳,放声大叫。

一点开视频,她就看到四张脸争相挤在屏幕上。

空空问:"惜姐!苏皇真的要加入我们的战队吗?"

小谢开心地说:"柔弟已经激动得去跑圈了。"

回程烦躁地推了推他们说:"都给我别挤!"

陆惜看着他们你一言我一语的样子,好笑地说:"真的。你们可以准备准备把杭州的房子退掉了,我想把战队基地建在南京,你们觉得可以吗?"

"这都好说，"跑圈回来的柔弟说，"只要有苏皇，去哪儿都行。天哪，我都没想过能跟苏皇一个队打比赛。"

他们几个刚接触这个游戏的时候就看着苏叙在打比赛，等他们踏入电竞圈的时候苏叙已经退役了，没来得及产生任何交集。

陆惜提醒说："对了，这件事你们先不要跟任何人说。明天我就给Q社发邮件说明情况，等他们承认了我们的战队，我们再宣布，到时候国内的联盟就没有办法了。"

Q社是Vate这款游戏的研发、运营公司，也就是官方。

这里面的利害关系空空他们四个当然是明白的。

柔弟突然揉了揉眼眶说："惜姐，我真的没想到还能继续打比赛。谢谢你，还有苏皇。"

看到他的眼泪，陆惜觉得自己这段时间的努力很值得，心里有种说不出的成就感和欣慰。

这一晚，空空、小谢、柔弟和回程四个人肯定是睡不着了，陆勉也激动得睡不着觉，陆惜同样没睡着。

欣喜过后，她心里有些沉重。她当初是凭借着一股冲动决定组建战队的，现在她的身上却担负着责任。

她把退役的苏叙拉了回来，把Shape战队四个被禁赛的少年拉了过来。她不敢想象苏叙再次与世界联赛冠军失之交臂的情景，不敢想象空空他们满腔热忱却再次输给资本控制的联盟的情景。

她怕辜负他们。

03

接下来几天，陆惜没有去N大。

她忙着跟Q社沟通，忙着在南京租合适的别墅供她的战队成员们生活和训练。

圣诞前夕，12月23号，陆惜突然接到了空空打来的电话。

电话里，他说他们四个还有半小时就要到南京站了。

陆惜吓了一跳。她还没找好房子啊！

正好陆勉今天没有课。她立即让陆勉去订酒店，自己则急匆匆地开着车去了南京站。

"你们怎么这么快就来了？"接到他们后，陆惜问。

柔弟的心情非常好，笑得很阳光，回答说："反正我们在杭州也没事，来了还能给你帮忙。"

小谢戳穿他说："你明明是想早点见到苏皇。"

陆勉来南京上学两年了，对南京非常熟悉，很快就找好了酒店。

陆惜按照他发来的定位直接把空空他们四个带去了酒店。

等他们办理好入住后，她让陆勉招待他们，自己则去找了中介。

陆勉一下子接触到这么多职业大神，像活在梦里一样幸福。

陆惜之前看了好几套河西的别墅，却始终没有找到特别合适的户型。可是他们人都来了，天天住酒店也不是办法，她当机立断决定租下前天看过的一套勉强符合条件的。

别墅一共三层，双厅，一层带车库，二层把储物间改成卧室后正好四间房，三层两个房间还有露台。

跟着中介又去看了一遍后，她付了押金开始走合同。

04

24号，平安夜。

柔弟、小谢、回程和空空四个人是第一次来南京，陆惜和陆勉姐弟带他们去夫子庙、新街口和鼓楼那一片儿玩了一天。

都来南京第二天了,还没有见到苏叙,作为苏叙的铁粉,柔弟忍不住了。他问:"惜姐,苏皇呢?怎么一直没见到他?"

陆惜笑了笑说:"苏叙他……最近有点忙。"忙着背单词、刷题。

被柔弟这么一提醒,她意识到马上要宣布成立战队了,他们确实该碰个面。

元旦一过就是考试周,到时候苏叙应该会更忙。

她翻出手机里存的课表。刚好明天下午苏叙只有两节课,三点半就没课了。

"明天下午我带你们去见他。"

05

25号,圣诞节。又下起了雨夹雪,天气很冷。

N大外语学院的圣诞氛围很浓厚。下午三点半,学生们从各个教室走出来。他们脸上带着节日的喜悦,没课的已经在想一会儿去哪里玩了。

"都快一个星期没看到陆惜了。苏叙,那天你们是不是在图书馆吵架了啊?"纪嘉遗憾地说,"陆惜多好啊,长得漂亮性格又大方。要换成是追我,我早答应了。"

苏叙一副事不关己的样子,唯独眉毛微不可见地皱了一下。

走出教室,他突然停下了脚步。

"怎么了?"纪嘉疑惑地顺着他的目光看去。

只见陆惜穿着一身类似她第一次来N大时候的穿着。长款大衣,高跟长筒靴,她脖子上戴的是准备还给苏叙的围巾,一头的卷发透着一股成熟的风味,满身的"社会气"。

她身后跟着的四个男生也很亮眼。尤其是原来Shape战队的颜值担当空空,在整个电竞圈里颜值都排得上前三,本身拥有一群迷妹,女性粉丝最多。走过的女同学都要朝他看两眼。

纪嘉不由得说:"陆惜小姐姐今天是带了小弟来找你算账吗?只是我觉得这

四个男生看着有点眼熟啊。"

陆惜告诉空空他们苏叙最近忙着准备期末考试的时候，他们根本不敢相信。

现在他们亲眼见到了。

他们四个非常有礼貌地朝苏叙招了招手，阵仗很大很傻气，就差一起整整齐齐喊一声"苏皇好"了，引得大家朝这里看过来。

苏叙闲适懒散的状态有一瞬间崩掉了。他目光扫过他们，在陆惜的脖子上停留了一瞬，漆黑的眼中闪过一抹光亮，像是有暖阳照了进来。收回目光后，他对纪嘉说："我还有事先走了。"

纪嘉站在原地，仔细回忆是不是在哪里见过那四个人。

06

N大外的咖啡店里。

陆惜回忆起刚刚在教室外苏叙脸黑的一瞬间，好笑地看着他，心里非常得意。

在应付四个小粉丝的苏叙朝她看了一眼，她立即收起笑意。

"我们来说正事吧，"她从包里拿出纸笔，还有打印的方案，"别墅我已经租好了，再过两天拿到钥匙就能搬进去了。Q社那边这两天应该会回邮件给我，我打算元旦前后发微博宣布成立战队。"

陆惜被联盟封杀找不到工作，空空他们四个被联盟终身禁赛，苏叙公开指责过联盟。既然如此，他们就要高调宣布回归赛场，打联盟那帮人的脸。

对于陆惜提出的具体操作，大家都没有意见。虽然在座都是这个圈子里的神级选手，但论起战队运营，都没有她专业，就算放眼整个国内，能力比她强的都没有几个。

讨论完这些流程后，陆惜确定了一下大家在战队的位置。其实她只是形式地问一问。六月走后队伍里少个carry位，而苏叙刚好是打C位的，还是世界第一

C位。

可谁知苏叙却开口否定了这个位置安排，轻描淡写地说："我不准备打C位。"

别说是空空他们了，就连对他比较熟悉的陆惜都露出了惊讶的表情。

世界第一C位不打C位？那他想打什么，二号位还是辅助？

"苏叙，你跟我出来一下。"她站起来说。

走出去感觉到一阵凉意，她才意识到自己忘记穿外套了，但是又懒得回去拿。

她压抑着怒气，严肃地问："苏叙，你确定你是真的要加入战队，而不是拿我寻开心吗？"

陆惜的身高不算矮，但是苏叙太高了。她穿了高跟靴还得抬着头看他。即使身高不占优势，她的气场依旧很足，整张脸绷着，眼中带着警告。她的卷发在寒风中飘着，轻盈的雨雪斜斜地落在她的脸上。

帅不过三秒，她冻得缩了起来，直跺脚。

苏叙漆黑的眼中浮现笑意。他挪动了下脚步，高大的身体刚好挡在了风口，不知道是有意还是无意的。

他的语气不再那么漫不经心，变得很正经，说："官宣的时候位置就按我说的来，等我考完试开始安排训练。既然要回去，怎么能一成不变，什么都让他们猜到呢？"大概是因为代表了一代人的青春和信仰，他说出的话让人忍不住从心底生出信服，结尾上扬的语调里流露出一丝张狂。

这一刻，陆惜觉得冰凉的风中有一股雪松的味道。

07

终于到了2019年。

元旦这天，陆惜登上自己的微博账号，发微博宣布将自己成立战队，并且公布了战队的五号位，@空空。

空空立即转发确认。

陆惜的微博粉丝本来就不少,再加上空空有那么多粉丝,消息很快就传开了。

"我去,陆惜是把整个Shape战队都接手过去了吗?"

"我的天!有生之年还能看到我的Shape回到赛场!他们要回来追梦了吗?我要哭了!"

就连电竞圈的职业选手都参与到了讨论里。

几个职业选手在评论下面聊了起来。

"不对啊,六月半个月前出国了,他们战队没有五个人。"

"以他们的情况来看,估计是找了个退役的。"

Vate的职业选手们有个大群,退役的和现役的都在里面。大家在群里讨论得热火朝天,把退役的C位挨个@了一遍,问是不是他们。

"有没有可能是苏叙啊?"有人问。

大家纷纷觉得不可能。陆惜跟苏叙可是死对头,见面要吵起来的那种。

微博里也有人发评论质疑:"他们不是都被禁赛了吗?怎么回来打比赛?"

从宣布成立战队开始,陆惜的微信就响个不停,都是来打听消息的,她一个都没有回复。

在质疑声里,第二天,她发微博宣布战队的carry(核心)位——小谢。

小谢原来是Shape战队的四号位,辅助转型打C位?虽然小谢确实很强,在刚刚过去的世界联赛上,他凭借精彩到令人头皮发麻的预判,被称为"天选之眼",但是C位是整个队伍的大哥,前期主要是发育、刷钱,找准时间参团,后期要带动全场,跟四号位根本不是一个打法。

昨天那些一本正经分析阵容的职业选手被打脸,大家的好奇心被调动了起来。

第三天,陆惜宣布二号位柔弟。

第四天,她宣布战队三号位回程。

终于到了第五天。因为前四天的铺垫,这一天,很多人都守着她的微博。

陆惜宣布重组战队,战队名为Revenge,并贴上了与Q社来往邮件的截图,表明战队已经被官方承认。同时,她宣布战队的四号位——苏叙。

苏叙这个名字有着绝对的分量,是一些年轻选手选择打职业比赛的理由,是许多玩家的信仰和青春,也是粉丝们心中的一抹遗憾。

自从陆惜宣布成立战队,电竞圈每天都很热闹,而今天公布的消息把这件事推向了前所未有的高潮,整个电竞圈都炸了。

"没看错吧?苏皇要回来打职业了?我好像看到自己的青春又回来了!"

"苏皇老了吗?从C位变成辅助,好心酸啊。"

"追梦的要向圈钱的宣战了!我选择站复仇者联盟。追梦的就是要干翻圈钱的!给Revenge打call!"

"太燃了!这阵容无敌,我苏皇终于要拿大满贯了!我一个30岁的大男人哭成了个孩子!"

CHAPTER 04

大神秒变小学生

苏叙抬头,发现陆惜已经躺在沙发上睡着了。
她睡相很好,发梢盘在精致的锁骨上,红色的桃心被发丝覆盖着。
深夜看到这样的景象还是很有冲击力的。

01

在整个电竞圈因为"复仇者联盟"的横空出现而沸腾不已、感觉自己见证了历史的时候，Revenge的成员们正忙着搬家，圈子里任何人打来的电话都没有接。

别墅一楼的客厅改成了训练室，二楼四间房正好小谢、空空他们四个人住，三楼两间房一间是陆惜的，一间是苏叙的。

陆惜是不想跟苏叙住一层的，原本想让他们四个中的一个搬上来，可是他们觉得三楼的房间是最好的，坚持要留给他们的苏皇。

陆勉这几天一直在给这些大佬帮忙，俨然成了"保洁小弟"。在他的恳求下，陆惜勉为其难地把三楼一个很小的储物间留给了他，里面就一张床，让他偶尔过来的时候可以住。

连着忙了三天，终于搬完家了。陆勉还有几门课要考试，当晚就回去了，空空他们这几天很累，早早地就睡下了。

陆惜独自从三楼走到二楼，再到一楼。看着一楼训练室里已经摆上的电脑，她有些恍惚，没想到她的战队真的成立了。既然如此，她就要对得起苏叙的复出，对得起空空他们四个的信任，用尽全力跟他们一起打进世界联赛。

突然，她的手机响了一下，在安静的训练室里十分明显。

她原本以为又是来打听战队消息的，却发现是个微信好友申请，来自"SUGER"。

这个名字、这个头像，是苏叙没错了。

看来自己终于被他从黑名单里移出来了,她只好不计前嫌,通过验证。

"说好的补习呢?打算过河拆桥?"

陆惜被质问得沉默了一下,回复说:"并没有,只是这几天在搬家。"

苏叙很快又发了一条消息过来:"我下周要考四门。"

从这七个字中,陆惜莫名感觉到了一股焦急。她怀疑苏叙这么晚没睡是在背书。

心情忽然变得很不错,她勾起唇,发了一个非常嚣张的表情,说:"既然苏皇这么着急,那我明天就出现。"

这句话发过去后,苏叙就没有再理她。

02

第二天中午,陆惜打算出门的时候,空空他们正要点外卖。

"惜姐,你要出去?还回来吃饭吗?"柔弟问。

陆惜回答说:"不了,我去趟N大。"

柔弟眼睛一亮,问:"去找苏皇吗?要不要我跟你一起去?"

"N大考试周到了,你苏皇正在水深火热里,我去帮他补课。"

陆惜的话让空空他们四个表情变得有些怪异。他们还是有点没办法接受这么厉害的苏皇被期末考试弄得焦头烂额。

柔弟摸了摸脑袋说:"那我们还是不去打扰苏皇复习了。"

陆惜到N大找到苏叙的时候,苏叙刚刚跟纪嘉吃完午饭从食堂出来。她走上食堂台阶的时候,一阵冷风从苏叙那个方向吹过来,空气里一股雪松的味道。

纪嘉看到她一脸惊喜:"陆惜你来了啊!我还以为你就这么放弃苏叙了呢。"

对纪嘉这种缺根筋的人,陆惜都懒得解释了。她的目光落在苏叙身上,问:"去复习?"

苏叙点了点头。

纪嘉在寒风里抖了一下说："我把我的校园卡给陆惜，你们去吧。我上午的考试凉了，需要回宿舍打会儿游戏治愈一下才能重新振作。"

"你们上午考试了？"陆惜有些惊讶。她看向苏叙，想问问他考得怎么样。

对上她询问的目光，苏叙若无其事地移开了眼睛。

陆惜猜测他应该是和纪嘉差不多的结果。

好不容易有嘲笑他的机会，她当然不会放过，满脸笑意地看着他。她不知道，她这身成熟的打扮加上这样的笑，很像"社会大姐"在调戏男大学生。

纪嘉一脸看戏的样子。

"你不是要走吗？"苏叙皱眉。随后，他看了陆惜一眼，率先走下台阶。

陆惜一路跟在他身后，借他的身体挡风。

N大的考试周氛围很好，到了图书馆他们才发现全都是来复习的人，根本找不到位子，只好去附近的咖啡馆。

咖啡馆也几乎被复习的人坐满了，他们好不容易找到位子坐下。

比起图书馆，这里有些吵。

"那就开始吧，有不会的地方就问我，"陆惜朝苏叙眨了眨眼睛，"千万不要跟我客气呀，苏皇。"

刚把书拿出来的苏叙手上动作一顿，漫不经心地提醒说："我现在反悔还来得及。"

陆惜立即收起笑意。

这人太无耻了。

苏叙的嘴角不动声色地上扬了一下，继续手上的动作。

翻开书后，他很快进入了复习的状态。今天的南京虽然依旧很冷，但是好在阳光很充足，照进来似乎有了暖意。

陆惜特意带了电脑过来。苏叙看书的时候，她就整理在世界联赛之前战队要参加的几个主要比赛，做未来的规划。

咖啡厅里很热闹，他们旁边一桌坐了一对一起来复习的情侣，时不时说笑。或许是因为陆惜和苏叙比这些大学生年龄都要大一点，所以容易沉得下心，没有被打扰。他们与外面的街景只隔着一层玻璃，街两边人来人往，法国梧桐枝干横斜。

里外的喧闹和嬉笑声都被他们隔绝在外，两杯离得很近的咖啡散发着浓郁香味，形成了两人之间的宁静。

　　苏叙并没有因为要面子而保持矜持，相反，有问题的时候他问得很直接，一点都没觉得不好意思。这样的做法很符合他的性格。

　　几个问题回答下来，陆惜发现一件事：他的英语实在太差了。

　　她忍不住问："你英语这么差，以前是怎么跟那些外国队的选手交流的？你嘲讽尤斯塔不是挺厉害的吗？"尤斯塔虽然在网上很嚣张，还暗讽苏叙年纪大了，但实际上也总被苏叙气得在电脑前跳脚。

　　面对她的质疑，苏叙转着笔，坦诚地回答说："尤飘飘那样的人随便逗两下就炸，不需要词汇量。而且我会的那些考试不考。"

　　陆惜觉得不是尤斯塔随便逗两下就炸，而是没人被他逗两下不炸。

　　词汇量匮乏都能达到这个效果，要是他英语好不就成怪物了吗？

　　"原来你的英语都学来嘲讽别人了。"

　　听陆惜这么说，苏叙也没有否认。

　　经过这一个下午，陆惜深深感觉到给苏叙补习不是件简单的事。

　　傍晚离开咖啡厅前，她忍不住问："你要是考试都没过，不会反悔吧？"

　　正要推门的苏叙回头看了她一眼，身高的差距使得他向下俯视，目光里透着蔑视的意味。

　　陆惜把这种沉默当成是默认了，气得差点顺不过气来。她觉得苏叙这种人，给他洗脑"用爱发电"是没用的，要有合同约束才行，回去以后要想想合同的事。

　　"明后两天是周末，你是怎么打算的？"她平复心情后问。

　　苏叙推门走了出去，然后侧过身用手抵着门等她。他的声音从风里飘过来："明天背单词，你后天下午帮我补吧。"

　　他想了想又补充说："这里太吵，后天去我家。"

　　苏叙自从退役，别说是住址了，就连所在的城市几乎都没有跟电竞圈内的人透露。陆惜觉得他这次能让自己去他家，也是被期末考试逼得没办法了。

03

陆惜回到河西的别墅的时候,空空他们四个人正在训练室里两两组队直播排天梯。

Vate的天梯系统比普通匹配竞技性更高。打天梯会有天梯积分,职业选手一般都在6000分以上,近一年国外有两个职业选手的天梯积分已经突破了一万,但职业选手天梯积分低也不一定代表打得不好。普通玩家能到5000分就很不错了,像纪嘉那样的水平估计就只有1000分。

空空他们四个虽然才进入职业圈不到一年,但是在去年世界联赛上的表现圈了很多粉,直播网站的弹幕很热闹。尤其是空空的直播间,每天都会有很多女粉丝。

陆惜在他们后面看了一会儿,不禁想象苏叙要是开直播会是什么样子。据她所知,他退役的时候直播刚刚兴起,他从来没有开过直播。

04

周日下午,陆惜按照苏叙前一天给她发的定位来到他家。

他家在秦淮区的一个比较安静的小区里。

秦淮区是南京景点集中的地方,周末游客很多,陆惜路上堵了一会儿车。

她本以为自己迟到了,可谁知苏叙来给她开门的时候一副睡眼惺忪的样子。

"来这么早。"

"你在睡觉?"她惊讶地问。

苏叙像是被她吵醒,从被窝里爬出来就来开门了,上身只穿了件白色的T恤,修长的手臂在大冬天有些晃眼。他黑色的短发被睡得有些乱,眼睛微微眯着,整个人慵懒得像一只大猫。

他低头看着她,声音比平时要低沉一点:"背单词背到了早上。你自便,我再去睡一会儿。"说完，他转身回到房间关上了门。

陆惜愣了愣，转身关上大门，在玄关的鞋架上找了双拖鞋换上后走了进来。

苏叙的房子很大，风格简约，色调明亮轻快，大量运用了布艺制品，却没有减弱男性的气息，并且整体给人一种非常舒适的感觉。在这样的环境下，人很容易变得很懒。

这是陆惜第一次遇到被主人丢下的情况，大概也就只有苏叙才做得出来。

在客厅和餐厅转了一圈后，她在沙发上坐下打算玩手机等他起床，沙发舒服得让她简直想躺下去。

这几天给她打电话的人比起元旦那会儿已经少很多了，但是网上关于Revenge的讨论依旧没有减少，论坛上有很多分析帖，毕竟老牌大神搭配新人的组合还是很让人期待的。

把论坛上的热门帖子看完后，她又去刷微博，突然一个电话打了进来，是上海SO战队的宋哥。

"宋哥？"

宋哥像是没想到陆惜这么快就接电话，停顿了一下才说："还以为你不会接的，没想到我面子这么大。"

"我找工作那会儿多亏你告诉了我联盟的事情，"陆惜一直记着这个人情，"宋哥，你找我什么事？"

"我就是想确认一下苏叙真的要回来了？你们是认真的吗？"宋哥也是电竞圈的老人了。当初他还是职业选手的时候，跟苏叙当了很多年的对手。

陆惜回答说："那当然。"

宋哥问："前天小谢直播打的还是四号位。老苏打算转四号位是真的还是骗我们的？他是怎么想的？"

陆惜从他的话里听出了一丝打探的意味。

见她没有回答，宋哥笑了笑说："陆惜妹妹啊，看在我们的交情上，能不能先跟我透露一点，我们也好有点准备。"

陆惜抱歉地说："要转四号位这件事是苏叙自己提的。他现在人还没到位，我也不知道他是怎么想的。"

她的态度真诚，宋哥也没有生气。两个人又聊了几句后，他提醒说："我听到风声，你们战队已经引起联盟大老板的注意了。接下来你们懂的，要做好心理准备。"

从决定成立战队开始，联盟那边的阻碍陆惜就考虑到了。她把苏叙这样难以搞定的人都请回来了，还会怕联盟的那些人吗？

"谢谢宋哥提醒。"

打完电话后，她看了眼时间，快四点了。

她已经等了一个多小时了，苏叙不知道什么时候才会起来复习。

看手机看得有些无聊，陆惜站起来走向开着门的书房。

书房的采光非常好，有个很大的飘窗。占了整整一面墙的书架上摆着各式各样的书，大多数是英文的，有专业书籍，也有名著小说，看着很像一个英语专业大学生的书房。只是书桌上的电脑和拉风的外设跟这样的氛围格格不入。

鼠标、键盘、耳机和鼠标垫都是典藏纪念版，陆勉有同款。

不知道苏叙什么时候才起来，陆惜忽然想打两局Vate。

她在电脑前坐下，按下开机键，屏幕刚刚亮起就听到一个低沉的声音："我要点外卖，你想吃什么？"

"啊？"她抬头，发现苏叙不知道什么时候站在了书房门口。

他上身套了件圆领白色毛衣，下身是一条深灰色的裤子，整个人看起来没之前那么懒散，看样子是睡醒了。

"今天可能会复习到比较晚。"他补充说。

被晾了将近两个小时，陆惜已经有点脾气了。她没跟他客气，说："我想吃点辣的，但不吃青椒，彩椒也不吃，小辣椒可以但要剁碎的，同时不能太油腻，我怕长痘。肉不吃肥的，但也不能全是瘦肉，要带骨头。鱼不吃骨头多的，蔬菜都吃，水果里不吃苹果和橘子，其他没什么忌口了，你随意点。"

这个"随意"真的很"随意"了。

大概是因为刚睡醒心情好，苏叙没有跟她计较，只是"哦"了一声就拿着手机转身走了。

既然他都起来了，陆惜也就不想打游戏了，电脑关掉后离开书房，继续坐在沙发上等。

半个小时后，苏叙洗完澡，外卖也到了。

陆惜看了眼菜色，全都符合她的要求。

苏叙吃饭的时候慢条斯理，也不怎么说话。坐在对面的陆惜忍不住抬头看他。

这不是她第一次跟他一起吃饭了，却是第一次在他家单独跟他吃饭，有种说不出的微妙的感觉，就像是两个死对头突然和解了。她以前从来没想过会有这么一天。

察觉到她的目光，苏叙看向她。

陆惜若无其事地移开眼睛，吃了块蒜香排骨，然后问："你明天考什么？"

"综合英语。"

"听上去好像挺重要的？"

"最重要的。"苏叙说话总是轻飘飘的。

陆惜忍不住问："那你有几分把握能过啊？"

苏叙不说话了。

他这个态度让陆惜秒懂。

"苏皇，你就不怕你的粉丝知道你连期末考试都过不了，觉得幻灭吗？"她调侃问。

苏叙皱了皱眉，似乎觉得她的话很没有逻辑，坦然地回答说："他们看我打游戏，又不看我学习。"

他们吃完饭正式开始补习的时候已经五点多了。

英语专业是大学里比较累的几个专业之一，每次一到考试就要一整本书一整本书地背。

陆惜坐在沙发上，手肘压着茶几，撑着脑袋翻着苏叙的书。屋子里开着空调，她的外套被扔在了沙发靠背上，身上只穿了一件灰色的V领毛衣。她纤细的脖子上戴着一根银色的锁骨链，上面缀着的红色桃心非常亮眼，衬得她皮肤很白。

看着书上密密麻麻的重点，她轻轻叹了口气，觉得补习的任务很艰巨，自己可能胜任不了。

坐在另一张沙发上看书的苏叙听到叹息抬头，目光被红色的桃心吸引，停顿了一下才移开。

"我帮你把重点里的重点圈出来。你今天打算到几点？"陆惜重新振作，拿起笔。觉得茶几太矮弯着腰难受，她干脆坐到了下面的地毯上。

苏叙回答说："可能会通宵。你晚一点就回去吧。"

"那怎么行，"陆惜朝他笑了笑，"我要是不尽力就是给你反悔的机会。我怎么能让期盼苏皇回归的粉丝们失望呢？"

苏叙没有因为她"阴阳怪气"的语调生气，而是提醒说："身为战队的老板，你这样会显得很不靠谱。"

陆惜收起笑容："快背书！"

时间一点一点过去。

这期间，陆惜回答过苏叙的问题，去书房接了两个电话，看了会儿手机，还换了好几次坐姿，然而苏叙始终都很专注。

沙发实在太舒服了，九点多的时候，陆惜靠在沙发上睡着了。

后来，她被走动的声音吵醒。

睁开眼睛后，她看见苏叙手里正端着杯子，像是去倒茶了。目光相触，她尴尬地移开眼睛，掀开身上的毯子坐起来，问："我睡了多久了？"因为有些不好意思，她的声音像是黏在了嗓子里，比平时要柔。

在异性家里睡着是一件有些失态的事情，尤其还是在苏叙面前。

"两个多小时吧，现在12点了。"苏叙的态度跟平时一样。

居然睡了两个多小时。陆惜的脸有些烫。

"你复习得怎么样了？"她看了眼被倒扣在茶几上的书，已经被翻了快四分之一了。

苏叙坐下说："还行，有几个动词句型不太懂。"

"我去洗把脸就来。"

洗完脸后，陆惜觉得清醒多了。她在地毯上坐下，开始给苏叙讲句型。

沙发和茶几之间的距离有限，苏叙腿很长，没办法像她一样坐在地上，只能俯下身。他一米八几的个子，俯下身就几乎把陆惜整个人笼罩了。

雪松的气息从四面包围而来，她忍不住动了动。

苏叙的基础很差，陆惜给他讲句型讲了好久，讲完已经凌晨三点多。

看她眼睛有些红，苏叙说：“你现在回去太晚了，在沙发上睡一会儿吧。”

陆惜摇了摇头："你还有需要我讲的吗？"

"暂时没有。"

很久不熬夜，陆惜确实有点困了，但是在苏叙面前怎么睡得着？她站起来活动了一下，然后坐在沙发上拿起手机，打算打两局游戏清醒一下。

没多久，苏叙抬头，发现陆惜已经躺在沙发上睡着了。

她的睡相很好，只有浅浅的呼吸声，手里依旧拿着手机，长发有一大半被她的身体压着，一小半从沙发边缘蜿蜒垂下，还有几缕缠绕在她颈间，发梢盘在她精致的锁骨上，红色的桃心被发丝覆盖着，堪堪能看到。

深夜看到这样的景象还是很有冲击力的。

但苏叙无动于衷地移开眼睛，眼中没有一丝波澜，只是手上翻书的动作轻了很多。

陆惜做了个梦。

她梦到苏叙的期末考全都挂了。他觉得她给他补了个假课，拒绝去她的战队打比赛。战队组建最终还是失败了，她只好回家相亲。

陆惜被这样的噩梦惊醒，一身冷汗。

回过神来，她发现自己还躺在苏叙家的沙发上。苏叙不知道去哪儿了，客厅里空无一人。

阳光透过窗帘的缝隙照进来，天好像已经亮了。

怎么就睡着了呢！

她拿起茶几上的手机看了眼时间，差点以为自己看错了。

已经11点了？

就在这时，大门传来声响，苏叙从外面回来了。

"你去哪儿了？"

"考试。"苏叙的语气好像只是出门去了趟超市一样。

都考完了？陆惜的心提了起来，问："你考得怎么样？"刚刚那个梦太真实了，让她有种很不好的预感。

她自己上学的时候考试都没这么紧张过。

像是被她着急的样子逗笑了，苏叙眼底闪过一抹笑意，轻描淡写地说："就那样吧。"通宵复习然后去考试，他的脸上并没有困倦和疲惫。

陆惜揉了揉自己的头发，猜想自己现在肯定乱糟糟的，觉得很尴尬。她拿起自己的包，拔下手机充电器，低着头从他身边走过，说："那我先回去了，晚上再来。你好好休息。"

"嗯。"

05
∨
∨

陆惜一晚上没回去，空空他们只当她是去陆勉那里了，也没觉得奇怪。

有了那个梦后，陆惜接下来几天给苏叙补习的时候更加认真，眼睛都不敢闭一下。

好不容易苏叙四门课的期末考试结束，陆惜觉得自己仿佛经历了一个地狱般的期末考试周，整个人都憔悴了不少。

期末考试结束就到了寒假。放寒假的第一天，陆勉就拖着行李箱来了河西，打算在这里住到快过年再回去。

多个可以拿外卖、倒水的后勤小弟，陆惜也很乐意。

在自己的小储物室安顿下来后，陆勉第一时间就是去看苏叙的房间。见房间里空空的，他有些失望地去陆惜那里，问："姐，苏皇什么时候才来啊？"

什么时候？陆惜自己也不知道。

"你们学校的考试成绩都什么时候公布啊？"她问。

陆勉想了想回答说："估计还要等一两周吧。"

"那他大概那时候才来吧，"陆惜想起了那个噩梦，补充说，"也有可能期末考试考太差不来了。"

陆勉反驳说："苏皇怎么会考太差！而且他在微博上都说加入了，就不管怎么样都会来!"

陆惜看了他一眼,没有说话。她懒得搭理这种脑残粉。

这段谈话后的第三天,陆惜就被打脸了,因为苏叙真的来了。

他穿了一件黑色的外套,戴了顶鸭舌帽,一只手松松地斜插在口袋里,另一只手搭在黑色的拉杆箱上。28寸的箱子被他高大的身材衬得像是只有24寸。

小谢、空空、柔弟、回程再加上陆勉五个人激动地站在玄关迎接。他们五个跟苏叙比起来就像小萝卜头一样,青涩稚嫩。

"苏皇,我帮您——"

陆惜拉开打算帮苏叙拖箱子的陆勉,终于挤到了前面。

"我办休学手续耽误了点时间。"

她看到苏叙站在风里,眼中是散漫的笑意,非常清爽。

他居然已经去办休学了。到这一刻,陆惜悬着的心才彻底落定。她难得给了他一个真心的笑容,说:"进来吧。"

陆勉立即上前帮忙。

"陆勉,谢谢。我自己来就行了,"苏叙的态度很好,"我的房间在哪儿?"

听到偶像叫自己的名字,陆勉幸福得都要飘起来了,满脸激动地说:"在三楼,跟我来。"

陆惜看不下去他这副狗腿的样子,干脆眼不见心不烦先回了房间。

战队的五名成员终于到齐了。她拿出记事本,看了看自己前几天排出来的几场国际比赛的时间。

世界联赛的主赛事在8月初开始,6月底开始海选赛。现在已经是1月中旬,再去掉过年的一周,实际上留给他们的时间不多。

想到这里,她拿起手机拉了个微信群,然后发消息说:"大家准备一下,半小时后在一楼餐厅开会。"

06

准备好开会要讲的内容后，陆惜准备提前五分钟下楼。

她刚打开门，刚好对面的门也开了，苏叙从里面走了出来。

像是没有适应开门就看到对方，两人都愣了一下。

短暂的停顿后，两人都迅速回过神。苏叙勾了勾唇，示意她先走。

陆惜撩了一下头发，昂起脑袋露出脖子的曲线，走在他前面。

从现在开始，她就是他的老板了。

他们一前一后到餐厅的时候，其他人都已经到了。

但凡了解一点电竞圈的都知道以前陆惜和苏叙是死对头，但是现在看他们同框，空空、小谢他们竟然觉得很和谐。陆惜走在前面，抬着下巴，气场很足。走在她后面的苏叙相比之下就内敛很多，他身上那种闲适和不动声色刚好包容了她的明艳，两人竟然意外地般配。

陆惜已经提前五分钟到了，没想到他们更早，就连陆勉都来了。

队员们的积极和期待让她一扫刚刚在房间里算时间的焦虑心情，变得很有信心。

"既然都到了，那我们就提前开始吧。"餐厅的投影仪还没来得及装，她就拿出了纸笔，"我们虽然打不了国内组织的赛事，但是可以打国际比赛。我算了下在世界联赛之前，我们还有四场比赛可以打，分别是4月初的亚洲邀请赛、4月底的春季特锦赛、5月底的大师赛。亚洲邀请赛再过十天就可以报名，等春节回来你们就要开始参加海选了。"

柔弟兴致高昂，说："海选我们熟悉，我们以前就是从海选开始打的。"

海选赛就是除了职业战队，还包括普通玩家，只要能组成五人队，就能报名参加。以前的Shape战队就是从世界联赛中国赛区的海选公开赛一直打到主赛事的。他们一开始只是个人组成的玩家队，在中国赛区打出不凡的成绩后被人看中，投资组建成了职业战队。

但其实，在亚洲邀请赛前他们的时间不多，所以亚洲邀请赛的成绩不会很乐观。

就在陆惜犹豫怎么开口的时候，苏叙的声音响起："我们的队伍需要重新磨合，亚洲邀请赛就当成是实战训练，希望能多碰到几个职业战队。"

"那个……队长、惜姐，"小谢举了举手，"我真的要转打C位吗？我以前从来没打过C位。"

他的性格温吞，斯斯文文的，举手的样子很像在上课一样。

他提出的这点疑惑其实陆惜也一直想问，她想知道苏叙到底是怎么想的。

苏叙点了点头，声音低沉，语调松散地说："你们的阵容体系缺了原来的六月就不完整了，我进来打C位需要跟你们磨合，这问题不大。但是世界联赛后国内外很多战队都分析过你们的打法和阵容，他们有很专业的分析师。现在就算我加进来了，变化也不会太大，很容易被他们摸到，找到克制的办法。不管是我打C位还是你打C位，都需要磨合期。"

说到这里，他停顿了一下，余光看了眼陆惜，继续说："与其这样，不如变得彻底一点。小谢的全局观一直很好，精准的预判能在世界排名前三，绝活英雄也多，其实很适合打C位。"

预判能力世界排名前三，绝对是个非常高的评价。

苏叙的条理很清晰，再加上不经意间流露出的那种松弛的状态，给人一种胸有成竹的感觉。

陆惜已经被说动了。

小谢那双"天选之眼"，在过去的那届世界联赛上她是亲眼看过的。

她记忆最深刻的就是总决赛对战Closer。那一局他独自在野区游走，遇到了尤斯塔。在他血量被打到还剩三分之一的时候，回程和柔弟及时赶到，阻止了一波反击。结果，尤斯塔凭借灵活精湛的操作，凭借技能位移到Shape的盲区，以一丝血皮惊险逃生。

一打三，秀翻全场。

就在观众为他大胆而精湛的操作叫好的时候，小谢突然向野区放了个范围是全地图的技能。官方解说切到了他的视角，见那个方向的野区没有视野，一片漆黑，正在分析讨论他是不是慌了神所以操作失误，就看到系统提示尤斯塔被击杀。

所有人都跟解说一样先是蒙的,随后十分震惊。

这时候尤斯塔已经跑出很远了,小谢没有视野,靠的完全是预判,仿佛开了上帝视角能看到尤斯塔在哪儿的神级预判!

在Vate里,每个英雄根据不同的打法和阵容搭配,可以打不同的位置,在比赛里,三、四号位根据实际情况变成核心这种情况也是有的。

小谢是没有问题的,主要是看打法。只要他能掌握打法,那天生的预判能力能让他更加强大。

"我觉得队长说得有道理。"柔弟体现出了迷弟的本质。

空空和回程也没有反对。

小谢本人还是有点犹豫:"可是我……"在今天之前他自己都不知道自己适合打C位啊。

苏叙拍了拍他的肩膀说:"怕什么,有我。"

他是世界第一C位,即使退役两年,也没有人敢质疑。他这句话里透露出的意思是,有他帮忙,没什么好担心的。

"小谢,你要有点信心。"陆惜鼓励说。

在大家的支持下,小谢终于在自我怀疑中确认了C位。

苏叙给了陆惜一个眼神,示意她继续。

"既然是一个战队的了,那我也就有话直说了。我差不多是全程看完你们打上一届世界联赛的。你们的表现很让人惊艳,但是同时也存在很多问题。"说正事的时候,陆惜不自觉就严肃了起来,眉头微微皱着。

虽然那时候她是作为尤斯塔的女朋友、Closer战队的工作人员观战的,支持的是Closer战队,但是同时,作为中国人,她也关心着每场有中国队的比赛。

她看了眼自己的笔记本,然后对柔弟说:"首先是柔弟。作为二号位中单,你的个人能力很强,非常灵活。但是有的时候你会容易上头,无脑往前冲,顺风局的时候问题不大,可是逆风局的时候这样很容易被对面抓到,或者有时候直接带领你们队被团灭。"

二号位的个人能力一般都很突出,尤其擅长solo(单挑),前期要带起整个队伍的节奏。现在的柔弟有点像当年的尤斯塔。

柔弟被说得脸一红。

"你以后要注意点，不要跟团队脱节。"说着，陆惜又看向回程说："回程是劣单，很抗压，但是在情绪控制上还是要注意。"

回程在游戏里很抗压，经常一对二，现实里却是个脾气暴躁的人。暴躁的人易怒，他在游戏里其实也是。寻常的时候很抗压，但是遇到特殊情况，比如被对面秀了一套操作，就会沉不住气想要报仇，然后节奏就会乱掉。

回程挠了挠头发说："我会努力控制的。"

至于空空，没什么好说的，没有问题。他是五号位，虽然说是酱油，但是要负责做视野、购买团队装备之类的，也很重要。

做视野需要在游戏商店里购买"侦察守卫"放置到地图上的各个位置，仿佛放了一双眼睛在那里，可以看到经过的敌方，又叫"插眼"。

他在世界联赛上独特的眼位已经被各大战队学习和运用。

小谢他们四个都是20岁左右，对陆惜来说都是弟弟。觉得今天说得差不多了，她笑了笑："每个职业选手都有自己的问题，这些还是等到训练和实战里慢慢调整吧。训练这一块就交给苏皇。"

她打算等苏叙今晚做好训练计划再讨论这一块。

谁知，苏叙说："训练计划我做好了，陆老板。"他加重了"陆老板"这三个字，仿佛是在回应陆惜刚刚那声"苏皇"。

陆惜因为惊讶没有听出来。

"训练计划都做好了？"

"我们的时间不多，"苏叙换了个坐姿，靠在椅背上说，"我们从明天开始集中训练。上午九点半开始集中看比赛录像，然后开会分析。下午两点半开始打训练赛。跟别的战队约训练赛这件事就交给你了。"

目光相触，陆惜点了点头。

苏叙继续说："晚上吃完饭，开始打天梯。可以单排也可以一起排，顺便可以直播。"

"苏皇，你也会开直播吗？"一直当透明人的陆勉明知道会被陆惜瞪，还是忍不住开口问。

陆惜现在恨不得把他踢出去。

苏叙余光看了陆惜一眼，唇角微微上扬，说："会，毕竟老板不发工资。"

陆惜觉得他是故意说这一句让她不痛快的。

听到苏叙说要做直播，陆勉在心中尖叫了一下。

该说的差不多都说了，正好这时候苏叙的快递来了，陆惜宣布散会。

今天是战队第一次聚齐，她打算让大家各自回房间休息一下，晚上一起出去吃顿饭。

现在才刚刚两点，时间还早，从来南京第一次见到苏叙就开始蠢蠢欲动的柔弟提议大家留下来对练几局。

这个提议得到了小谢、空空和回程的支持。能看到大佬们对练，陆勉更是激动得不行。

打算回房间的陆惜干脆也留了下来。

可是坐下后，大家才发现一个问题。其他战队内部对练的时候都是教练加入的，他们战队里苏叙既是队员也是教练，没有多余的人，五个人没办法打三对三。

空空最先看向打算围观大佬们的陆勉。

陆惜不打，剩下就只有他了。

大家都看向他。

"我……不行吧？"陆勉忍不住往后缩。

苏叙安抚他说："没关系，我们就随便打打。"

偶像的要求不能拒绝，陆勉只好忐忑地坐到电脑前。

经过抽签，苏叙、空空和陆勉一队，小谢、柔弟、回程三个人一队。

陆惜看着看着，最后不自觉地站到了苏叙身后。

两年前退役到现在，没有人看到过他的账号上线，上一次在N大电竞社，他也没有碰游戏一下。这次却一边跟柔弟他们说笑，一边坐到了电脑前。

一个信仰一般的人物回归，没有隆重的仪式，也没有任何对过去的回望和感慨。面对这样一个说说笑笑的场景，她脑中只有四个字——举重若轻。

似乎是察觉到背后有人，苏叙趁着复活的时间回头看了一眼。他眼中残留着电脑屏幕的一抹光亮,像是有种与平时不一样的情绪还没来得及化开,深邃迷人。

目光撞进他的眼睛里,陆惜心头一跳,随后移开眼睛。

苏叙漫不经心地勾了勾唇,回过头继续看着电脑。

说好是"随便打打",陆勉快要被虐哭了。

他深刻地感受到了自己与职业选手之间的差距,不仅对线的时候被回程压制,还要被他越塔强杀,毫无还手之力。到最后回程都不忍心了。

陆勉心中那想要成为职业选手的梦想就在这个下午彻底破灭了。

CHAPTER 05

一个字：行

"还行是多行？"陆惜只觉得一瞬间自己就被笼罩在了他的身影之下。

苏叙眼中浮现出的笑意慢慢中和了身上的气场。

他意味深长地问:"你问我有多行是不是不太好？"

01

Vate里的英雄按照属性可以分为力量、智慧、敏捷三大类。

大部分英雄可以根据不同的定位有不同的打法，就是说当辅助游走的英雄也可能成为中路的二号位，原本是中路的二号位可以当三号位，也可以成为carry位。

C位是队伍里的核心，通常是爆发、逃生、推进型英雄，比如苏叙以前使用的代表性英雄"雷霆领主"。C位前期主要是发育、刷钱，能不能发育起来对比赛有着至关重要的影响，因此也被称为队伍里的"大哥"。

因为C位跟四号位的打法不同，中午休息时间，苏叙还要专门给小谢开小灶。

陆惜这边安排战队训练赛非常顺利。

她在电竞圈的人脉很广，再加上各个战队尤其是一线豪门战队一直都在盯着他们，她刚刚跟几个战队提出打训练赛，就有许多战队主动来联系，甚至有些排不过来。

苏叙复出加上前Shape战队的四个成员，这样的阵容不可小觑，大家都想打几场训练赛探探情况。

根据交情，陆惜最先答应了上海SO战队的宋哥，把他们排在了前面。

早上一起看完别的战队的录像后，陆惜把大家留了下来，说："训练赛我已经排出来了。靠近年关，很多战队不组织线下集训了，所以大部分都安排在年后。年前有两场，一场是SO战队，在三天后。五天后是跟Middle战队的。"

说完，她把暂时列出来的时间安排表给了苏叙一份。

SO和Middle都是一线豪门战队,实力很强。陆惜觉得自己这样的安排很好,可她看到苏叙的眉毛轻微地皱了一下。

"怎么了?"她问。

苏叙一只手撑在桌子上,这样的动作使得他的身体微微弓着。但即使是这样,没穿高跟鞋的陆惜要看他手里的表格还是有些吃力。

"目前只联系到这些战队吗?"苏叙侧头看她。

"也不是。"陆惜抬头才意识到他们的距离有些近。她后退了一些,偷偷看了看旁边空空他们。还好他们没注意。

她又若无其事地看了眼苏叙,还好他也没注意。

她继续说:"想要跟我们打训练赛的战队挺多的,我挑了一些。"

"二三线的战队也可以,来者不拒,"说着苏叙又补充了一句,"等年后吧。"

陆惜从前在国外的顶级战队工作,组织训练赛也习惯考虑一线强队。她原本确实没打算考虑二线战队,更不要说三线的了。

"好的。"她虽然很多时候看苏叙来气,但是在训练这方面却从来不对他提出质疑,因为单单他的名字就已经足够权威了。

散会后,陆惜叫住了苏叙。

"怎么了?"苏叙回头。

陆惜本来是想问问他是不是这几天期末考试成绩要出来了,可是又觉得这种话问出来是添堵。以他的性格,自己不痛快了,很可能也会让她不痛快。

于是,她话锋一转说:"今晚你要开始直播了,别忘了。"

"知道了。"

02
˅
˅

苏叙的直播平台是陆惜帮他选的,条款也是她帮忙商定的。

游戏直播在近一两年飞快地兴起,很多职业选手会做直播,陆惜对这一块很熟悉。再加上苏叙的人气那么高,她跟直播平台谈起条约来特别得心应手。

苏叙是个不喜欢发微博的人,没有提前在微博上做预告,直到晚上直播前五分钟才在微博上发了个链接。

微博上一下子就炸了。

每天晚上都是Revenge战队自由打天梯的时间,可以顺便直播,大家都喜欢回自己的房间打。

洗完澡的陆惜靠在床上,用手机进入直播间。

她来得比较早,那时候苏叙还没有发微博,只有三百多个人。

随后,房间人数疯涨,从三位数一下子跳到了四位数、五位数、六位数……

苏叙还没开口说话,直播上的弹幕就密密麻麻的了。

"在首页看见就点进来了,这个SUGER是苏皇吗?"

"废话,除了苏皇还有谁敢叫SUGER?"

"从微博来的打卡。有生之年居然能见到我苏皇直播!"

除了弹幕外,还有许多粉丝在刷礼物。

突然,一行行整齐的提示跳出来。

"Revenge.xiaoxie赠送SUGER玉花骢一个。"

"Revenge.rolled赠送SUGER玉花骢一个。"

"Revenge.TP赠送SUGER玉花骢一个。"

"Revenge.KONG赠送SUGER玉花骢一个。"

玉花骢是这个直播平台的礼物里最贵的,一个要666元人民币。

这样的刷屏一共持续了好几轮,围观的人都炸了。这不是苏皇还能是谁?

陆惜猜测一定是小谢、空空他们四个人商量好的。

他们四个都送礼物了,她身为战队的老板,当然也得有所表示。

"惜有夜魇赠送SUGER玉花骢一个。"

"惜有夜魇赠送SUGER玉花骢一个。"

……

陆惜一口气送了五个,不多。

"这个新号是谁啊?"

"看名字应该是女的，是苏皇的脑残女粉？"

"女土豪啊。"

陆惜送完礼物看到这些弹幕差点被气死。

"感谢'惜有夜魇'送的礼物。"安静的直播间里突然有了声音。

男人的嗓音低沉好听，说话时的节奏是惯有的松散，慵懒的尾调细细密密的，挠着人的心头。

猝不及防被点到名字的陆惜身体紧绷了一下，有种做坏事被发现了的心虚。她怀疑他是认出了她的ID，故意点她名的。

苏叙的声音一响起，弹幕就更加热闹了。可他仿佛与这些喧闹隔绝，不受一丝影响，语速不变地说："大家好，我是苏叙，好久不见。"

粉丝们刷起了统一的弹幕："苏皇，我们一直在等你啊。"

我们的青春回来了啊。

三楼的小房间里，同样在看直播的陆勉眼睛红了。

苏叙对Vate的玩家和许多年轻的职业选手来说确实有不同的意义。就连被称为天才少年的尤斯塔当初刚刚踏入这个圈子的时候就把打败他作为目标。

"那我开始了。"

苏叙把屏幕切到了游戏界面，进入天梯等待队列、确认准备、选择英雄。

他的话很少，一直到选英雄都没有说话。

弹幕里一直在刷"雷霆领主"。

"雷霆领主"是他的代表性英雄，或者说他可以冠名"雷霆领主"。以前的比赛里他许多次用这个英雄带领队伍后期绝地翻盘。他在役的时候，许多粉丝模仿他的打法，这个英雄在路人局里出场率很高，但是随着他退役，这两年使用这个英雄的玩家越来越少了，就像是宝剑随着英雄的隐匿而蒙尘，逐渐被人遗忘。

感受到了粉丝们的呼声，苏叙笑了笑，声音通过电流传了出来："有人选大哥了。"最后他拿了一手控制型英雄。

Vate地图上有两个阵营分别叫天枢和月影，势力范围分别在左下方和右上方。两部分的地图存在部分差异，各有各的优势。苏叙这一队是月影阵营。

载入后，苏叙这一队有人激动地问："苏皇和悠然？"

天梯积分的人数排列呈金字塔状，分数越高人越少，6000分往上很容易匹配到职业选手。

天枢的中路是KB战队的选手悠然，当下国内顶尖一线选手之一。他在公共频道连发了几个问号："苏叙？"

苏叙回复了两个字："不是。"

他这么一本正经地否认，弹幕上笑喷了。

陆惜用电脑找到了悠然的直播间。

一进去，她就听到他在用说相声的语气说："我还以为是苏叙呢，原来是个高仿。"

对局快十分钟的时候，悠然忽然停下来，在游戏里发了几个感叹号："苏叙！就是你！"

苏叙没有回复他，而是趁着这个时候给队友信号，一起去中路击杀了他一次。

"太过分了！"

由于悠然心态崩了，天枢很快就输了。

这局结束后，悠然在客户端的好友界面私聊苏叙，发挥他打Vate的职业选手里最会讲相声的特长，跟苏叙聊了起来。

他比苏叙晚两年开始打职业比赛，交过很多次手，两人很熟悉。

聊了两句后，苏叙像是嫌他话多，回复说："我打天梯去了。"

悠然这么一闹，更多职业选手知道苏叙在直播了。

许多正在直播的选手干脆不打游戏了，直接把画面切到了他的直播间。

苏叙这次重回职业圈，一举一动都在大家关注之中。他退役了两年，不管是在粉丝、朋友或者对手眼里，都有些陌生了。大家都想借着这次直播看看他的状态。

几乎大半个电竞圈的人都来了，直播间的人数一下子突破百万，并且还在增长。直播间里掐架带节奏的只有少数，整体出奇地和谐。

苏叙依旧不紧不慢的，甚至连语气都没有变。有认识的职业选手在弹幕上跟他打招呼，他也会回应。

从八点开始直播到十点半,他一共打了四局,赢三输一。

他准备结束直播的时候,直播间里还有120多万人。

"这么早就结束了?"

"苏皇以后每晚都直播吗?"

看到粉丝们的挽留和疑问,他回答说:"会经常直播吧。我还有事,今天先到这里。"

从十点开始就犯困了的陆惜早早躺在床上闭上了眼睛,手机被她拿在手里,苏叙的声音伴随着游戏声时不时传出来,舒缓的语速和低沉的声音在游戏的背景音之下很突出,让她很放松,简直比睡前电台还要管用。

听到这里,她睁开眼睛看了看手机。直播间的画面伴随着苏叙话音落下已经黑了,系统提示主播已离开。

说下线就下线确实是他的性格。

只是直播间的120万人绝对猜不到他所说的"还有事"是去学习。

03
⌄⌄

第二天一开始,苏叙的直播间里便涌入了更多的人,黑粉和带节奏的人也多了起来。

陆惜一开始没有在意,但是接连几天愈演愈烈后,她察觉到了一丝不同寻常。

一天晚上她去楼下厨房拿酸奶,正好遇到直播结束下来倒水的苏叙。

她叫住他说:"你有没有觉得这两天你直播间出现那么多带节奏的人是有人在操控?"

"你这两天都在看直播?"大概是因为转身,苏叙眼中的光影变化了一下。

被他这么一问,陆惜才意识到自己把他的直播当成每晚的睡前电台听了。她勾了勾唇说:"我不仅看你直播了,还知道你每晚直播结束后干什么了。"

陆惜这么勾唇的时候明亮的眼睛里满是得意，整个人看起来明艳又"社会"。

苏叙的情绪丝毫没有受到她的影响，提醒说："你这么关心我，会让别人误会你是在追我。"

陆惜收起笑意，撩起遮挡视线的头发，没好气地说："我是好心提醒你。"

"我知道，"苏叙的目光扫过她耳畔那一缕卷发说，"先看看是谁吧。"他好像一点也不担心，或者说是不在意。

察觉到他的视线，陆惜把那缕顽固的头发撩到耳后，拿起酸奶说："明天下午有跟SO战队的训练赛，早点休息。"

上楼的时候，回忆起刚刚苏叙看过来的样子，她莫名有些晃神。

04

与SO战队的训练赛是Revenge战队成立以来第一次对外的训练赛。

训练赛前几天，苏叙每天上午都会带着大家一起看SO战队最近的比赛录像。他跟SO战队的教练宋哥曾经经常交手，对彼此的打法都非常熟悉。

SO战队的队员们个人能力比较平均，打法较稳，擅长推进。明星队员是二号位和三号位，剩下三个都比较年轻，仅有过一年的大赛经验。

陆惜跟他们约的是一场BO3。

BO3即总场次是三场，三局两胜。如果五局三胜就是BO5，以此类推，一局定胜负即BO1。

训练赛开始前，苏叙特意走到小谢身边拍了拍他的肩膀说："不要紧张，就当拿他们练手。我们的阵容还在磨合期，不要在意输赢，记得我跟你说过的要点就行了。"

陆惜本来也打算给小谢打打气的，却被他抢先一步，不由得看了他一眼。

其实从某些方面来看，他待人还是很暖的。

两队选手上线就位后训练赛就开始了。

首先是BP。

BP是ban（禁止）和pick（选择）的统称。ban即禁止一个英雄上场，被禁用的英雄两边都无法选择，pick即选择英雄。

职业比赛里，每场比赛的BP都非常有看点，像是一场博弈。两边互相猜测、互相提防，只有当最后一个英雄选出来的时候阵容才会清晰。

有时候，从BP就能看出比赛结果。

第一局，SO战队一手先禁了"雷霆领主"，很显然是针对苏叙。

陆惜下意识地站到了苏叙身后，从他的视角看对战。

陆勉拉了拉她，轻声问："姐，咱们赢的希望大不大呀？"

陆惜摇了摇头。SO战队是国内一线强队之一，苏叙他们才磨合了不到半个月，想打赢很困难。

果然这一局毫无悬念地输了。

第二局，SO战队BP的时候放了"雷霆领主"。

"宋哥果然老辣，"陆惜说，"他在试探。"

SO战队先禁用"雷霆领主"，这一次又故意放它，是想先看看他们战队整体的实力，再看看苏叙现在的个人能力。毕竟他两年没有打比赛，直播里选的也都是一些很常用的英雄，还看不出他有什么变化。

陆勉听得云里雾里。

这时候，陆惜嘴角上扬了一下，又说："不过他这一次猜错了。"他没有想到苏叙真的转型打四号位了，即使放了"雷霆领主"，他也不会选。

在她说话的时候，陆勉发现电脑前的苏叙同样勾了勾唇。

他姐什么时候跟他的苏皇这么有默契了？

果然实战中，尤其是跟强队交手更加容易成长。陆惜看得出来这一局大家发挥得比一局好了，尤其是小谢和柔弟，不过还是输了。

对面像是没想到BO3这么快就结束了，宋哥直接打了个电话过来，说："再打一局，改成BO5？"

陆惜看向苏叙询问他。

苏叙摘掉耳机说："不打了。"

宋哥像是听到了他的声音，在电话里大叫苏叙的名字，陆惜干脆开了免提。

"苏叙，你们是不是没有尽力打？"宋哥问。

苏叙没有回答他，像是承认了。

宋哥没好气地说："你们太不厚道了吧？我们打得这么认真。你能不能尊重一下对手，尊重一下电子竞技？"

"难道你们尽力了？"苏叙用那惯有的腔调反问。

宋哥顿了一下。

陆惜笑着说："宋哥，明明你们也没有尽力啊。"

一般来说，对外的训练赛大家都不会拿出自己的绝活，许多战术和打法都是保密的。为了防止泄露，战队内都要签保密协议，有的甚至干脆打人机练习战术。

全程围观了大佬们交流的陆勉忍不住在心里感慨：电子竞技，全是套路。

训练赛结束后，苏叙让大家休息，然后准备复盘。

小谢叫住陆惜说："惜姐，我有话想跟你说。"

看小谢的神态，陆惜大概知道他要说什么了。"我们去三楼的露台。"

南京虽然在南方，但是冬天真的很冷。露台上风很大，陆惜出来的时候抖了一下，忍不住裹紧身上的羽绒服。

"惜姐，我觉得我还是不适合打C位。"小谢低落的声音伴随着风声。

陆惜走到有太阳的地方。没风的时候太阳底下还是能感觉到一点暖意的。她撩了撩刚刚被吹乱的头发，用尽可能温和的语气安慰说："你才刚转C位，不适应很正常，磨合一段时间就好了。"

"其实……"小谢似乎在纠结措辞，语速很慢，"我不太明白队长的想法。其实他比我适合多了，没有必要这么……"

多此一举。

陆惜猜到他没说出来的四个字。

实际上，她一开始也不太理解苏叙的决定，甚至觉得他不是认真的，直到现在也没有完全想明白。

可是看他中午抽出时间来给小谢开小灶，她又觉得他这样做应该是有他的道理的。

"你相信他吗？"

小谢点了点头，纠结地说："我没打职业的时候，苏皇就是我的偶像。可是……"

"其实我也不知道他为什么做这样的决定。"

在小谢惊讶的目光中，陆惜笑了笑继续说："但是最近看直播，加上今天的训练赛之后，我好像有一点点明白了。"

"你知道的，我以前在国外战队工作。接触下来，我发现国内的战队虽然很强，但是这两年没什么变化，套路化很严重。相反，国外的战队变化很快，打法日新月异，一直在进步。苏叙或许是意识到了这点，在寻求突破和变化吧。"说这段话的时候，她平时的精明和"社会气"好像都在凛冽的风中消失了一样，只剩下坦诚。

她脸上带着让人安心的笑，整个人如同沐浴在柔光之中，眨眼的时候又带着一丝狡黠："不过这都是我的猜测。我相信他有他的道理，而且我也看到了你的进步。"

"你猜的差不多都对。"

陆惜下意识看向声音传来的地方，只见苏叙不知道什么时候站在了露台的入口处。

他没有穿外套，只穿了一件黑色的卫衣。穿这么少有多冷是可想而知的，可是他的身形依旧挺拔。

站在阳光下的陆惜隔着一段距离与他目光相触，他漆黑的眼睛迎着光，表面浮着的是一如既往的闲适，眼底却像有不同寻常的东西在涌动，神秘得能把人吸进去一样。

从他单薄的穿着来看，应该是原本没打算来露台站着的。

想到自己刚刚的猜测和言语里对他的信任很可能都被他听到了，陆惜有些尴尬。

"你怎么来了？"她把所有的情绪隐藏了起来，语气如常，只是飘忽的眼神泄露了一点她的心思。

她是个很要面子的人，尤其是在苏叙面前。

苏叙把手插在裤子口袋里，朝他们走了过来，说："我是来叫小谢去复盘的。"

那就快走吧。陆惜在心中想。

可苏叙没打算走。他接着他们之前的话题继续说："这两年我在局外，可能看得比你们清楚一点。国内各个战队现在的打法越来越单一。其实从去年的世界联赛就可以看出来，除了打法新颖的Shape战队拿到亚军外，其他国内战队的表现其实并不好。"

被他这么一说，陆惜发现确实是这样。

Shape战队的异军突起分散了大家对其他国内战队失败的注意，俨然成了其他战队的遮羞布。

"只是现在各个战队还没有意识到，或者说没这么重视，"苏叙语气忽然变得严肃，"可能只有等真的惨败了，他们才能从虚幻的泡沫中回到现实。"

他低沉的声音像是预言，让陆惜和小谢的心都沉了一下。

中国Vate的凛冬或许正在到来。

"队长，那我真的行吗？"小谢依旧没有底气。

"谁说打辅助的就只能打辅助了？"苏叙问，"我为什么不让别人打C位偏偏让你？"

这点小谢一直没有想明白，当然回答不出来。

"转型成功是有不少先例的，职业选手里也有很多是能打好几个位置的，你的预判能力很强，可以让C位更加灵活，不管是保命还是击杀都适用。你要像我们老板说的，相信我的眼光。"

突然被点到的陆惜挑了挑眉毛。那只是她用来安抚小谢的话，他怎么好意思当真？谁信任他了？

而且，他这一声"老板"绝对是故意的。

可是这时候她不好拆他的台，只能附和说："是啊，相信苏皇。你的进步和适应能力是有目共睹的，不要担心。"

察觉到带有攻击性的目光，苏叙眼中闪过笑意，如同清晨海面上浮现出一层浅浅的金色阳光。

随后，他拍了拍小谢的肩膀说："走吧，去复盘。他们都在等你。"

苏叙和小谢，一个是国内最早一批打职业比赛的人之一，一个是刚刚踏入职业圈、前途无量的新人。陆惜走在他们后面看着他们，仿佛看到了两个时间点被连接到了一起，心中非常感慨。

就在即将离开露台的时候，她的手机响了起来。

看了眼来电显示，她停下脚步，一边接通电话，一边把露台的门关了起来。

"妈？我现在？我现在挺好的啊，还在南京找工作。"

隐隐听到身后被隔绝起来的焦躁的声音，苏叙的脚步不易察觉地变慢了一下。

露台上，接到陆妈妈电话的陆惜觉得焦头烂额，忍不住裹紧衣服。

"还有几天就要过年了，别在南京找工作了，回来吧。邻居家的阿姨给你介绍了个对象，正好过年前能看一看人家。"电话里的陆妈妈语气着急。

陆惜现在一心扑在战队上，根本没心思去想别的。一听到"相亲"两个字她就头疼。

她低头看着脚上的拖鞋，叹了口气说："妈，我不想相亲，算了吧。"

"你有男朋友了？"陆妈妈语气里带着掩饰不住的激动。

"没有。"

陆妈妈问："你还想着小尤？"

或许这是一个很好的理由。原本要否认的陆惜话锋一转，语气幽怨地说："是有点。你再给我点时间吧。"

趁着陆妈妈沉默的一瞬间，她继续说："我的工作有点眉目了，今年过年就不回去了。我还有点事，先挂了，你跟爸爸注意身体。"

说完，她不给陆妈妈反应的时间就挂了电话，然后长舒了一口气。

她害怕过年回去爸爸妈妈一意孤行非让她去相亲，也怕他们发现任何蛛丝马迹。要是让他们知道她把自己的嫁妆钱拿出来"创业"，怕是要打断她的腿。

05

与Middle战队的训练赛是在跟SO打完的两天后。Middle是个喜欢打团战的队伍，每次的阵容都会有很多控制，一般三号位都是大团控。

这场训练赛苏叙他们输了之后依旧被怀疑没有尽力。苏叙也没有解释，任他们猜测和怀疑。

两场训练赛打完，距离过年只剩四天了。

陆惜提前给大家放假，让大家好好过年，回来后再全身心投入训练中。

回程今年过年要先去他女朋友家，所以走得最早，跟Middle打完的第二天早上就走了。

柔弟和小谢的家在一个地方。回程走的那天下午，两人结伴去了机场。

他们一走，别墅里就只剩下四个人了。

晚上，陆勉来到陆惜房间里找她。

"怎么了？"陆惜正在浏览Vate的官网。亚洲邀请赛明天就能报名了。

陆勉说："我和空空明天就走了，苏皇后天回家。姐，你真的要一个人留在这里过年啊？"

"是啊，"陆惜把目光移向他说，"反正我不是第一次在外面过年了，没什么。"

她在美国读大学的时候，假期都留在那里打工，很少回家。

陆勉说："那我会替你去看看大伯和大伯母的。"

陆惜一直觉得陆勉有些傻，不放心地警告说："我爸妈不知道我现在在做什么，你不要说漏嘴，不然我跟你没完。"

陆勉瑟瑟发抖："好的，我保证不会说漏嘴。"

陆惜突然打了个喷嚏。

"姐，你不会感冒了吧？"陆勉看着她问。

她摇了摇头说："很可能是我爸妈在念叨我。"

自从她说不回去过年后，陆爸爸、陆妈妈打了好几个电话过来，陆妈妈还差点找来南京。

第二天吃完午饭,空空和陆勉把箱子拖到了楼下。

空空家在上海,跟陆勉顺路,可以坐一列高铁。

"惜姐,你的精神看上去不太好,是不是感冒了啊?"空空问。

被陆勉昨晚说中,陆惜真的有些感冒了。她的嗓子从早上开始就有些疼。

"是有一点,不过不要紧。"

空空说:"我房间的抽屉里有感冒药,你需要的话去拿。"

陆惜被他暖到了,笑了笑。

"过年那几天点外卖可能不方便,昨晚我去了趟超市,买了些吃的放在冰箱里了。"

空空跟尤斯塔一样大,都是19岁,陆惜觉得他却比尤斯塔稳重多了。他不仅性格好,颜值又高,怪不得有那么多粉丝。

他们走之前,陆惜又拉着陆勉对了一遍"口供",在确保他一个字都不会说错后才放他离开。

下午在官网上报完名后,陆惜觉得头有些晕。她去空空房间拿了感冒药,打算吃完睡一会儿。

下楼倒水的时候,她遇到了苏叙。

"你明天什么时候回去?"她问。她也是这两天才知道苏叙是南京人的。

苏叙看了眼她手上的药,问:"你感冒了?"

她"嗯"了一声说:"大概是在露台上吹风吹的。"她的鼻音比以往重了一些,使得她这一声"嗯"听上去懒懒的。

苏叙从她手中拿走水杯说:"我替你去倒吧。"

陆惜也不客气,勾着唇说:"要温的。"说完,她干脆靠在了楼梯扶手上,等他倒完水回来。

苏叙把水端给她的时候,她试了下水温,刚好。

"谢谢苏皇。"她忍不住想要皮一下。

苏叙没有跟她计较,只是眼皮动了动。

陆惜很得意,唇边的弧度更大了。

回到房间吃完感冒药后，她躺在床上裹着被子，很快就睡着了。

她这一觉睡得很沉，也睡了很久，醒来的时候已经是晚上9点20分。

果然吃了药睡一觉是有用的，陆惜的头没有下午晕了，就是有些饿。

她穿上衣服从房间出来，开门的时候看了眼对面苏叙的房门，然后下楼去厨房。

厨房的灯亮着，锅里似乎有什么东西正小火煮着，一缕缕热气往上冒。

她拿起锅盖，发现里面是煮得绵滑的白粥。

不用想都知道这粥是苏叙煮的，她也没客气，拿出了碗。

突然有脚步声传来，是棉拖鞋踩在楼梯上的声音，间隔频率相似，节奏舒缓，透着一种闲适和悠然。刚刚盛好粥的陆惜抬头，见苏叙走过来，朝他笑了笑说："谢谢，没想到你还会煮粥。"

刚睡醒的她有种居家的亲和感，眼角眉梢都是柔的。这一切伴随着柔和的灯光，映入走进厨房的苏叙的眼睛里。

"好了？"他问得很简洁。

"好多了。"陆惜的鼻音依旧有些重。

她端起粥回房间，在走过苏叙身边的时候想起一件事，问："听陆勉说期末考试的成绩都出来了，你考得怎么样？"他的期末考试里也有她的一份力。

苏叙漫不经心地回答说："还行。"

从他脚下微微一顿可以看出来不怎么样了。他镇定自若的样子让陆惜忍不住想追问。

"还行是多行？"

苏叙转身。

陆惜只觉得一瞬间自己就被笼罩在了他的身影之下。

或许是因为经过各种荣耀的洗礼，他身上总是带着一种让人仰望的气场。这种气场平时被身上的闲适和懒散刚好中和，不容易察觉。此时，吸顶灯从他背后照过来，背着光，他的五官显得更加英挺，那种气场也显露了出来。

她不甘示弱地抬了抬下巴，等着他的回答。

苏叙眼中浮现出的笑意慢慢中和了身上的气场。他意味深长地问："你问我有多行是不是不太好?"

陆惜愣了一下才反应过来自己吃亏了。

她的心跳有些加快,气急败坏地说:"苏叙!你明知道我不是这个意思!"

"我不知道。"苏叙像是懒得再搭理她,走到灶台前关了火,然后打开冰箱。

一拳打到了棉花上的陆惜在心里骂了句脏话,端着粥上楼了。

感冒从发出来到康复需要一个过程,并不是吃了药马上就能好的。经过一夜,咳嗽、鼻塞、浑身无力的症状全都在陆惜身上显现出来了。

起床后,她拿起手机。微信上有几条未读消息,其中一条是苏叙九点多发来的,上面只有三个字——我走了。

剩下几条里有空空和陆勉发来关心她身体的,还有陆爸爸、陆妈妈反复确认她是不是真的不回来过年的。

她都一一回复了。

其实不回家过年挺好的,不用走亲戚、不用被催婚,正好安静休养。

06

除夕晚上八点,陆惜准时坐在了餐厅里。餐厅平时也被当作会议室用,装了投影仪,用来看春晚正好。

南京从去年开始就禁止燃放烟花爆竹了。少了鞭炮的喧闹声有些冷清,但是看向窗外依旧能感受到过年的气氛。

陆惜是个很独立的人,听着春晚的声音,偶尔看向窗外走过的人,觉得也挺热闹的。

从晚上开始,祝福的消息就不断,可是她没想到尤斯塔竟然也给自己发消息了。

他先是祝她春节快乐,然后用一种老朋友的语气问她的近况,问她是不是成立了一个战队。

陆惜自从回国后，就和他没有了联系。他现在发消息来问候，是以为过了半年她就能忘了他劈腿的事情吗？

他哪来的自信？

陆惜打了一串脏话，但是想想又觉得要有点风度，于是又都删了，只当没看见。

大过年的，不跟这种人计较。

连着喝了几天白粥，嘴里淡得一点味道都没有，陆惜实在忍不住了，大年初二出门吃了顿好的，晚上回来又顺路去了趟超市，打算买些速冻饺子和方便火锅囤在冰箱里。

她逛超市的时候，陆勉给她打了个电话。

"姐，你一个人还好吧？感冒好点了吗？"

"还行吧，怎么了？"她推着购物车在速冻食品区挑饺子。

"我正在你家吃饭呢，"电话里隐约能听到陆勉这边的喧闹声，他说，"大家吃饭的时候都在说你，还好你没回来。姑姑还说给你找了个相亲对象。"

陆惜早就知道会是这个结果，可听到他说的时候还是忍不住想翻白眼。

她问："你没说漏嘴吧？"拿了两包三鲜饺子后，她打算去找方便火锅。

陆勉立即说："没有！姐，你放心吧，我不会出卖你的。"

"那就好。"陆惜笑了笑，突然觉得嗓子不舒服，忍不住咳嗽了起来。

"姐，你不是说感冒好些了吗？我怎么听着感觉更严重了。"

陆惜解释说："大概是因为今晚吃了点辣——"她说话的时候没注意身边有人走过，手臂被撞了一下，手机差点飞出去。

惊呼了一声后，她立即说："抱歉。"

被她撞到的是一个年轻男人，五官深邃，眉毛微微蹙着。他看了她一眼，语气冷淡地说了句"没事"就走了。

"姐，你怎么了？"陆勉在电话里问。

陆惜收回目光说："刚刚撞到了一个人，觉得这个人有点眼熟。"

"没事就好，"陆勉说，"我在家过了几天也有点受不了，再等几天我就找借口回南京。"

07

陆惜回到家已经八点多了,一进门发现灯亮着,想起自己走的时候忘记关灯了。

她把买的一大袋东西放下后,从里面拿出速冻饺子和方便火锅走向厨房。

大概是感冒脑子不清醒,厨房的灯也忘关了。

走到门口正要进去的时候,她突然看见一个人影。

空旷的别墅只有她一个人,又是大晚上,她第一反应就是有小偷。意识到小偷要出来,她吓得浑身僵硬,汗毛都竖了起来,手里的速冻饺子掉到了地上。

饺子掉到地上,包装袋发出的声音特别突兀。

她屏住呼吸。

"你去超市了?"

苏叙弯腰把速冻饺子捡起。

原来是他。

陆惜松了口气,从他手中夺过速冻饺子放进冰箱里,没好气地问:"你怎么突然回来了?"她脸上的血色还没完全恢复,透着点白。

"想回来就回来了。"苏叙端着水杯打算离开。

才大年初二,他放着好好的年不过,要回来?

陆惜往他面前一跨,拦住他一脸怀疑地问:"真的?我怎么不相信呢?"她才不相信他是迫不及待想要回来投入"工作"。

苏叙停下脚步,低头迎上她的目光。与她明亮中透着狡黠的眼睛不一样,他的眼中平静无波,好像任何人任何事都搅乱不了。

对视了一会儿,他终于开口,轻描淡写地说:"跟家里吵架了。"

苏叙这样的人过年回家也会跟家人吵架吗?陆惜有点不相信自己听到的。

"因为什么?亲戚太八卦?催婚?"

基本上到他们这个年纪,过年回家也就这些烦恼了。陆惜看他的表情,觉得原因应该跟自己猜的差不多。

"原来苏皇也有这样的烦恼啊。"她忍不住幸灾乐祸地笑了起来。大过年的,难得这么高兴。

笑着笑着,嗓子里涌上一阵辣意,她不受控制地开始咳嗽,咳得停不下来,眼泪涌上来。

苏叙看她咳到直不起腰,眼底浮现出笑意,劝诫说:"乐极生悲,何必呢?"他语重心长的话语里透着让人生气的得意。

离开厨房前,他还不忘补充一句问候:"新年快乐。"

陆惜气得一边咳,一边瞪着他的后背。她现在一点也不快乐!

08

感冒期间还是适宜吃清淡的东西,陆惜用行动证明了这一点。

大年初三中午起来,她的嗓子就火辣辣的,疼得说不出话。

一到一楼,她就闻到一股很香的辣味。

原来是苏叙在餐厅吃饭。他吃的东西有些眼熟,好像是她昨天买回来的方便火锅。

昨晚嘲笑她,现在还好意思吃她买的东西?

"你——"陆惜发声困难。

苏叙见她这个样子,勾了勾唇,好像是在看她笑话。

"说不出话就少说一点。没什么吃的,我把你的火锅吃了,"他用目光示意她去厨房,"作为交换,我替你煮了干贝粥。"

这还差不多。陆惜心里舒服了一点。

CHAPTER 06

见人说人话，见你只想说情话

苏叙声音里带着调侃说："你要是始乱终弃，空空他们会很失望的。"
"我怎么可能放下他们不管？"
说完，陆惜又忍不住怼他一句，"我要始乱终弃也是对你。"

01

又接连喝了许多天粥之后,陆惜的感冒终于康复。

从年初七开始,空空他们就陆续回来了。年初八早上,小谢和柔弟到了之后,Revenge战队全员到齐,开始备战亚洲邀请赛。

亚洲邀请赛一共分为六个赛区,中国赛区一共三个名额,每个赛区又分为公开赛和预选赛。

中国赛区的预选赛一共有六个直邀名额,未受邀的队伍则需要打公开赛。公开赛前四名的队伍才有资格参加预选赛,与六个受邀战队共同争取中国赛区的三个名额。

公开赛从2月7号开始,到2月10号结束,留给苏叙他们的准备时间并不多,所以年初八下午,他们就开始投入训练了。

陆惜这边也不闲。年前跟几个战队约好了年后打训练赛,她需要一个个确认时间。

很快,她就遇到了问题。

年前约好的战队到了年后不是说因为要准备亚洲邀请赛而无限期延后训练赛,就是说约了别的战队,没办法排时间。

陆惜并不天真,猜到这些都是他们的借口。

下午训练结束,她单独找苏叙说了这件事情。

"一两个战队这样也就算了,四个战队全都爽约就很不正常,"她说,"我怀疑是联盟那边干涉了。"

苏叙显然跟她的想法是一样的。

她问:"我们现在怎么办?"一线豪门战队与联盟之间的关系错综复杂,早就达成了某种共识,成了利益共同体,凭他们根本撼动不了。

"问问看二三线战队。赛前能约两局最好,约不到就等比赛后吧。"苏叙还是那低沉的嗓子和懒散的语气,显得很泰然。

年轻的职业选手经历的事情少,每天坐在电脑前甚至连社会接触得都不多,柔弟、小谢他们年纪都很小,空空就算再稳重过完年也就只有20岁,在陆惜眼中都还是小孩子。在筹备成立战队的时候,她就决定所有的事情都自己解决,现在有个能商量的人,她觉得挺好的。

在她心里感慨之际,苏叙又补充说:"他们不跟我们打训练赛,我们可以去碰他们。"他低沉的声音里带着一丝笑意,漆黑的眼中闪过光芒,配上他闲适的样子,宛如一只狡猾又慵懒的大猫。

晚上,在苏叙的组织下,他们五个人拆成三个和两个,直播排天梯。

空空、柔弟和回程他们三个人一起,苏叙则带着小谢。

陆惜在房间里开着电脑看苏叙的直播。这是年后他第一次直播,观看的人很多。

过了一个年,直播间的黑粉好像也变多了。他们有说苏叙明明退役又厚着脸皮回来开直播赚钱的,也有嘲讽他以前拿不到世界联赛的冠军斧,过了两年更拿不到的,也不怕晚节不保。

苏叙没有拿到世界联赛冠军这件事是许多人心中的遗憾,也是他自己的遗憾。

拿冠军斧出来说事,别说是粉丝了,就连陆惜看着都生气。

苏叙却好像没看见一样,一点不受影响。

他跟小谢连麦后组队进入天梯等待系统。很巧的是这次他们对面有两个职业选手。

进入对战后,不爱打字说话的苏叙发了一条所有人可见的消息:"好巧啊。你们鸽了我们,我们还是在游戏里遇到了。"

他们遇到的是BC战队的两个职业选手。BC战队就是取消训练赛的战队之一。

看直播的粉丝们不知道苏叙在说什么,但是BC的两个选手是知道的。

其中一个发了个"哭"的表情,说:"哥,抱歉啊。"

苏叙回了个笑脸,意味深长。

他跟陆惜所说的"去碰他们"就是去天梯里碰。他们这个天梯分数是有概率遇到职业选手的。虽然这样比训练赛的效果差很多,但也不是完全没用。

一个晚上下来,苏叙和小谢他们运气差一点,只碰到一次,空空那里碰到了两次。

十点多的时候,陆勉匆匆跑到陆惜房间说:"姐,回程在直播间跟粉丝吵起来了。"

"怎么回事?"陆惜打开了回程的直播间,弹幕上乱七八糟。

陆勉说:"不知道为什么今天黑粉特别多。有人黑以前的Shape,还黑现在的Revenge,回程的脾气暴,你是知道的,所以就……"

陆惜立即发微信私聊回程,让他先下线冷静冷静。随后,她又去了柔弟、小谢的直播间看了看,弹幕上也有很多黑粉在带节奏,只有空空那里好一点,因为姐姐粉们战斗力都很强。

"姐,你说是不是有人买了水军,故意来带节奏的啊?"

陆惜抿了抿唇,紧紧皱着眉,生气地说:"那还用说?我们被针对了。"至于是谁,想想就知道了。

02

第二天早上看录像之前,陆惜召集大家开了个小会,让大家在比赛前都不要开直播了,以免心态被影响。

大家都没有什么意见。

中午的时候,陆惜接到了一个陌生电话。

"请问是陆惜小姐吗？"电话里的女声很温柔，"我是江云栋先生的助理。不知道陆惜小姐明天有没有时间来一趟上海，江先生想见一见你。"

"江云栋？"陆惜觉得这个名字很耳熟。

像是没想到陆惜居然不知道江云栋是谁，电话那头的女声顿了一下，才说："我们是启明科技的。"

提到"启明科技"，陆惜终于知道这个江云栋是谁了。

原来是联盟的老板。

"江先生想见我干什么？"她几乎想要冷笑。

"应该是关于战队的事情，具体江总没说。我们后天就要回北京了，明天是在上海的最后一天，"助理像是料定了陆惜会来，不等她回答就说，"稍后请陆小姐把高铁班次发消息告诉我，我们会安排接站。"

果然是联盟的老板，连助理都这么盛气凌人。

下午大家训练的时候，陆惜一个人坐在露台上抽烟。

她不怎么爱抽烟，只是会在有烦心事的时候抽一根。一盒烟一个月都不一定能抽完。

约不到跟一线豪门战队的训练赛、直播间那么多带节奏的黑粉，都是联盟给他们的压力。

偏偏这时候江云栋还要见她，不知道他想要跟她说什么。

露台的门被推开，发出轻微的声响，随后是由远及近的脚步声传来。

"你明天要去上海见联盟那边的人？"这声音是苏叙。

她吐出了一口烟，回头说："陆勉那个大嘴巴告诉你的？"她回头的动作带动了身边的气流，使得烟雾的方向有了变化。她明艳的脸半隐其中，难得给人一种清淡的感觉。

她中午遇到陆勉，随口把要去上海的事情跟他提了一下。

陆勉这样活在电竞圈外的人把联盟的势力想象得很强大，好像能为所欲为。他姐姐陆惜再怎么厉害也没有能力跟他们对抗啊。着急之下，他只能想到他的偶像苏皇。

苏叙走到陆惜旁边坐下，看了眼她手中夹着的烟。

陆惜朝他笑了笑，问："来一根？"俨然一副社会上的大姐姐调戏听话男大学生的样子。

"我不抽烟。"

看到他轻轻一皱的眉宇间透着嫌弃，陆惜把烟熄了。她发现他的目光比平时要沉，身上那股闲适感觉比往日要淡一些，大概是真的很不喜欢别人抽烟。

"明天我跟你去？"

陆惜意外地看了他两眼，发现他是认真的。

她语气轻松地说："不用，我又不是去吵架的。快要比赛了，你还是带着他们好好训练吧。其他都是我的事，我来处理。"

说完这句，她有种自己和他是这几个孩子的家长的错觉，忍不住想笑。

苏叙像是并没有明白她脸上浮现的笑意是因为什么，凉凉地说："吵架倒还好，你擅长。就怕不是吵架。"

这意思是说她只会吵架？陆惜挑高了眉毛。

她也不是拎不清的人。她听得出来他是担心联盟那边为难她，只是表达的方式太欠了。

"多谢苏皇关心我。"她朝他眨了眨眼睛，神态和言语都柔柔的。

皮了一下后，她又换上正经的语气说："我是战队的老板、经理，这些本来就是我的事情，不用担心。你还是留下来带他们训练吧。这件事也不要告诉他们，省得让他们担心，影响状态。"

"我已经跟陆勉说过不要告诉小谢他们了。"在这件事上，苏叙跟陆惜没有沟通，却默契地达成了一致。

听到"陆勉"，陆惜"哼"了一声，没好气地说："你说话比我管用。"

"你还吃醋？"苏叙眼睛里好像没那么沉了，有笑意在慢慢浮上。

陆惜下意识反驳说："谁吃醋了！"语气有些傲娇。

说完她才意识到他们之间的对话好像有哪里不对，听上去有些暧昧。

还好这时候有一阵风吹了过来，冷得让人发抖。

苏叙站起来说："我继续带他们训练了。"

03

南京到上海坐高铁不到两个小时。陆惜跟空空他们说有事要出去一天,他们也没多想。

在上海站的出口,陆惜看到了举着她名字的牌子。

"陆小姐,你好。"

在出站口接她的是个女人,听声音就是昨天给她打电话的那个。

陆惜朝她点了点头,淡淡地说:"你好。"

为了在气场上不输,她今天特意好好打扮了一下,穿了件黑色的长款大衣,脚上是一双高跟及膝长筒靴,在高度上先压制住了江云栋的助理。

"陆小姐,请跟我走吧,江总已经在等你了。"

陆惜被带到了一家高级酒店的咖啡厅里。僻静的角落里坐着一个正在对着电脑忙碌的男人。

"江总,陆小姐到了。"

男人听到声音抬头,五官露了出来。他看起来30岁左右,长相冷峻,微微蹙着的眉毛显示着他的挑剔和严格。

陆惜惊讶地发现自己竟然见过江云栋。过年期间,她在南京的超市里遇到过他,还不小心撞到了他。

江云栋看见陆惜的时候眉头微动,像是也觉得在哪里见过她,只是他没回忆起来。

能不能回忆起来对他不重要。

"陆小姐?请坐。"

陆惜坐下后,服务员给她上了杯咖啡。

"不知道江先生找我来有什么事?"她开门见山地问。一头披肩的长卷发衬得她五官精致,姨妈色的口红更是亮眼,使得她看起来很高冷。

江云栋开口就是一副审判的样子:"联盟判前Shape战队的五名成员终身禁赛,陆小姐却拉回来了四个组建Revenge战队。你违反了联盟的规则。"

陆惜挑着眉笑问:"规则?"虽然觉得江云栋所说的话很好笑,但她神态和语气里却没有表现出浓重的轻蔑和攻击性。和苏叙相处了一段时间,她从他身上领悟到在这种情况下举重若轻才是最好的态度。

江云栋的眉头始终微微蹙着:"每个行业在经历过最初的混乱生长后,总要有人出来制定规则和整合资源。"

"所以江先生和启明科技就当仁不让站出来了?"陆惜发现自己还学会了苏叙式的嘲讽。

江云栋却忽然转移了话题:"我看过陆小姐的简历。你曾经在Closer战队当过副经理,战队运营经验丰富,人脉很广。"

陆惜看向他,等他继续说下去。

"我还知道陆小姐去年曾经给好几个战队投过简历。"说话的时候,他的手指在桌上轻缓地敲击着。弯曲的手指和手掌之间虚握着的好像就是整个行业。

"你当然知道。我当初还被联盟特殊关照过。"

察觉出陆惜的不满,江云栋说:"成年人需要为自己的言行负责。"

这教育的口吻和高高在上的态度让陆惜觉得好笑:"我没后悔过。"

"如果现在联盟取消对你的封杀,让你去一线豪门战队工作呢?"从陆惜坐下到现在,江云栋的目光只是虚虚地落在她身上,直到此刻才完全看着她,"我打算投资成立一个战队,汇集最好的一线选手、最好的资源,现在还缺少一个战队经理。"

陆惜没想到江云栋今天找来她竟然是要给她工作机会的。

"为什么是我?"她问。

"你的能力很强,有最好的一线选手、最好的资源,当然也要个顶尖的人来运营。我知道你想带Revenge冲击世界联赛,"江云栋的语气好像整个电竞行业都被他玩弄透了,"我可以让你带更强的职业选手,这样冲击世界联赛冠军的希望更大,是共赢的局面。"

听完他的话,陆惜深吸了一口气:"江先生,谢谢你对我的肯定。"

她是好不容易才忍住没有直接翻脸走人。

"你以为我组建Revenge战队只是为了冲击世界联赛拿冠军吗?"她问。

江云栋补充说:"或许还跟你与尤斯塔之间的恩怨有关。"

"你错了,"陆惜终于收起从进来开始脸上就挂着的笑容,神情变得认真了起来,"我不是因为想要冲击世界联赛拿冠军才组建战队的,而是因为他们,我才决定冲击世界联赛拿冠军的,这先后的逻辑关系你应该能听懂吧?可能江先生接触这个圈子的时间不久,很多事情不清楚。做职业选手非常辛苦,压力也很大,能坚持下来的大多不是为了利益。"

职业圈不是商人们圈钱的地方,职业选手更不是他们的筹码和棋子。

陆惜的语气已经很生硬了,但江云栋没有生气。

"组建和维护一个战队的成本不低。据我所知你们没有赞助,这样投入到最后什么都没得到,你觉得值得吗?"他依旧游刃有余,就像是在进行一场商业谈判。

什么都没得到?

那就只能认命了。她努力过了,苏叙、小谢、回程、柔弟和空空他们五个都努力过了。到时候她就只能回家坦陈一切,看看会不会被打断腿吧。

当陆惜说出"值得"两个字的时候,她看到江云栋的表情有了一丝变化,眉头皱得更紧了。他可能觉得她愚蠢。

信仰、追求、热血在他们商人眼中或许一文不值。

"再说,万一我们就是世界联赛的冠军了呢?我相信战队的每个队员。江先生,既然我们话不投机,也就没什么好说的了。"

江云栋语气笃定,好像在预言未来一样,说:"Revenge战队想脱离联盟独立存在是不可能的。陆小姐,你会后悔的。"

"我不会,"陆惜又喝了口咖啡后站起来,同样用上了教育的口气说,"为了回报江先生对我的赏识,我作为这个圈子资历较深的人就给你一个忠告,即使是把国内最强的五个选手组到一起,这个队伍也未必是最强的。"

这,就是电子竞技。

说完,她拿起包和外套,挺直脊背离开了。

女人轻柔的音色和坚定的语气结合在一起有种非常强的力量。江云栋沉默不语,好像沉浸其中。

直到陆惜走到门口即将出去的时候,他才抬头看了她一眼,语气和眼神中都带着浓烈的嘲讽,低声说:"就这么相信苏叙吗?"

离开酒店的陆惜停下脚步长舒了一口气,觉得临走前对江云栋说的话很痛快。

一阵潮湿的冷风吹来,她看着街上来往的车辆,目光沉了下来。

从江云栋的话里不难猜测他组建战队要到处挖人,今年的夏季转会期,职业圈很可能迎来一次不小的动荡。

04

陆惜从上海回去后当晚,苏叙第一次敲了她的房门。

开门看到他的时候,她意外了一下。

"今天联盟那边找你说什么了?"苏叙身材高大,站在门口就把整个门都堵住了。

陆惜担心他们站在门口谈这件事被空空他们听到,大晚上露台太冷了,去苏叙房间又不好,于是就后退一步,示意他进来。

苏叙进来后很绅士地站在一旁,没有四处打量。

陆惜关上了门。随着关门的声音,她的房间成了个封闭的空间。在此之前她明明觉得自己的房间挺大的,可是苏叙往里面一站,她莫名地觉得有些小了。

一扇门把气流隔断了,剩下不会流通的空气围绕在两人之间,经过某种化学反应,变成了尴尬,慢慢扩散向整个房间。

还不如去露台吹风呢。

她轻咳了一声,转移注意力说起了正事:"江云栋今天找我没有想为难我,而是想挖我。"

看到苏叙抬了抬眼皮,她继续说:"听他的意思是想从各个战队挖一些顶尖选手,重新组个战队。"

"他要组战队？"苏叙的目光凝了凝。

陆惜觉得他的重点错了，忍不住问："你就不好奇我是怎么回答的吗？他给我开出的条件很诱人。"他一点都不在意她这个老板会不会离开吗？

"那请问老板是怎么回答的？"苏叙笑着看向她，迎向光的眼睛里浮现一层金色，宛如破晓时分的海面。

他五官英挺，轮廓透着成年男性独有的硬朗，唇角闲适的弧度更是形成了他独特的气质。在这一刻，陆惜居然觉得他帅得足够让她暂时抛去偏见和前嫌。

这是个很可怕的信号。虽然她作为单身女性欣赏单身男性没毛病，但是这人是苏叙。

见她没有立即回答，苏叙声音里带着调侃说："你要是始乱终弃，空空他们会很失望的。"

"我怎么可能放下他们不管？"说完，陆惜又忍不住想怼他一句，"我要始乱终弃也是对你。"

这句话太让人误会了。他们没有在一起过，又怎么始乱终弃？

"对我？"苏叙抬了抬眼皮，漆黑的眼睛里有笑意也有询问。

陆惜："……"

她承认自己因为被苏叙帅到了有些生气，说话没过脑子。心跳有些加快，她心虚得不敢去看他的眼睛，怕被他看出些什么。

这时，外面传来的敲门声让她镇定了下来。

"姐，我能进来吗？"是陆勉。

苏叙说："我先走了。"

陆惜若无其事地叮嘱说："马上公开赛就要开始了，好好训练。"

门从里面被打开，陆勉正要进去的时候发现苏叙从里面走了出来。

他的苏皇大晚上从他姐的房间里走出来？

作为苏皇的粉丝，他在他姐面前有时候呼吸都是错的，他们什么时候可以和平地共处一室了？

他们两个是和解了还是有别的猫腻？

陆勉忽然有点怀疑人生了。

苏叙离开后，看着陆勉一脸怪异地走进来，陆惜没好气地问："怎么了？"偶像行为依旧由粉丝买单。

陆勉不知道自己哪儿又得罪大佬了，一脸莫名。

"我是来问问你今天去上海怎么样的。"

05

亚洲邀请赛的总决赛4月初在上海举行，可以说是家门口的比赛了，在国内受关注度仅次于世界联赛。

中国赛区的公开赛分为A、B两轮，报名的队伍一共有128支。A轮从2月7号到8号，参赛的队伍分为四个小组，组内进行BO1单败赛制，输了即淘汰，小组第一之间进行BO3，前两名直接晋级公开赛。A轮结束后，未能晋级的队伍可以继续参加B轮。

公开赛前一天，陆惜拿到分组名单后，发现他们被分在了死亡之组。

"我们这一组有一线战队肉山，还有SO俱乐部的二队SO.B，竞争会很激烈。你们要做好心理准备。"开会的时候，她说。

这种运气也是没谁了。

回程忍不住低低骂了句脏话。

肉山战队的队名是ROUSHAN，被大家称为肉山，实力很强。

柔弟一向比较心大，语气轻松地说："没关系，我们还可以打B轮。我们总不至于那么倒霉，B轮也进死亡之组吧。"

回程伸手去捂他的嘴巴："闭嘴吧你，别乌鸦嘴。"

柔弟虽然个子高，但是架不住回程又高又壮，只能一边挣扎一边"呜呜"地叫。

被他们一搅，气氛变得很轻松。

陆惜好笑地看着他们，语气柔和且坚定地说："总之，我们认真打就行了。

这是Revenge的第一场正式比赛，能打到哪儿就打到哪儿，后面的比赛还很多。我们的目标是世界联赛。"

在大多数情况下，她都是这样的语气，对苏叙和陆勉除外。

公开赛和预选赛都是线上比赛，所有玩家通过客户端就可以免费观战。

比赛当天，苏叙他们五个人坐在一楼的训练室里，按时上线准备。

公开赛除了职业战队外，还有很多玩家队，前面并不难打。陆惜站在他们后面，有一种站在线下比赛的隔音室里的错觉。

前面碰到的都是玩家队，很多玩家就是来感受一下跟职业战队对战的感觉的，苏叙他们打得很轻松，她站在后面却莫名有些紧张和激动。从打算组建战队，到全员到齐，再到现在打第一场正规赛事，他们离世界联赛越来越近了。

06

7号的比赛很轻松，8号下午，在小组八进四的时候，他们遇到肉山，输了。

苏叙带头打出"gg"后，大家断开连接。gg即good game的缩写，意思是对方打得非常漂亮，通常是认输退出的那一方打出，是游戏中的礼貌用语。

陆惜观战的时候不知不觉又站到了苏叙身后。苏叙站起来转身，正好看到她。

他眼里是还没来得及化开的专注，身上却是闲适的状态。

他参加过的大赛太多，得到过令许多人羡慕的荣耀，也经历过最惨痛的失败，心理素质不是一般人能比的。

目光相触后，陆惜移开眼睛对大家说："好好休息一下吧，明天打B轮。"

让她意外的是，大家的心态比她预想中的要好。

短暂的休息之后，苏叙组织大家复盘跟肉山的比赛，然后是吃晚饭。晚饭后大家各自休息放松，看电影、打主机游戏、跟女朋友聊天的都有，大家不约而同地都没有上微博和论坛。

07

2月9号,中国赛区公开赛B轮开始。

Revenge所在的小组竞争比A轮的时候小很多,顺利打到小组第一,然后和同样在A轮小组赛败给肉山的SO.B战队共同晋级预选赛。

这是一个很不错的开始。为了鼓舞士气,第二天身为老板的陆惜决定请大家出去吃顿好的。

加上陆勉,他们一共有七个人,陆惜的车是五座的,怎么也塞不下他们几个人高马大的。

原本她决定再打一辆车,苏叙却说正好趁这个时候回家把车开过来。

有两辆车也好,以后去哪儿都够坐了,陆惜下午就提前送苏叙回去开车。

苏叙的身材高大,坐在副驾上存在感很强,好像把车里整个空间都充满了,陆惜的鼻尖一直能闻到一股淡淡的雪松味,让她的心神莫名有些不定。

后来苏叙的手机响了。

"纪嘉?你回南京了?"

听到声音,陆惜用余光看了苏叙一眼。

苏叙跟纪嘉说了几句后开了免提,让纪嘉跟陆惜打了声招呼,然后说:"纪嘉回南京了,想找我吃饭,要带他一起吗?"

因为刚刚的心神不定,陆惜开口就没什么好话:"苏皇说了算啊。"

苏叙像是不知道她为什么突然这么有情绪,看了她一眼。

陆惜也意识到自己有些情绪化了,干脆闭上了嘴。

"苏叙,你现在跟陆惜在一起啊?你们不会真的好上了吧?"纪嘉忽然问。

其实这在他意料之中。有陆惜这么漂亮、性格又好的小姐姐风雪无阻地追到学校,还陪复习,换谁都吃不消会心动啊。

陆惜从前天天去N大找苏叙,被他的同学甚至老师误解了那么久都没觉得不好意思,现在却觉得有些尴尬。

"你——"她正想让苏叙跟纪嘉好好解释解释。

话还没来得及说出口，苏叙就跟纪嘉报了地址，说："你一会儿过来吧，我这边还有几个朋友。"说完，他挂了电话。

算了，以后再解释吧。

苏叙开的是一辆奥迪A6L，以他以前打比赛的收入来看，算是中规中矩了。

陆勉特别没出息，想坐他苏皇的车。陆惜车上就带了空空和小谢两个人。

他们到餐厅点完菜没多久，纪嘉就来了。

看到陆惜的几个"小弟"也在，他愣了一下："这么多人啊。你们好，我是纪嘉。"

看来他还不知道苏叙是谁，也不知道空空他们是谁。陆惜觉得他这个萌新傻得有些可爱。

"苏叙，你怎么休学了？开学都没人跟我一起上课，也没人跟我一起挂科了。"纪嘉遗憾地说。

挂科是件不太光彩的事，尤其这件事还发生在苏皇身上。

"有些私事，"随后苏叙若无其事地转移了话题，向大家介绍纪嘉，又对陆勉说，"都是N大的，你们是校友。"

同样是N大的学生，纪嘉可以跟他的苏皇做同学，陆勉非常羡慕嫉妒。

纪嘉是苏叙的同学，大家对他很客气，又因为年纪都差不多，很容易就聊到了一起。

大概饭吃了一半的时候，陆惜注意到一直在听他们聊天的纪嘉时不时心不在焉地偷偷看手机，面色怪异，像是遇到了什么事情。

又过了十分钟，纪嘉突然开口，问："你们……不会是一个战队的吧？"

一桌的人都看向他。

除了陆惜和苏叙以外，所有人都以为他知道。

陆惜忍不住笑了起来，眼角挂上一弯好看的弧度。

她这个态度让纪嘉知道自己的猜测是正确的。"你竟然就是那个以前担任Closer战队的副经理又回国组建Revenge的陆惜？"

随后，他又看向苏叙，一脸不可思议地说："苏叙，你竟然就是那个苏叙？"

他刚接触Vate不久，直到元旦前后复仇者联盟的风波才知道"苏皇"的。去补了苏皇的过往，他佩服得不行，也被Revenge战队给燃到了，还在论坛上为了支持他们跟别人掐过架。

想起自己曾经说过的话、曾经的那些质疑，他的脸一阵黑一阵青，憋了半天才控诉说："你们把我骗得好苦啊。"怪不得上次在教室门口见到陆惜的几个"小弟"的时候，他会觉得眼熟。他以前还看过Shape战队的比赛！

"都是他不让我说。"陆惜收起笑容，立即把锅甩给苏叙。

苏叙看了她一眼，然后问纪嘉："我哪一句骗你了？"

"……"纪嘉回想了一下，确实没有。

他没有隐瞒自己叫苏叙。他最开始没有说自己不会打Vate，是纪嘉自己以为他不会的。

是他自己什么都不懂，更没有把"苏皇"和"苏叙"对应起来。

想到那个自己刚粉了两个月、被当成信仰的大神居然是自己的兄弟苏叙，男人的自尊心作祟，他觉得很没面子，决定死也不让苏叙发现。

他突然想起一件事，看向陆惜问："所以，陆惜，你到底有没有在追苏叙啊？"

他这话一问出来，在说笑的柔弟他们全都不说话了，目光齐齐地在陆惜和苏叙身上来回。

陆勉更是一脸"见了鬼"的表情。

他姐不是明明很讨厌他的苏皇吗？难道这就是口嫌体正直？难道女大佬们都是这样追男人的？

"没有的事，他误会了，你们不要相信他说的。"陆惜立即否认三连，很僵硬。

她的脸皮到底是不够厚。被不认识的人误会无所谓，被认识的人误会她就扛不住了，尤其是大家现在天天生活在一起。

见陆勉、柔弟他们依旧半信半疑，她又补充说："那时候我是在努力让高冷的苏皇加入战队。"

归根到底还是怪苏叙。

感觉到陆惜非常不友好的眼神，苏叙眼中浮现笑意，好像事不关己，甚至还有心情调侃："原来你是在为广大玩家奉献。"

陆惜毕竟不是罗月那样青涩的女学生了，很快从僵硬中恢复。她抬起下巴，勾起一抹很"社会"的笑，说："那可不是？我风雪无阻地跑N大，苏皇的粉丝们该好好谢谢我。"他的粉丝们以前第一黑的是尤斯塔，第二黑的就是她。

看他们这样针锋相对，陆勉才觉得正常。

"原来是这样啊。既然你不是追苏叙，那可以考虑考虑我啊。"纪嘉说。

说完他就觉得侧后方凉凉的。他回头只看到苏叙状态松弛地靠在椅背上。

正好服务员上菜，他才意识到原来是服务员进来的时候开了包间的门。

怕陆惜误会，他又补充说："我开玩笑的。以后我就是Revenge战队的铁粉了！"虽然第一次遇见陆惜的时候他确实觉得这个小姐姐很好看，但成了朋友以后就没那个心思了。

"回去记得提高一下游戏水平。"陆惜笑着提醒。

陆勉立即说："电竞社新学期的活动了解一下。"

08

放松了一天后，大家立即投入训练，为即将到来的中国赛区预选赛做准备。

开始训练的这天下午，空空的身体出现不适，到了晚上就发烧了。

距离预选赛只有三天了，怕耽误比赛，陆惜决定陪空空去一趟医院。

"你们好好休息，把心思放在即将到来的比赛上。空空交给我来照顾。"见小谢、回程、柔弟他们担心，她安慰说。

他们三个和空空从组成战队开始到现在一起经历了不少，感情非常好。

陆惜拿着车钥匙跟空空准备出去的时候，楼梯上传来了脚步声。

苏叙穿戴整齐地走下来，手插在口袋里的动作很"大佬"。他走到他们面前说："很晚了，我跟你们一起去。"

陆惜什么也没说,把车钥匙交给了他。两人如同半夜里带孩子看急诊的家长。

空空虽然年纪是最小的,但好歹也是成年人了。发个烧两个人陪他去医院,他觉得自己好像被当成了小孩子对待,很不好意思。

"惜姐、队长,其实我自己去就行了。"

陆惜笑着说:"不跟你去我不放心。"

坐在前面开车的苏叙轻飘飘地补充了一句:"是啊,反正她闲。"

"……"陆惜好不容易才忍住没在空空面前跟他吵起来。

她情绪的瞬间转变让空空忍不住看了看她。

他觉得惜姐平时在他们几个面前忍不住就会散发出"母性光辉"以及慈母般的微笑,但是对着队长的时候就完全换了一副样子,有些……可怕。

苏叙开车很稳,虽然速度不慢,但是给人感觉他开得很悠闲,好像逛大街一样。

到医院检查后发现空空是得了病毒性感冒,为了好得快一些,决定留下来挂水。

等空空挂上吊瓶后,苏叙保持插着口袋的站姿说:"我去买点宵夜,你吃吗?"

"不吃,我怕胖。帮我带瓶水。"

敢对苏叙这么不客气,大概也就只有陆惜了。

苏叙走后,空空说:"惜姐,苏皇其实挺好的。"因为发烧,他的脸上带着红晕,那唇红齿白、脸上发烫的样子要是让他的女粉们看到,怕是要尖叫。

陆惜靠在医院的塑料椅背上,一根手指无意识地绕着发梢说:"是挺好的。"

感受到她的违心,空空沉默了一下,决定转移话题:"惜姐,其实你不用这么照顾我们。你这样让我感觉你像我妈。"

陆惜被逗笑了:"我年纪轻轻怎么就像你妈了?别忘了我前男友跟你一样大。"

就着这个话题,两人聊了会儿尤斯塔。

虽然是被劈腿，但是时间过去那么久，尤斯塔在陆惜这里并不是不可说的。

空空是他们几个里最会聊天的。他总能照顾到跟他说话的人的感受，让人觉得跟他聊天很舒服。

苏叙迈着长腿回来的时候就看见陆惜跟空空有说有笑。在医院昏黄的灯光下，她的表情堪称温柔，一头披散的卷发散发着光泽，眼角的弧度很有风情，整个人明艳到让人一眼就能注意到。

像是余光看到他回来了，她收起神态里的温柔，换上精明又"社会"的"战斗模式"。

09
⩔

空空挂水一共要挂三天，剩下两天苏叙要带大家训练，都是陆惜陪他去的。

在这种特殊情况下，两人分工明确，竟然意外地和谐。

2月25号，亚洲邀请赛中国赛区预选赛正式开始。空空的感冒没有全好，至少不发热了。

预选赛根据抽签分为A、B两组，每组进行BO1循环赛，每组第一名晋级正赛，最后一名直接淘汰，剩下的队伍合并，进行BO1双败淘汰赛。

双败淘汰赛即输一场并不淘汰，而是掉到败者组，在败者组再输一场才淘汰。

参加预选赛的十支队伍都是国内一线战队，实力很强。

比赛前，苏叙用招牌语气对大家说："把预选赛当成是训练赛打。毕竟跟一线战队打训练赛是约不到了，这是难得的机会。我们的目标是不在小组赛里成为最后一名，尽量打进淘汰赛。"提起比赛，他总有种轻描淡写的意味，不轻视也不紧张。

陆惜想起来，他拿过第一届亚洲邀请赛的冠军。他当时效力于Walker，步行者战队。

不管是主要赛事还是次要赛事，大大小小的冠军他都拿过了，唯一缺失的是世界联赛的冠军。现在参加的所有比赛对他来说或许都是进军世界联赛的过程，他的目标是在波士顿举起冠军斧。

"没错，能碰上一个战队是一个，就当成是训练。"她赞同地说。

循环赛结束后，Revenge以小组第四名进入双败淘汰赛，在被KB战队打入败者组后输给了Middle战队，结束了亚洲邀请赛之旅。

近阶段大家都没怎么上网。有多少人关注着Revenge，他们就有多少压力。

被淘汰后当晚，网上铺天盖地都是关于他们的消息。

"复仇者联盟到底行不行？"

"打四号位的苏皇已经不是当年的苏皇了。"

"小谢转型打C位之后，'天选之眼'也凉了。"

"空空打游戏不行，可以转行去当偶像，C位出道。"

……

还有的帖子里在争论Revenge被淘汰到底是谁的问题，谁是队伍里的短板。有人说小谢跟第一梯队的C位还有距离，有人说柔弟带领了两波团灭才导致团队经济落后输了比赛，还有说五号位空空没有作为的，吵得没完没了。

这其中有玩家和粉丝因为失望想要发泄才发的，陆惜猜测肯定也有一部分是江云栋那边推波助澜。

她身为一个以前经常被电竞媒体关照的人，对这些议论已经可以免疫了，相信苏叙那种老油条更是不会受到影响。她只是有些担心空空他们四个。

不过，好在接下来春季特锦赛就要开始了，他们还有很多事情要做，没时间想太多。

经过了几天激烈的角逐，中国赛区进入亚洲邀请赛正赛的三个战队产生，分别为：肉山、SO，以及从败者组打上来的Middle。

CHAPTER 07

女人的世界太复杂

陆惜用带着点撒娇和调侃的口吻说:"苏皇,教教我打游戏啊。"
苏叙抬头,对上她满脸的笑意,眸光变深,问:"你这么厉害还用教?"

01

亚洲邀请赛的预选赛结束后就是2月底了，这个时候也是各大高校开学的日子。有"大学城"之称的南京，近期变得格外热闹。

陆勉离开的时候十分恋恋不舍，临走前还要了大家的签名。苏叙的签名他要了好几张，说是拿回去等电竞社做活动的时候送出去。

对于这种行为，陆惜十分不理解也十分不屑。

苏叙的签名送给她她都不要。

他们的别墅每周都会有保洁阿姨过来打扫，但是少了陆勉这个保洁后勤小弟，很多事情都需要陆惜自己来做了。

同时，2月底3月初也是春季特锦赛的报名时间。

春季特锦赛跟亚洲邀请赛一样，也是Vate的几大重要赛事之一，获得冠亚军的队伍将获得一定的积分，积分高的能够获得8月初在美国波士顿举办的世界联赛的直邀名额，非常重要。春季邀请赛同样分为线上举行的地区海选公开赛、预选赛，还有线下举行的主赛事。

这一次的主赛事将在立陶宛的首都维尔纽斯举办。奖池一共280万美金。

2月25号，报名启动的当天，陆惜就给战队报名了。

3月2号，报名的最后一天，她收到邮件，提示说报名失败。

报名的流程她很熟悉，提交的资料不可能出错，那就肯定是别的问题，或者系统搞错了。她立即打电话联系赛事工作人员。

"你好，我查过了，Revenge战队报名失败是因为没有参赛资格。"

"怎么会没有参赛资格？"

电话里，工作人员回答说："因为Revenge战队中有四名成员被终身禁赛了。"

陆惜愣了一下："禁赛？亚洲邀请赛我们也成功报名了啊。"

"嗯……那时候是因为审查失误。"

陆惜冷笑了一声。她不是萌新，没么好骗。明明是联盟那边走了关系，想进一步给他们施压。

"联盟禁止我们参加比赛的行为是没有得到Q社官方许可的，而且春季特锦赛也是国际赛事，无论是主办方还是承办方都跟联盟没有任何关系，凭什么禁我们的赛？"

"是领导这样规定的，"电话里的小姑娘被陆惜问得有些心虚，"要不这样吧，我再帮你们问问。"

"可以啊，那你告诉我什么时候能问出结果，我再打电话给你。今天24点报名就截止了，我可等不起。"陆惜见过那么多套路，怎么可能被轻易唬住。

工作人员语气很无辜："这……我就不知道了啊。"

这分明就是在跟她打太极。

在电话里纠缠了二十多分钟后依旧没有结果，陆惜忍不住问候了一句联盟全家，然后挂掉了电话。

现在已经是下午三点了，苏叙、回程他们都在一楼训练室里训练。

距离报名截止只剩九个小时，去北京启明科技总部算账是来不及了，难道要打电话给江云栋？

一楼训练室里，拉了陆勉凑人数在线上打三对三的Revenge成员们打得好好的，就听到老板从楼上走下来，脚步声自带气场。

陆惜越想越气，到训练室后忍不住把手里的记事本往桌子上一拍，说："气死我了！"

啪的一声，记事本刚好落在苏叙握着鼠标的手的旁边。

他修长的手指停顿了一下，抬了抬眼皮。

小谢被陆惜吓得不轻，一边继续对战，一边分神问："惜姐，怎么了？"

"联盟那边关照了春季特锦赛的主办方，不准我们报名参赛。"除了找江云栋交涉外，陆惜暂时想不到其他办法了，打算先跟大家商量一下再说。

柔弟抬头："什么？"

其他人也停了下来。

正在跟柔弟对线的陆勉以为自己好不容易找到机会了，杀掉了柔弟。就在他觉得自己的技术终于有了进步的时候，发现除了自己，其他人都不动了。

再接着，他们五个同时下线了。

什么情况？Revenge的基地停电了？

电脑前的陆勉一脸疑惑。

"他们怎么可以这么做？"小谢是他们四个里面最斯文、脾气最好的，即使生气，语气也硬不起来，"可以找Q社申诉吗？"

陆惜深吸了一口气平复情绪，说："肯定是要申诉的，只是今天是报名的最后一天，我们很可能报不了名了。"

如果还有两三天时间，或许她还能想想别的办法。或许联盟那边就是考虑到了她的人脉和能力，才最后一天发邮件通知的。

她又补充说："就算我现在给江云栋打电话，也不一定有用。"联盟那边这么做是根本没有留余地，说明江云栋根本没打算跟他们谈条件。

大家都没有说话，像是在想办法，只有回程忍不住问候了联盟以及江云栋全家。

陆惜赞赏地说："骂得好。"

在世界联赛之前，能让他们"练兵"的大赛本来就屈指可数，联盟现在的意思是一场都不想让他们参加。

"没有别的办法了吗？"柔弟摸了摸脑袋问。

在大家因为联盟的所作所为愤恨不平时，一直保持着沉默的苏叙终于开口了："我们可以在东南亚赛区报名。"他并没有被激怒，用的还是他那招牌式的语气，仿佛一座在悠长岁月里逐渐形成的山，早已经历过了沧海桑田的变迁，无论是天降惊雷还是雨雪交加，他自岿然不动。

"好像是个办法！"柔弟跳了起来。

苏皇就是苏皇。

陆惜也是看向苏叙，挑了挑眉。心里的困扰被另辟蹊径解开，骤然开朗时她眼中的明亮是来不及掩饰的。

察觉到苏叙唇角一勾，好像十分受用和得意，她立即垂了垂眼睛，再看向他时眼中已经恢复了以往的样子，带着点不服和骄傲。

随后，她移开眼，说："确实可以。几个赛区的进度是一样的，东南亚赛区今天也是报名截止日。"

苏叙朝后面退了一点，让出自己的电脑："现在就报？"仔细分辨，他的尾音比平时上扬一点，好像多了一条小尾巴。

报名非所在赛区参加比赛一直都是有的。当所在赛区竞争激烈，一些希望较小的二三线战队为了进预选赛就会报名别的竞争相对较小的赛区。

东南亚地区的实力也不差，其中有几个战队也是国际性赛事正赛的常客。

这次春季特锦赛，东南亚赛区跟中国赛区一样，有两个名额。

报名截止后一天，也就是公开赛前一天，官网放出了各个赛区的对战信息。

有人惊讶地发现本该在中国赛区的Revenge战队竟然出现在了东南亚赛区。这件事传开后立即在网上引起了热议和猜测。

论坛上，有一个标题叫"复仇者联盟选择东南亚赛区才有希望打进正赛"的帖子，里面分析得有理有据。

陆惜大概看了看这"一本正经瞎分析"的帖子后，发了条微博简单说了一下为什么会去东南亚赛区。

她从来都不是"打碎了牙齿往肚子里吞"的人。

微博发出去没多久，就有许多转发和评论，全都是骂联盟的。

两个小时后，联盟的官博发了一个"义正词严"的声明，解释他们这么做是有理有据的。

陆惜看了后嗤之以鼻。

联盟那条声明下面的评论一水全是骂他们的。

这些看看就过去了。

除非是粉丝，大部分路人的忘性都很大。当初Shape战队被禁赛的时候也闹得沸沸扬扬，热度过去后，大部分人都忘了，忘了要给他们讨个说法，忘了这件事需要个结果，毕竟这些只是发生在别人身上的事情。要不是Revenge战队出现，恐怕小谢他们就要被除了粉丝以外的玩家渐渐遗忘，就像现在去国外读书的六月，已经很少被提起了。

电竞这个圈子，有热血，有信仰，同时也很残酷、现实。

陆惜很久不上微博，打开未关注人私信扫了一圈，看到了个非常熟悉的头像，点进去一看果然是纪嘉。

"陆惜，我是纪嘉。"

"联盟这件事做得太过分了！我已经煽动我舍友和基友们去评论里骂了。"

"你能不能看到我的私信啊？能不能互粉一下啊？"

陆惜笑着用鼠标点了一下"关注"。

此时，在她对面的房间里，苏叙正在单排天梯。他的微信上收到了一个语音请求。

没有训练的时候，他大部分时间不是在学英语就是在打Vate。

他每天好像只有四件事：吃饭、睡觉、学英语、打Vate。

对战还在继续，他左手在键盘上按着，右手握着鼠标轻点。因为没有多余的操作，他的动作看起来并不是特别快，给人一种很悠然自得的感觉。

手机还在不断地响着。他分神看了眼，手机屏幕上有三个大字——火锅哥。

"苏叙，你在干什么？"

火锅哥也是职业选手，新加坡人，因为爱吃火锅，游戏ID叫HOTPOT。他也是最早一批打职业的人之一，大神一样的存在，巅峰时期是世界上数一数二的三号位，曾经跟苏叙一起效力于Walker，也就是步行者战队，比苏叙还要大两岁。

手机就放在键盘前面，苏叙一边打游戏，一边回答说："在打游戏，怎么了？"

"你们为什么报东南亚赛区啊？"火锅哥的普通话里带着一点点口音，很有意思。

"因为中国赛区报不了。"苏叙简短的话语里透着稔熟。

火锅哥当然打听到了他们报东南亚赛区的原因，找苏叙只是来抱怨的。"一共就两个名额，好好的你非要跑过来跟我争。"

苏叙宣布退役后，原来围绕他的打法体系用不下去了，步行者战队重组，火锅哥被踢出队伍，干脆就回了新加坡。他虽然曾经有着辉煌的战绩，但是接近30岁了，过了黄金年龄，并不被看好，很多战队只是拿他来带新人，新人成熟一点了俱乐部就把他踢走。在新加坡辗转了好几个战队后，他终于在去年组建了自己的战队Cancer。

经历听上去很让人唏嘘，有种英雄迟暮、无人问津的苍凉，但是火锅哥身上从来没有悲情气息，相反，他一直很豁达、很积极。

很多像他这样的老将都退役了，比如转做教练的宋哥。今年或许也是火锅哥的最后一年职业生涯。

正好这时候苏叙的对战结束了，对面的基地被爆，屏幕上出现了大大的"victory"。

他拿起手机，靠在椅背上，漆黑的眼睛被头顶的灯光照亮："我们也是没有别的选择了。"

火锅哥叹了口气："那好吧。"

随即他又补充说："你回来打职业我还是挺高兴的。"

苏叙勾起唇，身上那股漫不经心静静地流动、消散，最后只剩下真诚："我们世界联赛上见。"

火锅哥沉默了一下，说："好。"他的声音有点颤抖。

他们约的不是即将到来的春季特锦赛上见，而是世界联赛上见。

在波士顿体育馆举起冠军斧，是许多职业选手整个职业生涯的终极目标。老朋友之间互相很了解，都知道对方想要什么、遗憾什么、因为什么还不愿意退役。

02

3月5日早上10点,各个赛区同步开始春季特锦赛的公开赛。

提前测试好网络延时后,苏叙他们登录东南亚服开始新一轮的征战。下午的时候,他们遇到了一个东南亚强队,直接被淘汰了。

当五台电脑齐齐显示"defeat"的时候,训练室里沉寂了一下。

只要是参加比赛,就没有不想赢的。

被淘汰不要紧,电子竞技不确定性太多,没有常胜。许多一线豪门战队也会折在海选公开赛里。

世界联赛的海选6月底就要开始了,还有三个多月,说不紧张是假的。陆惜下意识看了苏叙一眼。

他依旧是那副让她很不待见的闲适的样子。但是不得不承认,看到他状态跟平时一样,她的心安定了不少。

她选择相信他们。

鼓舞了一下士气后,陆惜宣布从明天开始给大家放一周的假,让大家放松放松。

回程当即决定去杭州看女朋友,空空买了回家的高铁票。小谢和柔弟家离得远,决定留下来休息。至于苏叙,家就在南京,没什么好说的了。

Revenge输了比赛后,网上开始了新一轮的骂战。

在海选输了,被骂是正常的,在陆惜意料之中。

许多粉丝极力维护他们,这让陆惜很感动。她用Revenge官博发了条微博表示感谢,同时也为比赛的失利道歉。

3月6号,也就是各赛区公开赛的第二天,这场骂战继续升级发酵。

一部分人开始质疑空空的能力,觉得他在队伍里没有作用,完全是靠一张脸吸引了那么多粉丝。

另一部分人把火力集中向了陆惜。论坛、贴吧上出现了许多关于陆惜的帖子,质疑她组建战队的目的,还有拿她前男友说事的。

下午，Vate的贴吧里一个自称是空空粉丝的人发了个帖子，在帖子里放出了陆惜和空空在一起的照片。

陆惜还是晚上陆勉给她发帖子链接的时候才看到的。

她点进去的时候帖子已经有几百条回复了。

"他们这是在一起了？"

"想想尤斯塔，陆惜不就是喜欢小狼狗吗？"

"Revenge里可不止空空一个年纪小的呢。听说陆惜私生活挺混乱的。说什么追梦的要打败圈钱的，她组战队可能就是为了赚钱和谈恋爱吧？"

"信息量好大啊，不会连苏叙也被她染指了吧？贵圈真乱，活该被禁赛啊。"

"抱走我苏皇，楼上请不要无脑黑，谢谢。"

"上面口径这么一致，是别家请的水军吧，希望大家千万不要被带节奏。"

原本六个人住的别墅少了两个人，一下子清净了很多，只有操作鼠标的声音。这时候外面有任何动静都能听得一清二楚。

陆惜沉默地翻完整个帖子，脸上一点表情都没有，好像那些带着恶意的文字描述的不是她。

照片虽然有点不清楚，但可以看出来确实是她跟空空。

看地点是之前她陪空空去医院挂水的时候被拍到的。

电竞的普及度还不算大众，而且主要看的是操作、意识、打游戏的能力，"抛头露面"的机会不多，很少会被认出来。

挂水那几天，他们确实遇到过两个空空的粉丝，都是小姑娘。

突然，陆惜的手机响了。

"惜姐，我刚知道贴吧上的事，你没事吧？"空空抱歉地说，"我一会儿就发个微博澄清一下。"

被那个帖子煽动后，不少空空的粉丝都在骂陆惜。

陆惜"嗯"了一声，语气轻松地说："我没什么事，你好好在家休息，不要想太多。"

跟空空打完电话后看到那个帖子又有新的回复，她刷新了一下，看到有人新发了一张图片。

竟然有人伪造了一张怀孕报告单。

"陆惜怀孕了?如果是空空的我就要脱粉了。"

"他们两个去医院到底是检查还是去堕胎啊?"

"这么乱,怪不得尤斯塔要分手。"

帖子里的回复已经趋向于人身攻击了。

不过这张报告单伪造得并不高明,好像只是有人恶作剧,很快就被人看了出来。

"这张一看就是假的,P得太明显了。"

即使被戳穿了,这份报告单依旧引起了热议,甚至上了微博热搜。

即使陆惜再刀枪不入,也忍不住大声骂了句脏话。

要知道,电竞圈可能一年也就能上两三次热搜。

"惜姐,空空已经发微博了,你还好吧?"

柔弟和小谢从二楼上来找她,语气里带着关心和愧疚。明明是他们输了,却要没打比赛的陆惜挨骂。

"我挺好的,"陆惜看他们一身打扮,又发现站在对面门口的苏叙,问,"你们这是要……"

柔弟说:"我们三个准备去打球。"

三个?

陆惜忍不住看向苏叙,目光从上到下再到上地打量了他一番。宽松休闲的打扮煞有其事,可是那副轻松的样子却像是要去散步。

他还能打球?

对上她的目光,像是察觉到了她的质疑,苏叙的眼睛抬了抬。

"惜姐,你跟我们一起去吧,"小谢说,"闷在房间里看网上那些谣言心情会不好的。"

原来他们是来邀请她一起的。

"我又不会打,去干什么?"陆惜又看了眼苏叙,补充说,"苏皇好像也不怎么欢迎我。"

小谢立即说:"怎么会?就是——"

苏叙伸手勾住小谢的肩膀,动作让小谢差点一个趔趄。"我们走吧。"

即使小谢没把话说完,陆惜也大概猜到了,有些意外。

原来是口是心非。

压在心口、让人感觉沉闷的石头被忽然生出的得意挤走了,她唇一弯,说:"那走吧。"

03

离他们住的地方不远有一个室外篮球场。天气冷,再加上又是晚上,篮球场没有人。

绿色的地面,白色的条纹,在黄色的灯光下泛着一层光泽,伴随着有节奏的球声还有篮球鞋摩擦地面的声音,映出人影幢幢。

他们打球的时候,陆惜就站在场地边缘的铁丝网前看着。

柔弟的运动细胞一直都很好,她就算不怎么能看懂篮球也能看出来他动作漂亮、弹跳很好。小谢斯斯文文的,比起柔弟要差一点。

至于苏叙,好像也像那么回事儿。只是他就连打球的时候,也给人一种不紧不慢的感觉,依旧有自己的节奏和步调。

跟柔弟和小谢比,他算是个"老人家"了。在他们张扬、充满活力的少年感的包围中,他的成熟不动声色地发散开,反而慢慢占据了主场。

少年感中独一份的成熟很显眼,陆惜是个爱好为男的适龄女性,目光不自觉地就落在他身上,直到一阵风吹起她的头发遮挡住视线,才收回目光。

如果不是因为他说话太招人烦、行为经常很恶劣之外,他确实是个很帅、很有吸引力的男人。

陆惜尴尬地轻咳了一声,然后喝了口水。即使人家说话招人烦、行为恶劣,自己刚刚还不是盯着人家看了很久吗?

大概是因为心虚,她的心跳得有些快。

之后,她不再去看他们。没什么转移注意力的对象,之前心里被挤开的石头又回来了,恶意的造谣、猜测,网上那些言论一条条清晰地在脑中重现。

"那是在亚洲邀请赛的预选赛之前,我生病了,其他队友要训练,惜姐就陪我去医院看病。惜姐对我们每个人都很好,造谣请适可而止。"

这是空空后来发的澄清微博。

该相信的人自会相信,而想看热闹、心中带着恶意的人则会选择性失明,当作没有看见,继续造谣。

陆惜的目光虚虚地落在对面的铁丝网上。

"陆惜。"

他们不知道什么时候停了下来,苏叙手中拿着篮球看着她,就好像是学生时代班里打球很帅的男生停下来看向坐在球场旁边看他打球的女生。

陆惜眼前一阵恍惚。

在她的注视下,苏叙把球砸向了她。

谁知道他能做出这种事?陆惜惊得来不及反应,眼睁睁看着球离自己越来越近。

最后,篮球从她头顶划过,砸在铁丝网上,然后落地弹了好几下。

"苏叙你有病?"陆惜抄起脚边的篮球就朝苏叙砸去。

她的力气不大,球速不快,苏叙偏了一下身体,轻而易举地躲开了。

眼看陆惜要找苏叙"打架"了,小谢立即劝架说:"惜姐你别生气,我们是看你站在那里发呆,怕你心情不好才……"

苏叙说什么就是什么,苏叙做什么永远都是对的。陆惜对柔弟和小谢这两个孩子也是很无奈了。

"我本来心情挺好的,谢谢。"

苏叙忽然伸出手臂:"给你打一下?"

陆惜想也不想朝他手臂上捶了一下。抬头看见他勾起的唇和眼中的笑意,她忽然觉得他们两个像是小学生吵架,幼稚得有些崩人设,又像是学生情侣在打情骂俏。她的脸上有些烧,一下子没脾气了。

柔弟和小谢作为两个只会打游戏的母胎solo单身狗,没有察觉到两人之间暧昧的气氛流动,只觉得他们苏皇把他们惜姐给哄开心了。

他们从篮球场回去已经十点半了,洗了个澡后陆惜就睡了。

04

第二天上午,她是被陆勉的电话吵醒的。

"什么?我爸妈来南京了?"她惊得从床上翻了起来。

陆勉在电话里说:"是啊,现在应该已经在高铁上了吧。听我爸妈说是大姑姑家的晶晶昨天在网上看到你的事情,跟大姑姑提了一句,然后大姑姑就告诉大伯和大伯母了。"

陆惜问:"你的意思是我爸妈知道我在南京干什么了?"网上骂她的人还没平息,她爸妈就杀过来了,简直是雪上加霜。

骤然清醒后,脑子又昏沉了起来,她觉得头疼。

"是啊,"陆勉替她捏了一把汗,"姐,我提前给你报信了,你要撑住啊。"

陆惜揉了揉头发:"知道了。"

她刚刚挂掉,手机又响了起来。

这一次是陆妈妈。

她平复了一下心情,接起电话,假装什么都不知道:"妈?"

陆妈妈的套路也很深,只是说:"我跟你爸爸还有半小时就到南京了,你来接我们。"

"你们怎么突然来南京了?"

"来看看你。"

挂掉电话后,陆惜立即起床,打仗一样地洗漱。从这里到南京站开车也得20多分钟,二老是来找她算账的,要是让他们等得太久,火气肯定更大。

收拾完后,她打开门,发现对面苏叙的房间门是开着的。

"大早上的,打仗了?"

陆惜现在心里七上八下的,没心情怼回去,只是关照说:"我有点事出去一趟,如果今晚没回来,这边的事情你就先负责一下。"

说完,她跑下楼,拿起车钥匙就走了。

05

南京站附近的高架有些堵,接到陆爸爸、陆妈妈后,陆惜偷偷从后视镜打量他们的神色。

"爸、妈,都中午了,我先带你们去吃饭吧?"

"不用了,先带我们去你住的地方吧。"

陆妈妈僵硬严肃的语气让陆惜闭上了嘴。

她当然不可能把陆爸爸、陆妈妈带去河西的战队基地的,怕他们直接把训练室拆了,于是直接带他们去了陆勉那里。

陆勉今天有课,要下午三点才能回来。

陆爸爸、陆妈妈进来后就开始参观房子,她乖乖站在一边用手机点外卖。

既然二老不愿意出去吃,就只好点外卖了,总不能让他们空着肚子,她自己也不能饿着肚子挨骂。

"你不住在这里吧?"参观结束后,陆爸爸得出了这样一个结论。

陆妈妈问:"过年前你说工作有眉目了,是什么工作?"

这是要开始"审讯"的节奏。

陆惜脑中闪过很多"谎话",最后叹了口气说:"爸、妈,你们都知道了吧?"

"你怎么回事?居然还骗我们。"

陆惜看着陆妈妈说:"我怕你们不支持我。"

"我们当然不支持你,"陆妈妈的声音高了起来,"我们送你出国读书不是让你不务正业的。以前你读书的时候想要胡闹也没什么,毕竟还年轻。可是你现在年纪不小了，没有份稳定的工作，再这样下去只会耽误你。"

"我有稳定的工作啊，是战队经理。"陆惜隐瞒了自己还是老板这件事。她猜二老肯定不知道她把嫁妆钱拿出来创业，不然绝对不会这么平静。

陆爸爸问："这算什么稳定工作？"

年长些的人现在还没办法彻底接受电竞行业，总觉得是不务正业。

"要不是晶晶在网上看到你的事情告诉了你大姑姑，我们到现在都还不知道，"陆妈妈想起网上那些不好的言论，脸绷得越来越紧，"网上骂你骂得那么难听，我们知道你不是这样的人，可是别人不知道。你的名声怎么办？"

陆妈妈虽然生气，但是没有相信网上的风言风语。自己的女儿自己最了解。

陆惜心里筑起的刀枪不入的墙壁像是被从内部凿开了一条裂缝。她的鼻子发酸，叫声了："妈。"

陆妈妈的脸色缓和了下来。

"跟我们回家吧。我托人在苏州给你找份工作。"陆爸爸是典型的"嘴硬心软"的严父形象。

不等陆惜拒绝，陆妈妈又说："你还记得去年那个小陈吗？他对你的印象挺好的，知道你还单身，愿意再见见你。"

听到这个"小陈"，陆惜心里冒出来的火立即把刚刚的脆弱和感慨燃烧殆尽了。

当初嫌她没有正当工作，用高高在上的口吻说不会跟一个没工作的女人结婚，现在居然还要给她"机会"？

"我想到那个小陈就恶心。"

陆妈妈一脸不可思议："你怎么这么说人家？"

"妈，这个人你是没接触过。他一边贬低我，一边还要给我机会，是想摧毁我的自信和人格，让我觉得自己没人要了吗？"陆惜呼出一口气，"要不是看我漂亮，他会再给我机会吗？你去告诉他，是姑娘我看不上他，让他别自作多情了。"

"还有——"她想一口气把想说的说完的时候手机响了，"外卖来了，先吃饭吧。"

像是感觉到之后要谈的话题会很不愉快,一家人吃饭都很沉默。

吃完,陆惜把外卖盒收拾好放到外面,暗暗做了下准备转身走向客厅,开始了饭前没有结束的谈话。

"爸、妈,我觉得我在做的是事业,瞒着你们,也是知道你们可能理解不了。我暂时是不会回苏州的,也没心思去相亲。"

"不行。"

"不行!"

陆爸爸、陆妈妈异口同声。

"我们是为你好,你以后会后悔的。"陆爸爸语气严肃地说。

"回去了我才会后悔。"

就在陆惜和陆爸爸、陆妈妈僵持不下的时候,门口传来钥匙转动的声音。

陆勉担心陆惜,特意翘了一节课提前回来了。

一进门就察觉到剑拔弩张的意味,他更加乖巧地叫了一声:"大伯、大伯母。"

陆爸爸的脸色稍微缓和了一些,点了点头。

"陆勉回来了啊。"陆妈妈露出了慈祥的笑容。

"爸、妈,我该说的都说了。我很希望你们能支持我,你们不支持我也不会妥协的。"

看到两位长辈脸上的笑容消失,陆勉的心提到了嗓子眼。

"我们是白养你了吗?你太让我们失望了。"陆妈妈不明白陆惜这么大了为什么还这么叛逆。

"失望"两个字让陆惜身体紧绷了一下。"我留下来也是让你们生气,先走了。"

她又对陆勉关照说:"我爸妈要是要住一晚回去,你就安排一下,要是要走,你就送一下,车留给你。"

说完,她留下车钥匙,打开门走了。

南京一年像是只有冬天和夏天两个季节。3月中旬的气温忽高忽低,春天像是要来又像是不来,反复不定的,但是陆惜的心却很坚定。

车留给陆勉送陆爸爸、陆妈妈了,她只好坐地铁回河西。

担心自己低落的状态会影响大家,她在新街口换线的时候,干脆出去逛了个街,调整心态,直到晚上八点多才回去。

06

"你坐在这里干什么?"

一楼的客厅被改成了训练室,一进来站在玄关就能看到。

苏叙坐在他的位置上,电脑是关着的,旁边放着茶杯,手里拿着手机。

他没有回答陆惜,只是抬起头,漆黑的眼睛里被光以肉眼可见的速度照亮,浮上一层暖黄色。

大概是心理暗示作祟,自从上一次他的颜值战胜陆惜心底的偏见后,她最近频频意识到"苏叙很帅"。

一切心理活动都没有表现在脸上,她移开眼,随口问:"小谢和柔弟呢?"

"出去玩了,还没回来,"苏叙的目光一直落在她身上,"你还好吗?"

陆惜脚下一顿,反应了一下才知道他为什么这么问,多半又是陆勉说的。

"我挺好的。"她不想说自己那些事情,想轻描淡写地带过,却被他伸出的手臂拦住去路。

他递给她一沓文件。

"这些是什么?"她翻了几张纸后,看到了大大的"律师函"三个字。

苏叙一米八几的身高,即使坐着,只要稍微抬抬头,视线就能轻松地落在陆惜手中的文件上。他回答说:"网上造谣的帖子已经有几千转发了,足够追究刑事责任。我找人查了发帖人和伪造怀孕单的人,律师函也写好了。"

他说出的每个字都像石子一样,轻重不一地落在陆惜最柔软的心尖上,让她又是惊讶、欣慰,又是委屈得发酸。面对网络暴力,她本来打算熬一熬等热度自动消失,谁知面前突然出现一座山,替她挡住风风雨雨,甚至还给了她还击的机会。

她觉得苏叙今天的所作所为可以弥补以往的恶劣行径了。

"谢谢，"她专门针对苏叙的"战斗模式"终于被柔和取代，"只不过我没有那么多时间和精力真的去告他们。"

苏叙抬了抬眼皮，提醒说："至少吓唬一下，不能便宜他们。就不单独给他们寄律师函浪费邮费了，我一会儿把律师函的扫描件发给你，你发到微博上。"

"苏皇说得对。"陆惜恢复了往日的明艳和自信，难得不带嘲讽的笑意让她的眼睛很亮、很动人。

上楼后没多久，她就收到了苏叙发来的扫描件。

贴吧的那个帖子不断有新的回复，微博上的讨论也没有结束。

陆惜看了一遍苏叙给的律师函后，发到了微博上。

苏叙的动作真的很快，一个白天的时间就把一切都做好了。这份法律声明很严肃，点名要求散播谣言的贴吧楼主以及博主删除所有虚假诽谤言论，否则将启动法律程序，包括但不限于提起民事诉讼和启动刑事诉讼程序，追究相关主体的民事责任和刑事责任。

陆惜把微博链接发到Revenge的群里，让大家帮忙转发一下。

空空："惜姐，就该这么做。"

柔弟："我和小谢都转了。我们还得过一会儿才回去，你们要吃宵夜吗？"

回程："已转。"

苏叙："已转，不吃了。"

除了他们之外，陆惜的一些圈内好友也自发替她转发了。

谁也没想到陆惜这次这么强硬，微博的阅读量、评论数和转发数一直在上涨。

看到提示有新的微博，陆惜刷新了一下，只见是苏叙发了个直播间链接，说十分钟之后直播。

苏叙做的这些，她不仅感谢而且还很感动，另外还有些复杂的情绪不知道该怎么形容。

不知道怎么形容就不想了，这一天她已经过得够糟糕了。

她通过链接进入直播间,然后把手机放在一边,拿了衣服去洗澡。

等她从浴室出来,苏叙正好刚刚打完一局,在跟粉丝们聊天。

"想聊天?好,就跟你们聊一会儿,想问什么就问吧。"手机里传来苏叙低沉舒缓的声音,可以想象他现在坐在电脑前闲适的样子。

陆惜一边擦着滴水的头发,一边在床边坐下。

"比赛就是有输有赢,最近输比赛我们确实也在调整打法以及磨合。小谢的进步很大,很有潜力,会成为一个很好的C位。我们每场比赛的地图视野都很好,都是空空的功劳。他都做到位了,比赛输了不应该怪辅助。"

"他跟陆惜的事情当然是假的。"

苏叙的声音很流畅,一句句不急不慢,给人一种很安心的感觉。

他突然轻笑了一声:"还有人觉得我在说假话?我可以拿我的声誉担保。我们的老板虽然脾气差了点,其实人很好,为战队付出了很多。"他说话总是轻飘飘的,对情绪的表达向来很含蓄,"担保"这样的词对他来说可以算是很激烈了。

"苏皇说的我们当然相信。"

"无条件相信苏皇。"

弹幕上刷着"相信"两个字。

苏叙的口碑非常好,这么多年来电竞圈大小争吵从来跟他无关。除了职业黑粉外,他说的话很少被人质疑。他的粉丝们更是把他当作信仰,无条件相信他。

大概是人到了晚上就会变得脆弱,听着他的声音,感受到他带来的安全感,委屈涌上心头,陆惜的鼻子有些发酸。

热爱Vate、认真对待比赛、向往荣誉,在整个圈子被搅乱的时候依旧不为所动、坚持着初心,像指引一样的存在,她突然有点明白他的粉丝为什么那么忠诚于他了。

吹完头发后,陆惜躺下,在犹如睡前电台一样治愈的声音里睡着了。

07

陆惜的律师函发出后隔天，贴吧里的帖子就被删了，发帖的楼主以及P图者单独发帖致歉，表示全都是造谣。再加上苏叙在直播间以声誉担保，这件事很快平息了下来。

被造谣风波一闹，Revenge的七天假期一下子只剩三天了。

陆勉自从寒假被点燃了热血之后，回校一直在想着把电竞社壮大。他好几次跟陆惜提过想邀请大家作为嘉宾来举办讲座以及粉丝见面会，都被陆惜拒绝了。

被拒绝后陆勉并不气馁，持之以恒，到后来陆惜都不忍心拒绝了。

正好这时候纪嘉说想找他们吃饭。

陆惜想了想，在他们假期的倒数第二天跟苏叙、柔弟和小谢去了N大，这天下午刚好电竞社也有活动，可以顺路去看看。

这学期开学后，陆勉靠着Revenge几人的签名，"骗"了好多打Vate的同学入社。入社申请只有每个新学年开始的时候才能提交，现在许多来参加社团活动的同学只是电竞社的预备社员。整个电竞社比当初陆勉刚当社长的时候那副半死不活的样子好多了。

"姐，你们来了啊。"

陆勉并没有告诉社员今天会有"重量级人物"过来，许多在打游戏的社员察觉到有人来，抬头看了一眼就低下头了。

陆惜发现电竞社现在不仅有男生，还有几个女生。

"苏叙，陆惜，这儿！"坐在角落里的纪嘉站起来朝他们招手。

陆惜和苏叙走过去，才发现纪嘉旁边还有一个人——罗月。

她面前的电脑也是Vate的界面，看操作才刚刚上手没多久。

罗月看到苏叙很高兴，连没结束的对战都不打了，说："苏叙，好久没见了啊。陆惜，我们也很久没见了。"

陆惜朝她点了点头。她抱着手臂靠在桌子边，脸上挂着的笑容在成熟的打扮下显得很有风情，一看就不是学生，跟这里有些格格不入，同时也很亮眼吸睛。

"你怎么也打游戏了？"苏叙问。

"听说这个游戏挺有意思的，我想尝试一下，就来了电竞社。"

纪嘉在一旁说："是啊，我在教罗月呢。"平时总是罗月帮他补课，终于轮到他展现一技之长，找回面子了。

陆惜好笑地调侃他说："你自己还是个萌新，怎么教别人？"

"别拆穿我啊。"纪嘉很尴尬。

另一边，柔弟和小谢第一次来大学里的电竞社，非常好奇，让陆勉带他们参观了一圈。

在这种氛围下，柔弟的感觉来了，忍不住在一个同学身后看了一会儿，然后开口提醒："你这么打不行。"

要知道，男生在打游戏的时候都有种谜之自信，不喜欢别人质疑。那个男生被击杀了以后，烦躁地说："你行你上？"

"我上就我上。"柔弟跟人家换了个位置，坐到电脑前。

职业选手和普通玩家不管是操作还是意识都存在很大的差距。柔弟一通操作让围观的人很服气。

有人看了看他，又看了看墙上的海报，突然若有所思地说："这不是柔弟和小谢吗？"

要知道，电竞社的墙上是挂了他们几个的海报的。

大家一对比，发现真的是。

小谢和柔弟立即被包围了起来。

"社长真的认识Revenge啊？"

"就他们两个来了吗，还有没有别人？"

"苏皇会不会来？"

苏叙不想被发现，在大家四处张望的时候，立即在纪嘉的位子上坐下，压低了帽檐。

他的样子很像多毛的大猫，让陆惜觉得好笑。从以往来看，他一直很低调，游戏和现实生活分得很清楚，退役那两年几乎从粉丝的视线中消失。他好像不喜欢现实生活里被发现、被包围。

在大家看向他们这个角落的时候,陆惜突然站直了身体。

苏叙像是以为她又要坑自己,看了她一眼。

陆惜朝他眨了眨眼睛,然后撩了一下头发朝柔弟那边走去:"今天就来了柔弟和小谢两个。"

有人打量了她两眼,问:"你是陆惜?"最近陆惜在玩家圈太火了,再加上长得漂亮,看照片很容易记住,这时候想认不出来都难。

"是我。"陆惜大方承认。

她是站出去替苏叙解围的。

能在社团活动上碰到职业选手,同学们兴致都很高。柔弟和小谢抵挡不住大家的热情,只好答应坐下来跟他们打一局。

陆惜在旁边看了一会儿,趁大家不注意的时候回到角落。

看到角落里的情景,她眯起了眼睛。

苏叙正在教罗月打游戏。

"我对这个英雄的技能还不怎么熟悉,还没上去一半的血就没了。"

"英雄前期很脆,对线的时候尽量走在小兵后面,不要去扛着对面的兵打。"

罗月按不过来技能,苏叙从旁边伸手替她按。两个人离得很近,罗月时不时偷偷看他,眼中带着甜蜜。

纪嘉最先看到陆惜过来。察觉到她的目光落在苏叙和罗月身上,他有眼色地轻咳了一声说:"陆惜来了啊。"

听到声音,苏叙抬头看她。

陆惜嗤之以鼻地移开眼睛,继续像社会女青年一样靠在桌边看着柔弟和小谢那个方向,心里有些烦躁。

中间去上厕所回来的时候,陆惜在走廊上迎面遇到了罗月。

电竞社所处的大楼有些老,走廊上铺的还是很有年代感的水磨石,两边都是空教室,初春的阳光从窗户洒进来,静谧又很有朝气。

"陆惜。"

陆惜停下脚步看向罗月。

"我是来跟你道歉的。我开学才从纪嘉那里知道你是苏叙的老板,之前天天来学校找他是为了组建战队。我那时候还以为你喜欢他,对你的态度有些不好。"

陆惜心里本来就有股烦躁挥之不去,罗月的话更是让她挑起了眉毛。

"我那时候确实不是为了追苏叙才天天去找他的,但是现在,我是真的喜欢上他了。"说完,她心里终于顺畅了。

她觉得自己有点问题。别人长期对她好,她可能习以为常,但是有些一直跟她关系很差的人突然对她好,就会让她印象深刻。她好像因为这一点,有点喜欢上了苏叙。

看到罗月脸上的诧异,她笑了笑补充说:"所以,你不用跟我道歉。"说完,她径直朝活动教室走去。

喜欢归喜欢,也得分清楚轻重。他们现在最要紧的是训练、打比赛,备战夏天的世界联赛,其他的,就顺其自然吧。

回到活动教室,看到苏叙还坐在原来的位置上跟纪嘉聊天,陆惜用带着点撒娇和调侃的口吻说:"苏皇,教教我打游戏啊。"

苏叙抬头,对上她满脸的笑意,眸光变深,问:"你这么厉害还用教?"

两人之间有说不清的暗潮在涌动,偏偏纪嘉没什么眼力见儿,附和说:"是啊,陆惜,你凑什么热闹,让苏叙先教教我。"

陆惜收回目光,不再说话,也不再看他们。

五分钟后,罗月回来了。

看到她情绪有些低落,纪嘉才察觉到不对劲。她们两个一前一后回来,前者回来的时候脸上春风得意,后者却心不在焉,很可能是在外面发生了点什么。

女人的世界太复杂了。

CHAPTER 08

我的小狼狗

"苏皇怎么都不说话?"她看向对面的他,眼尾勾起一弯明艳的弧度,"难道吃醋了?"
"惜姐希望我吃醋?"上扬的尾调透着别有用心。

01

3月13号,Revenge的假期结束,全员到齐。

12号至16号正好是春季特锦赛的预选赛时间,苏叙很多时候都带着大家一起看比赛做分析。经过激烈的对战,最后,中国赛区赢得春季特锦赛正赛名额的两支队伍分别是肉山和Middle。

在预选赛争夺正赛资格的队伍都是一线豪门战队,实力相当,输了预选赛的队伍难免会被粉丝骂。这其中,被骂得最惨的就是发挥尤其不好的SO战队。

预选赛结束后第二天,苏叙专门花了一个早上跟大家讨论SO几场比赛BP中存在的问题。

"SO这几场拿的阵容都有些死板,缺少控制型英雄,线上也不强势。"小谢推了推眼镜说。

空空补充说:"他们的阵容被摸清楚了,BP的时候被针对,擅长的英雄全都被禁用或者抢掉了,拿不到。"

苏叙点了点头:"就是英雄池深浅和打法的问题。"

英雄池指的是一个选手擅长用的英雄,数量多的英雄池深,也被叫作"英雄海",擅长英雄数量少的即英雄池浅,被戏称为"英雄勺"。

旁听的陆惜不禁想起之前他说过国内战队的阵容打法单一的问题。他说,或许只有惨败了,各大战队才能意识到。

他的预言似乎在一点点成真。

"所以我们要多练一些阵容啊!"

柔弟特别有干劲的声音让大家都充满了干劲。

早上针对SO战队的分析会结束后,大家各自散了。

陆惜上楼的时候,手机上突然收到一封新邮件。她点开看了几行后气笑了。

"怎么了?"

苏叙的声音从她背后传来。

"联盟邀请我去北京出席20号的第二届甲级联赛启动仪式。"

甲级职业联赛听上去很官方,但实际上不属于Vate几大主赛事之一,是国内自己办的,Q社不提供奖池。联赛分为常规赛和季后赛,算是国内规模较大的赛事之一了。这样的比赛,被禁赛的Revenge当然没资格参加。

陆惜没想到联盟竟然还好意思让她去出席启动仪式。

"是不是很无耻?"她把手机屏幕朝后,让苏叙看。手机正好在她侧脸旁边,屏幕上的光亮勾勒着她耳垂的弧度以及颈项的轮廓,仿佛蒙上了一层光晕。

苏叙站得比她矮两级楼梯,但是因为身高足够,这个高度去看她的手机屏幕刚刚好。

"是很无耻。"

他的声音几乎就像是贴着耳边传来的,染着他身上的雪松味儿。

这让刚发现自己有点喜欢他的陆惜身体僵硬了一下。

转过身的时候,她已经恢复了往日的样子:"那苏皇觉得我该不该去?"她平时叫"苏皇"总能带着嘲讽的意味,可现在这一声"苏皇"却叫出了暧昧的味道。

苏叙像是也感觉到了,目光凝了凝,似乎是在审视她,随后说:"你不会去。"

陆惜笑了笑,确实是这样。

"我怕去了会控制不住自己砸场子。"说完她回头上楼了。

这封邮件陆惜只当没有看到,19号的时候,她接到了一个北京来的电话。

"陆小姐。"

低沉严肃的男声似曾相识,陆惜有些意外,脱口而出:"江云栋?"

江云栋似乎对她直呼他的名字有些不满,停顿了一下才说:"明天的启动仪式陆小姐会到场吗?"

"跟我们战队无关,我为什么要到场?"陆惜反问。

"我以为经过了近期,陆小姐的态度会有所改变。"

他的意思是他们最近给她施压了,她面临困难,应该学会服软?邀请她去北京实际上是给她个台阶下?

陆惜好笑地说:"抱歉,江先生。我的态度不会改变,不会放弃Revenge,感谢你对我能力的认可,但是要浪费你抛来的橄榄枝了。"

她在江云栋这样的大老板面前只是个小人物,大老板对小人物的耐心是有限的,被她拒绝后还给她打电话,怕已经是极限了。

"不撞南墙不回头。"他的声音冷了下来。

"我不会后悔拒绝联盟的。"实际上陆惜想说的是——走着瞧。

02

3月20号,第二届Vate甲级职业联赛启动仪式在北京举行,国内明星选手以及各大俱乐部代表悉数到场。

之后,各大战队又是紧锣密鼓地备战。

3月25号,Vate另一个主赛事——大师赛开启报名,正赛将在马来西亚的沙巴举行,又叫沙巴大师赛。

4月初,亚洲邀请赛正赛将在上海举办,各地区预选赛胜出的选手将汇集上海。

4月中旬,大师赛的公开赛和预选赛在线上开始。

4月下旬,春季特锦赛的小组赛和正赛将在立陶宛首都维尔纽斯举行。

沙巴大师赛报名开启前夕,陆惜终于收到了之前向Q社申诉的回复。

同一天,Q社也在官方社交账号上发了篇声明,表明Q社授权举办的Vate主赛事面向所有选手和玩家,任何人都可以报名,不存在禁赛一说,春季特锦赛的主办方以及中国的游戏联盟违反了这一原则,为了补偿Revenge遭遇的不公正待遇,Q社决定委托沙巴大师赛的主办方,向Revenge发出邀请,邀请他们直接参与大师赛的正赛。

Q社的表态直接打了联盟的脸,振奋人心。

"正义永远不会缺席!"

"Q社永远不会让玩家失望!"

官方声明下一片叫好。

获得大师赛正赛的直邀名额意味着在世界联赛前有一次大赛练兵的机会,Revenge的每一个人都十分想要把握这次机会,更加用心地练英雄、练阵容、练配合。

联盟那边似乎觉得二三线战队跟他们打训练赛对他们没有多大意义,所以没有阻止。苏叙说过来者不拒,联系到陆惜想打训练赛的队伍很多,几乎每天下午都被排满。

火锅哥的Cancer在春季特锦赛东南亚赛区顺利出线,获得正赛资格。预选赛结束后,他主动找苏叙约训练赛。

在跟Cancer打训练赛前,苏叙特意关照回程注意火锅哥的打法。

回程点头。

当年苏叙和火锅哥在步行者战队的时候,回程还是个十几岁的小萝卜头。他跟很多人一样把苏皇当偶像,但是打法上却是学习的火锅哥。

Revenge跟Cancer约的是BO5训练赛,双方势均力敌,五局拉满,最后Cancer胜出。

"苏叙,你的小朋友们挺厉害啊。"训练赛结束后,火锅哥私聊苏叙。

见他半天不回复,他又发了一条:"你不会在跟你的小朋友们分析我吧?"

训练赛一结束,苏叙确实把回程他们叫到一起对比赛做简单的复盘。

他的微信不断跳出新消息,陆惜低头看了一眼,忍不住想笑,觉得火锅哥这个人很有趣。

回程、空空他们都在认真复盘,她却在一旁勾着唇。苏叙看向她,就像老师在看上课不认真的学生一样。这个不认真的学生非但没有心虚,甚至还朝他笑了笑,像是在挑衅又像是不怀好意。

他没有跟她计较,移开眼去回火锅哥的消息。

"你跟我约训练赛,难道只是为了增进友谊?"

正在导出比赛录像的火锅哥发来一个微笑的表情。

当然不是。

他们曾经是并肩作战的队友,互相很熟悉,但是之后一个辗转了好几个队伍,一个退役后复出转型打四号位,都经历了不小的变化,一直没有交手的机会,又很陌生。

火锅哥知道苏叙的实力,所以把Revenge当成了值得重视的对手,通过训练赛了解一下是很有必要的。

苏叙也是如此。

在他跟火锅哥你来我往的时候,正在跟空空他们聊天的陆惜手机响了,是个陌生号码。

"Hey,Lucy!"

听到这个声音和这个语气,陆惜愣了一下。

"Eusta?"她拿着手机走出训练室,留下空空他们面面相觑。

小谢问:"惜姐刚刚说的是尤斯塔吗?"

"他跟惜姐不是分手了吗?怎么还打电话?"回程皱着眉。

空空说:"再过几天就是亚洲邀请赛的正赛了,尤斯塔应该来中国了。"

柔弟听着越来越远的声音,摸了摸脑袋:"惜姐的英语好溜啊。"根本听不懂在说什么。

在他们四个抑制不住自己活跃的思维,浮想联翩的时候,苏叙不知道什么时候放下了手机,提醒说:"准备复盘。"

Revenge的成员住在一起,有时候是陆惜有兴致,会亲自做饭一起吃,有时候是一起点外卖,众口难调的时候就各吃各的。

今晚陆惜点了烧烤外卖请大家吃。

她觉得今天的氛围有些奇怪。柔弟、小谢、回程和空空他们四个时不时交头接耳、交换眼色，好像有什么秘密一样。

还没等陆惜问，柔弟按捺不住自己八卦的心，试探地开口问："惜姐，下午尤斯塔为什么打电话给你啊，他是不是来中国了？"

见几双眼睛都看着自己，陆惜才知道他们交头接耳是因为这个。

她好笑地说："他确实来中国了，打电话给我就是问候一下。"

实际上，尤斯塔说的是借着这次来中国比赛，想见见她这个老朋友。陆惜是那种分手就分得很干脆，连朋友都不用做的人。她直接把尤斯塔骂了一顿，挂掉了电话。躲开他们接电话是因为怕被他们听到她骂人，有损形象。

"这样啊。"柔弟似乎因为得到这样一个答案有点不甘心。

"不然还能怎么样？他有新的女朋友了，我也过得很好。"

陆惜现在想想，尤斯塔跟她根本不合适。因为竞技水平高，他性格很张扬，万众瞩目，但骨子里还是个没有长大的孩子。

苏叙从始至终都在慢条斯理地吃着东西，没有说一句话。那独属于他的节奏仿佛永远不会被外界干扰，无论什么时候他都能保持闲适的状态。

后来，柔弟他们四个吃完后各自回房间了，只剩下他跟陆惜两个人。

陆惜觉得苏叙今晚太沉默了。

"苏皇怎么都不说话？"她看向对面的他，眼尾勾起一弯明艳的弧度，用开玩笑的语气问，"难道是因为尤斯塔打电话给我，吃醋了？"

此时苏叙刚好吃完。他抽了张湿纸巾慢悠悠地擦着手，骨节分明的手指被白色的湿纸巾缠绕着，十分赏心悦目。听到陆惜的话，他抬了抬眼，漆黑的眼睛里浮现出一层浅浅的光，如同破晓时分表面瞬间染上太阳光辉的深海。

"惜姐希望我吃醋？"上扬的尾调透着别有用心。

平时他们这么你来我往地拌嘴次数很多，通常到这里被反撩陆惜就该恼羞成怒，然后到此为止了。

可偏偏她现在脑子一热，遵从本心回答了一句："是啊。"

这句"是啊"一出口，两人都沉默了一下。

陆惜意识到自己有些过头了，心跳有些加快，努力装作若无其事的样子。

苏叙像是没想到她还能撩回来，闲适的状态在瞬间有一点点破碎的迹象。

但这仅仅是有迹象而已，眨眼的工夫就恢复了。

"惜姐说是什么，就是什么。惜姐开心就好。"

陆惜不再看他，拿起手机，手指在屏幕上没什么意义地划着，心里却忍不住想他这句话是什么意思。

还是把比赛放在第一位，其他的顺其自然吧。

尴尬伴随着一种说不清道不明的氛围在隔着桌子的两人之间暗暗涌动，慢慢地扩散到整个餐厅，直到哼着歌走进来的柔弟驱散这一切。

看到他们还坐着，柔弟脚下一顿："队长，惜姐，你们还没吃完啊？"

"吃完了，正准备走。"陆惜站了起来。

看她离开，柔弟若有所思地说："惜姐好像有点奇怪。"

苏叙泰然地坐着，一抹笑意从眼底浮上："是有点。"

03

4月2号至4月6号，亚洲邀请赛的正赛在上海举行。来自六大赛区的12支队伍，展开了激烈的较量，最终获得第一名的是Closer，第二名是肉山战队，第三名是来自欧洲赛区的Nature。

天才少年尤斯塔在他的职业生涯中又收获一个冠军，风光无限。

然而，三支中国战队的成绩让粉丝们很不满意，尤其是SO。

SO俱乐部就在上海，这次亚洲邀请赛可以说是他们的主场了，可是他们连前六都没有进。

赛后，尤斯塔在社交账号上非常狂妄地说了一句"拿到冠军很容易"。

尤飘飘其人，实在很飘。让一个刚刚20岁的孩子这么膨胀、大放厥词，中国战队的粉丝们更加不满意了。

Revenge一起看完SO被淘汰的那场比赛后，陆惜叹了口气说："还是BP问题，宋哥这次大概会被玩家骂得很惨。"

苏叙语气懒散地补充说："接下来大师赛要是被淘汰了，他会被骂得更惨。"

没想到他一语成谶。

4月中旬是沙巴大师赛的公开赛和预选赛。SO战队被直邀参加中国区预选赛，却在预选赛第一轮就被淘汰了。SO俱乐部的二线队伍SO.B的成绩都比他们好。

粉丝骂得凶，再加上连续输比赛确实需要个合理的解释，几天后，SO战队的官方微博发了份道歉声明，并表示全队都会认真反省。

作为朋友，陆惜想打电话安慰一下宋哥，没想到宋哥自己就打电话来了。

他说明天到南京，让她跟苏叙招待一下。

4月初天气依然有些冷，但是大家都已经换上了轻薄的春装，柳絮在风中飞舞，出门不戴口罩就容易打喷嚏，很烦人，但是坐在车里看漫天柳絮又很浪漫。

苏叙开着他的A6L，闲适的状态仿佛在享受春光。车从一排梧桐树旁边开过，斑驳的树影洒进车里，落在陆惜的裙子上，成了碎花。

"你说宋哥突然来南京找我们干什么，是来玩的还是被SO解雇了？"陆惜问。

他们正在去南京南站接宋哥的路上。昨天他电话里没说来南京的原因，她忍不住猜测了起来。

苏叙余光看了她一眼，没有回答。他慢悠悠的，看上去很舒服，把车开出了逛公园的感觉。

心里有一个猜测让陆惜皱起了眉。难道他是来他们这儿打探敌情的？

他们到南站等了没多久，宋哥就到了。

陆惜坐在副驾上，手伸出车窗外朝他招手，一截白花花的手臂在带着寒意的春天里很显眼。

迎面走来的宋哥看了看她，又看了看把手搭在方向盘上的苏叙，还是觉得这两人和平同框有点奇怪。毕竟这圈子里的老人都知道苏叙和尤斯塔、陆惜之间的过节。

不过这两人同框还挺养眼的。

坐上车后,宋哥第一句话就是:"没想到你俩真能和平共处。要是以后哪天说你们好上了我大概也相信。"

陆惜以前对这样的玩笑都是无所谓的,笑着怼回去了,但是现在心里有了想法就不一样了。

她看了眼苏叙,只见他不为所动地发动车子、打方向盘把车开到了路上。他对这种玩笑向来都是当作没听见的。

谁都知道这是一句玩笑话,当事人不解释,开玩笑的人也不会乱想。

"宋哥,你怎么突然来南京了?"陆惜回过头问。她跟宋哥很久没见过面,一直都是微信联系。

宋哥今年31岁,放在这个20岁出头才是黄金年龄的圈子里,已经算是年纪很大了。想当年,还没有线下职业比赛的时候,他可是世界天梯排行榜前三里唯一的中国人,是更远古的大神,也曾意气风发。

"休假。接下来一段时间没什么比赛,出来走走,见见老朋友。"他跟陆惜上一次见他的时候没怎么变化,只是神态中透着一点点忧郁。

"午饭吃了吗?"

"高铁上吃过了,直接带我去你们基地参观参观吧。"

察觉到他的积极,陆续怀疑地问:"你不会真的是来刺探敌情的吧?"

宋哥笑了:"陆惜妹妹,瞧你说的。"

宋哥是圈里的老前辈,柔弟他们见到他都很礼貌。

打过招呼后,宋哥打量着一进门就能看到的电脑:"一进来就是训练室,客厅都没有。"

陆惜补充说:"不仅如此,餐厅就是会议室。"

"你们条件够艰苦的。"宋哥评价说。

"没办法啊,不像你们ISO,家大业大,"陆惜说,"我带你好好参观一下我们的基地。"

从一楼参观到三楼,最后他们两人来到露台。看着柳絮纷飞,宋哥突然问:"陆惜,你说,我们这个圈子的人打比赛是为了什么?"

他的语气变正经,陆惜有些不习惯,停顿了一下说:"为爱好、为钱、为荣誉、为……梦想？"

"像你们这样的不多了。"宋哥感叹。

陆惜坦诚地说："我们是被逼上梁山的，别无选择。"她一开始的动机没有那么高尚，受不住他往她脸上贴金。

整个Revenge唯一不是走投无路的，只有苏叙。

宋哥被她语气里的悲壮逗笑了。

陆惜觉得他有心事。

他们从露台下去的时候，苏叙他们已经在训练室打开了电脑。

听到声音，他转头朝宋哥招手说："正好，过来打三对三，我们平时总少一个人。"

休假还躲不开Vate，宋哥气笑了："你就不怕我把你们的机密战术泄露出去？"

"难得有人送上门，还是顶级俱乐部的教练，当然要好好利用，"苏叙语调里的懒散和春日融融的阳光非常相衬，"柔弟，你们有疑虑尽管问，什么都可以问。"

柔弟是他们四个里最耿直、最听话的。

"宋哥，你们队里的二号位很稳啊，你觉得如果我跟他solo，谁的胜算会高一点？"

这问题让宋哥嘴角一抽："必须我们的。"

柔弟不服气地说："没solo过，你怎么知道？"

"那你还问我？"

下午打完三对三后，陆惜为了招待宋哥，请大家一起出去吃了顿饭。

宋哥提前订好了酒店。饭后，陆惜让回程开一辆车载大家先回去，自己和苏叙送宋哥去酒店。

他们三人在酒店附近的咖啡店外又坐了一会儿。

晚上的风吹得人很清醒。

宋哥拿出烟盒，给了陆惜一根，又递了一根给苏叙。

没等苏叙开口拒绝，陆惜就说："人家苏皇不抽烟。"

苏叙看了她一眼。

"他不抽,你陪我抽几根。"点上烟之后,宋哥沉默了一会儿后吐出口烟说,"说实话,俱乐部有解雇我的打算。"

他的脸隐在烟雾之后,透着一丝苍凉。

陆惜下意识看向苏叙,苏叙同时也看向了她。两人都看见了对方眼中的惊讶。

"不能吧?"陆惜在烟灰缸里弹了弹烟灰。她平时抽的都是淡烟,宋哥这烟有些呛。

虽然SO最近的战绩不好,但是换个教练未必就比宋哥强。

"其实SO现在的问题在哪儿我都知道,但不是我想改就能改的。"宋哥一副一言难尽的样子。

豪门俱乐部的构成并不像Revenge这样简单,关系更是错综复杂。

SO是打算让宋哥背锅。

"你要是找不到工作可以来我们这儿做教练。"苏叙低沉的声音在晚风里有种独特的泰然。

陆惜知道他在开玩笑,补充说:"没有工资的那种。"

宋哥笑了一声:"有苏皇在,还用我当教练?找个工作还是不难的,我又没被联盟封杀。"

到现在为止,真正被联盟封杀的只有一个人。躺枪的陆惜没好气地瞪了他一眼。

玩笑过后,宋哥说:"放心吧,我自有打算。"

大家都是成年人,既然他说有打算,陆惜也就不替他操心了。

回去的路上,是苏叙开车。

整天都很堵的南京只有这时候是不堵的。

从车窗灌进来的风很大,吹了一会儿后,陆惜关上车窗。

没一会儿,苏叙又把她那边的窗打开了。不仅如此,他把所有的车窗都打开了。

陆惜被自己的长发糊了一脸,觉得自己莫名其妙又被他针对了,不满地说:

"能不能把窗关上?"

"你身上都是烟味。"

察觉到他语气里的嫌弃,她说:"我一共就抽了两根。"两根都是在室外抽的,身上残留的烟味至于让他无法忍受吗?

想到他不抽烟、不喝酒,到现在连女朋友都没有,她拢了拢被吹乱的头发,身体朝他靠近,故意想要熏一熏他,调侃地问:"苏皇,你真的正经到烟、酒、女人都不沾吗?"

正好遇到红灯,苏叙一脚刹车似乎踩得有些急。停下后,他看向她,问:"你懂不懂交通安全?"

陆惜觉得自己有些冤枉。

她连安全带都没有解,身体只是有个靠向他的趋势,怎么就不懂交通安全了?

忽然想到什么,她勾起一抹明艳动人的笑:"难道苏皇紧张了?"

苏叙的右手从方向盘上拿开,手指轻轻扫过她的发梢。陆惜只觉得,随着他的动作,自己的心上被头发丝撩了一下。

"被你爹毛的样子吓的。"那轻飘飘的声音瞬间打破暧昧的氛围。

陆惜气得不想再说话。

绿灯亮了。

苏叙收回手,一脚油门。车从路灯下开过,照亮他眼底一闪而过的笑意。

04

宋哥在南京住了一晚,第二天就走了,说是要回趟家。

他家在安徽,从南京走很近。

春季特锦赛的正赛即将在24号打响,中国赛区的两支优胜队伍肉山和Middle已经提前奔赴维尔纽斯做赛前准备了。这两支代表中国的队伍备受国内玩家的关注。

22号傍晚的时候，Revenge基地来了一位访客。

"你好，你找谁？"开门的是陆惜。

苏叙他们五个刚刚结束训练赛，各自回了房间休息。

"请问郑回程在这儿吗？"来的是个看上去20岁出头的女生，文静漂亮，留着文艺的空气刘海。

"他在这儿，"陆惜打量着她，"请问你是——"

正好这个时候空空从楼上下来，听到陆惜好像在玄关跟别人说话，就走了过来。"柴薇？"

陆惜回过头："说是来找回程的，你也认识？"

空空说："她是回程的女朋友。"

"原来你就是回程的女朋友啊，快进来。"陆惜立即露出堪称温柔的笑。不怪她没有猜到是回程的女朋友，因为她记得回程的女朋友在杭州读书，现在也不是什么节假日。

柴薇的脸皮薄，不好意思地低了低头。

陆惜让空空上去叫回程下来，自己领着柴薇穿过训练室，介绍说："这是回程他们平时训练的地方。我们这儿地方有限，条件有些艰苦。"

"不会。"柴薇朝陆惜笑了笑，然后四处打量着，好像对这里很好奇。

没一会儿，回程从楼上下来了。除了他之外，柔弟、小谢他们都下来了。

恐怕在三楼的苏叙还不知情，陆惜给他发了条微信。

"薇薇，你怎么来了？"

回程说话的时候，陆惜刚好发完消息抬头。她觉得回程的表情有些好笑，惊讶远大于喜悦。

"实习前来看看你。"

柴薇向柔弟、空空、小谢一一打招呼。

回程介绍说："这就是惜姐。"

"我猜到了，"柴薇朝陆惜笑了笑，"惜姐果然很漂亮。"

"既然来了就多住几天，让回程带你在南京玩玩。"陆惜自动进入"回程的家长"的角色,像个被夸得心花怒放的"准婆婆"。

柴薇点头:"好的。"

楼梯上传来脚步声,听那不急不慢的节奏,陆惜就知道是苏叙下来了。他的脚步声从来都给人一种懒散的感觉。

"薇薇,这是我们现在的队长苏皇。"

苏叙眼中带着浅浅的笑意,显得亲和又可靠:"你好,我叫苏叙。"他到底比回程他们大上好几岁,经历也更多,身上沉稳、成熟的气质是20岁出头的男生比不了的。

聊了几句后,陆惜对回程说:"你带柴薇参观一下我们基地,然后休息一会儿吧。晚上我们出去吃。"

大家各自散去后,陆惜去厨房拿酸奶喝,发现苏叙跟了进来。

她回头,靠在整理台边,眼带询问地看着他。

宋哥在的那个晚上,她被他气得不轻,到现在都懒得跟他说话。

"今晚我请,"苏叙的声音里带着几分低沉、几分懒散,"三天两头要招待人,我怕老板吃不消。"

别说苏叙了,就连小谢、回程他们直播收入都不错。陆惜既没有工资,也没有直播收入,身价更是跟他们几个职业选手没办法比,身为老板实际上却是他们之中最"穷"的。

她从他的语气里品出了点轻蔑的意思,不想承认这个事实,故意说:"来个姑娘苏皇就变得这么积极。"

"你吃醋了?"苏叙朝她走近,却在距离她还有两步的时候停住脚步,保持了一个正常的社交距离,很明显是在开玩笑。

陆惜被自己曾经说出口的句子噎得说不出话来。

刚刚看着苏叙朝自己走来,她甚至有点紧张。

"是啊。"她挑衅地朝他眨了眨眼。

苏叙的目光在她身上顿了顿,像是被她的"荤素不忌"惊到了。

他们的玩笑开到这里就停止了,要把握分寸感,过界了很容易尴尬,就像前几次那样。

陆惜没有跟比她有钱、身价比她高的人争。晚上是苏叙请的客。

每天都对着几个男生，终于来了个女孩子，陆惜很高兴，吃饭的时候都跟柴薇坐在一起。

她打算跟苏叙商量这几天调整一下训练计划，让回程有时间带柴薇去老门东、鸡鸣寺之类的地方逛逛。

看着他们，她甚至有点理解她爸妈期待她带男朋友回去的心情了。

可是第二天早上，柔弟悄悄地把陆惜拉到一边，告诉她昨晚回程和柴薇吵架了。

"你怎么知道的？"

柔弟回答说："动静不小，整个二楼都听见了。"

没多久，回程从楼上下来，脸色确实不太好。

明明昨晚吃完饭回去还好好的，怎么就吵架了？陆惜觉得很奇怪。

在他们早上看春季特锦赛比赛录像的时候，她去找了柴薇。

"惜姐。"柴薇的眼睛有些肿，一看就是昨晚哭过。

陆惜在她身边坐下，问："你还好吧？怎么跟回程吵架了？"

柴薇低下头："只是因为一点小事。"

回程的脾气虽然很暴，但是看得出来他对柴薇真的很好。既然柴薇不愿意说吵架的原因，陆惜也不好再问，只能安慰她说："回程平时总能想到你，只要放假有时间就会去看你，他真的很喜欢你。他可能脾气不太好，平时整天在电脑前训练，接触社会也不多，但是好坏总是能分清的。他要是做错了什么，你就告诉他，让他改。"

柴薇点头。

结果下午训练的时候，回程依旧臭着一张脸，柴薇在房间里一直没有出来，弄得大家都很尴尬，不知道是该当作什么都没发生，还是该劝他们。

训练结束后，回程干脆跟柔弟勾肩搭背去柔弟的房间玩，跟柴薇看上去不像是小吵小闹。

陆惜叫住空空，等大家都离开训练室后，向他打听问："他们两个是不是以前也经常吵架？"空空、柔弟、小谢三个人里，柔弟神经有点粗，小谢斯斯文文的话不多,只有空空最靠谱,情商也相对比较高。

空空摇了摇头说:"回程对柴薇特别好。他们是青梅竹马,柴薇高中的时候家里出了点事,变得很困难。回程自从可以打比赛赚钱后,柴薇的学费都是他出的。"

陆惜没想到回程平时话不多,脾气也有点不好,却是个这么有担当的人。要知道,他也就刚刚22岁而已。

前Shape战队在参加去年的世界联赛之前,也就打打网吧比赛以及地区小比赛赚点小钱。那时候回程可能才20岁。

想起自己20岁的时候,陆惜有点羞愧。

晚上大家一起点了外卖。

外卖来了之后,柔弟在群里通知大家。

陆惜从房间出来的时候正好苏叙也出来了。为回程和柴薇吵架的事情操碎了心的她眼睛一亮,拦住了苏叙的去路。

"又干什么?"

陆惜朝他笑了笑:"苏皇,麻烦你一件小事。"

苏叙抬了抬眼皮,示意她先说。

陆惜靠近他,小声说:"回程跟他女朋友吵架你知道吧?一会儿你劝劝回程。"

"为什么要我去?"

"你们都是男人,而且他们都比较听你的话,"见他要从旁边绕开自己,陆惜横跨到他面前,"我要是有办法就不请你了,你到底去不去?"

"知道了。"

大家一起在餐厅吃饭的时候,有些尴尬,都没怎么说话。柴薇吃得很少,吃完跟大家打了声招呼,很快就上去了,接下来小谢和空空也吃完回房间了。

陆惜不断给苏叙使眼色,直到回程吃完要跟柔弟一起上去的时候,他才开口。

"柔弟,你先上去,我有话要跟回程说。"

柔弟乖乖离开后,餐厅只剩下苏叙、回程和陆惜三人。

在陆惜几番眼神暗示后，苏叙问："回程，你跟柴薇吵架了？"

回程像是猜到自己被留下来是因为这件事，有些烦躁地点了点头。

"有误会就说开，小事情上就让着点，做男人要大度，"苏叙顿了一下，又用很家长的口吻补充说，"要是有什么解决不了的事情就跟我们说。"

他像是从来没劝过吵架的小情侣，说话很官方，仔细体会语气里还有一点点僵硬。他对这件事的不擅长程度堪比学英语了。

"道理我都懂。"回程摸了摸脑门，似乎是一言难尽。

"那……你上去吧。"

回程走后，陆惜觉得又好气又好笑，说："你就这样劝人家的？毫无作用啊。"

苏叙在自己擅长的领域总是很从容，他懒散的样子甚至让他看起来有些狂妄。当然，他这种狂妄跟尤斯塔的狂妄是不一样的，尤斯塔的狂妄和目中无人是表现在脸上，很张扬，但是苏叙的狂妄是从骨子里不动声色地透露出来的，不会让人不满、觉得不被尊重，而且即使不满也无从可说，找不到错处。

只有遇到很不擅长的事情，他的从容才会有一丝破裂。但僵硬和尴尬不会持续很久，几乎是在别人感受到的那一刻，他就轻描淡写、若无其事地揭过了，不是心理素质过硬的老油条是做不到的。

比如现在，他轻飘飘地回了一句："你行你上。"

陆惜想再说什么的时候，手机上来了条消息。

看完后，她把手机递给苏叙，示意他看。

"5月中旬高校联赛要开始了，陆勉想让你们去N大做个活动，向全校师生推广一下电子竞技。去不去？"

虽然现在电子竞技已经发展起来了，但是依旧有很多人没有接触和了解过，视它为洪水猛兽。这其实是一件很有意义的事情。不过苏叙并不喜欢出现在大众的视野之中。

不过他也没有立即拒绝，只是说："再说吧。"

"我再去问问大家的意见。"陆惜说。

反正是5月中旬的事情，也不急。

05

Revenge的人早上都有踩点下楼的习惯,每天早上不到集合前一分钟都没有人下来。

今天早上,柔弟和小谢难得提前十分钟下楼,就看见柴薇拖着箱子在玄关,打算离开。她的眼睛红红的,显然是刚哭过,准备负气离开。

柔弟和小谢都是回程的兄弟,当然不能看着回程的女朋友就这样离开,万一这一走就分手了怎么办?

"柴薇,你怎么忽然要走啊?"柔弟问。

柴薇说:"这两天谢谢你们的招待,给你们添麻烦了。"

柔弟没辙了,示意小谢说话。

小谢推了推眼镜,说:"你……好歹吃完早饭再走啊。"

柴薇摇头,露出了一个笑容说:"不吃了,我先走了,你跟惜姐他们说一声。"

见她要开门了,柔弟立即大声说:"你不能走。"

随后,他对小谢说:"你拦着她,我上去叫惜姐!"说完,他风一般地跑了。

小谢被赶鸭子上架,走到玄关用身体挡着门说:"柴薇,回程做错了什么我们替他跟你道歉,你先别走,至少要把话说开。"

陆惜得到柔弟通知后立即下来了,跟着她下来的还有苏叙。

正好也与早上看录像的点了,空空也下来了,大家全都聚到了玄关。

"买了几点的票?"陆惜问。

柴薇咬了咬唇说:"十点半的。"

"现在才九点,从这里开车去南站只要二十分钟,而且现在是高峰期。再坐一会儿,你真的要走,到时候我送你去。"陆惜拉着柴薇往回走。

他们现在一共七个人,训练室里坐着不舒服,干脆一起去了会议室。

今天的视频录像是没法看了,主要解决回程的情感问题。

柴薇被陆惜温柔地安慰了几句后眼泪就开始不停地掉。

在座的都是大老爷们儿，看女孩子哭了，都去怪回程。

柔弟、小谢加上空空三个人你一言我一语的，回程始终低着头没说话。

直到回程被他们烦得忍无可忍了，抬头。柔弟和小谢闭上了嘴。

空空倒是不怎么怕他，继续说："认识你这么久，从来没见你们吵过架。"

"有什么事非要闹成这样？"一直温声相劝的陆惜语气强硬了起来，"有什么都在这里说清楚，一个哭一个沉默，是打算分手？说完了柴薇还要走我就送她。你们如果觉得人多不方便，我们就回避。"

柴薇要是就这么走了，回程怕是接下来也没心思训练了。

"没什么好回避的，"回程摸了把头发，"联盟的那个老板，就是江云栋要组新的战队，你们知道吧？"

小情侣吵架怎么突然扯到江云栋组建战队？

大家都很疑惑，就连一直没出声的苏叙都看向了他。

"怎么回事？"陆惜问。

"那边的负责人私下联系过我，被我拒绝了。他们不知道怎么找到了柴薇，"说着，回程目光复杂地看了眼柴薇，"她这次是来当说客的。"

这一次，大家换上了惊讶的表情，心里多少都对柴薇生出了些不满。

柔弟一个没忍住，问："她居然劝你去江云栋的战队？"

柴薇低下了头，小声抽泣。

陆惜也是有些生气的。她那么真心地招待她、那么喜欢她，没想到她是来替江云栋挖墙脚的。

回程确实是有潜力的三号位。至于禁赛的事情，规则本来就是他们定的，想要打破也就一句话的事情，江云栋根本不把电子竞技当一回事。

"你是觉得回程在我们这里不好吗？"她耐着性子问。

"我不是觉得你们不好，"柴薇抬起头，不仅眼睛是红的，脸也是红的，"回程的事情我也知道一点，知道他之前被禁赛，现在没有工资。我来看了之后发现条件确实……不太好。"

"条件确实不太好"几个字听得陆惜有些尴尬。这样的条件确实是因为她资金有限。

柴薇继续说："我之前实习，投了启明科技的职位。为了简历好看一点，就在优势里写了一点关于回程的事情，然后就有人联系我了。惜姐，你们很好，空空他们几个是回程的兄弟，我也知道。但是我更担心他的前途。我们都是成年人了，不光要谈梦想，更要谈现实。启明科技是很大的公司，据我了解，禁他们赛的就跟启明科技有关——"

回程像是听不下去了，打断她说："你根本什么都不懂。"

"那你倒是跟我说，我哪里不懂啊？"在柴薇眼中，选择俱乐部就是应聘公司一样，大公司更加稳定，也更加有潜力。

跟一个一点都不了解电竞行业的人解释是一件很难的事情。柔弟和小谢互相看了一眼，都在对方身上看到了"头痛"两个字。

柴薇看向陆惜，真诚地说："我听说打游戏也是吃青春饭的。我怕他以后不能打游戏了，什么都不会。去那样的大公司总是好一点。"

回程无奈地叹了口气。

这确实是个很现实的问题。很多职业选手退役后起先是做直播，后来人气慢慢下滑，直播也做不下去了，只好转行。

就在陆惜心里飞快地想要怎么安慰她的时候，苏叙的声音响起："什么都不会有什么好怕的？到那个时候再学也不晚。不仅是打游戏，任何行业都是一样，停滞不前的人会被淘汰。"他的声音依旧那样低沉，只是语气里的散漫被沉稳代替，给人一种非常可靠的感觉。

陆惜立即反应过来，苏叙不就是个很好的例子吗？

她立即跟柴薇介绍眼前这位看起来总是很懒散的人到底有多厉害。

因为当了好几年的对头本身就对他很了解，再加上请他加入战队的时候又去补了不少，她说起他的过往战绩几乎是如数家珍。

粉丝可能都没她说得这么流利。

柔弟、空空和小谢很佩服。

数完这些辉煌的过往后，陆惜又开始说起苏叙去N大读书，学了外语专业，期末考试期间多么刻苦。

说完后,她察觉到一道视线,只见苏叙似笑非笑地看着自己,像一只趴着休息的大猫,尾巴却翘上了天。

老油条果然是老油条,别人这么夸他,一点不好意思都没有。

陆惜收回目光,看向表情有些复杂的柴薇,语气郑重地说:"到今年8月为止,世界联赛拿不到冠军,我就替他们去跟联盟道歉。也就再等几个月而已,江云栋现在都能来挖回程,说明还是很看好他们的。"

电子竞技,除了热血之外还有的就是残酷,大家只看得到冠军。他们Revenge就是冲着冠军去的,亚军也不行。

如果真的拿不到冠军,就不拖下去耽误大家了。

她找苏叙回来是为了这一届冠军的。

或许他对世界联赛的冠军确实存在遗憾,但随着时间的过去会慢慢变淡,是她把离开这个圈子、已经有新的生活的他拉回来,让他再次向冠军发起冲击的。她没勇气看他一而再再而三地与冠军失之交臂。

一次次揭开伤疤太残忍了。

空空他们正是当打的年纪,一年年拖下去也会过了黄金年龄。

组建Revenge后,陆惜每天都过得很有冲劲,但同时也很理智。

她如同军令状一样的话语让大家沉默了下来,一时间谁也没说话。

他们只有一次机会。

这一次是复仇,是打脸,是破釜沉舟、背水一战。

柴薇感受到了这股凝重的气氛,心中的情绪在翻涌。她的目光扫过每一个人,最后停留在回程身上。

回程因为柴薇把士气弄成这样有些自责,也对她很失望,没有抬头看她。

泪意涌上,这次柴薇努力忍住了:"其实,我今天离开是想劝不动就算了的。我很想去启明科技实习,但是也不是非去不可的,实习可以再找。"

回程终于抬起头。

可惜柴薇移开了眼睛没有看到。她朝看向自己的陆惜露出了一个抱歉的笑容:"惜姐,是我太无知了。我不应该干涉他的。昨晚我已经想好了,反正我还有一年就要毕业了,大不了以后我工作了努力赚钱养他。"

柴薇说出这样的话是谁都没想到的。

陆惜之前觉得她是个娇弱的女生，像是朵被人呵护着才能生长的花，对电子竞技更是一无所知。但此时，她看到了她的坚韧。

"薇薇……"

柴薇朝回程笑了笑，眼泪从她的眼角流了下来。

"看来还是回程的错。生闷气有什么用？谁让你不把话说开的？这么好的女朋友去哪儿找？"陆惜带头，加上柔弟、小谢和空空他们三个把回程狠狠骂了一通。

骂完后，陆惜宣布今天早上的训练内容暂停，让大家各自回房间，想打游戏的打游戏，想休息的休息。

解散后，她并没有着急走，而是支着脑袋出神。

江云栋那边的新战队已经在私下接触选手了，有动荡的战队肯定远不止他们。不知道接下来的转会期会有什么样的血雨腥风。

这个消息加上刚刚立下的"军令状"，还有回程和柴薇的感情都让她的心情有些复杂。

耳边传来手指敲击桌子的声音，节奏缓慢。

她抬头，发现苏叙竟然还在。"你怎么还没走？"

"你不是也没走吗？"苏叙依旧是那副闲适的样子。

他眼中浅浅的笑意让陆惜想起自己刚刚数着他的辉煌战绩时，他眉宇间的得意。

其实每个奖项都是他自己实打实拼出来的，那些称赞他完全担得起。只是她见到他得了便宜的样子就莫名有种自己吃亏了的感觉。

苏叙忽然问："如果我们没有拿到世界联赛冠军，你以后有什么打算，回去相亲结婚？"

他好像只是随口一提，但是敲击桌面的动作却不知不觉停了下来。

陆惜看进了他的眼睛里。拨开那层如同云雾一样的"不经意"，他眼底是一片漆黑，浩瀚如深海，将她的凝视卷入其中。

良久，陆惜最先收回目光，心底还残留着长时间对视后泛起的波澜，没办法很快平息。

她嘴角勾起一抹明艳的笑,眼睛一挑,语气暧昧地问:"怎么?苏皇是想替我解决个人问题?"

世界联赛的报名都还没开始就想失败以后会怎么样,太悲情,也太早了。

苏叙没有接她的话。他站起来,从她后面走过的时候顺手在她头上敲了一下,声音里拖着散漫的调子:"当我没脾气?"

陆惜没想到他会动手,猝不及防挨了一下,忍不住捂脑袋。

等她抬头,他已经离开了。

他生气了?

06

回程和柴薇之间的问题说开了,自然就和好了。和好后,他们两人之间的互动甜得不行,眼神里都是爱意。

柴薇又住了两天后,担心打扰他们训练,再加上要重新找实习,就走了。

她走的这天,回程特意借了陆惜的车送她去车站。

送柴薇离开后,陆惜看了眼站在门口似乎有点感叹的柔弟,打趣说:"羡慕了?找个女朋友啊。"

柔弟的脸立即红了:"我有空空和小谢,有什么好羡慕的。"

空空非常不配合,说自己可以找到女朋友,不会陪他单身一辈子的。

小谢则表示自己喜欢女的,对男人没兴趣。

陆惜看得想笑,忍不住看了眼已经往回走只留下一个后背的苏叙。其实她心里很羡慕他们这样的小年轻,看得都有点想谈恋爱了呢。

Vate每年有两个转会期,分别在5月和11月。

陆惜觉得今年夏季转会期前,整个电竞圈都很浮躁。从4月下旬开始,发生了选手和俱乐部之间不愉快、选手与选手不和、粉丝掐俱乐部等等。这些事并不罕见，但她觉得这些都是夏季转会期之前的暗潮。

5月2号，为期10天的夏季转会窗开启。这是世界联赛之前，各个战队最后一次调整选手的机会。

转会窗开启的第一天，只有一些二三线战队有成员变动，一线豪门战队都没有动静。

第二天，SO宣布教练宋哥已与俱乐部达成一致，即将离开SO战队。

SO的潜台词就是宋哥被解雇。

宋哥跟SO合作多年，因为前段时间战队成绩不理想直接被解雇，是很多人都没想到的。这个消息如同炸弹一样，打破了转会期的平静。

第三天、第四天，BC原来的C位Babe离队、Walker步行者战队四号位极光离队、Poker扑克战队二号位三世和三号位Shame离队。这三支队伍都属于一线豪门战队，离队的都是核心队员。

今年夏季转会期几大豪门成员变化都这么大，这让大家都有点看不懂了。

这些选手会转入哪些队伍，重新组成什么样的阵容？

夏季转会期基本上跟Revenge无关，但是他们很关注。

转会期第五天的早上，大家聚集在会议室里特意对三大一线战队的成员变动进行了讨论。

玩家们不知道那几个队员会去哪里，可是他们知道，相信现在半个职业圈心里都有数了。

"这阵容看上去有点厉害啊，江云栋看来是花了不少心思。"柔弟感叹说。

被江云栋挖来的四个选手在游戏技术上是国内顶尖的，如果把他们原先所在的队伍五名成员比作组成水桶的木板，那么他们一定都是五块木板里数一数二长的。现在由他们组成一个新的队伍，那么这个队伍很可能就没有短板。

听上去很可怕。

"厉不厉害还得以后比赛里看，"陆惜的声音响起，"Vate是五个人的游戏，个人能力固然很重要，但是还要看配合。"

正如她曾经给江云栋的忠告说的，纵然把五个国内最强的选手组到一起，这个队伍也未必是最强的。

一个木桶能盛多少水，除了看每块木板的长短，还要看木板与木板的边缘是否贴合。

她说话的时候一只手无意识地绕着发梢，再加上不以为然的语气，倒是跟苏叙平时漫不经心的态度有些像。她自己没感觉到，但是柔弟、空空他们察觉到了。

人和人相处久了果然是能互相影响的。他们也很想被熏陶一下！

长形的桌子，陆惜坐在一头，苏叙坐在另一头。

"是这个道理。"他手中把玩着一支笔，眼中浮着一层很浅的笑意，像是赞同，又像是发现了什么有趣的事情。

小谢点了两下鼠标，忽然开口说："转会消息刚刚更新了。他们果然都去了一个战队，叫LS。"

"LS"就是江云栋成立的新战队的名字。

对于这个消息，他们并不惊讶，但是网上的玩家们却炸开了锅。

LS俱乐部的官方微博刚刚注册，发了第一条微博后，关注以及评论飞速增长。

"这样的队伍太强了吧，感觉是全明星队。"

"启明科技和江云栋就像是搅屎棍。他们赚钱的目的太明显。我有一年不打Vate了，看苏皇复出才回来的，现在对国内的职业圈太失望了。"

"原来有钱真的可以为所欲为。"

"Babe你为什么要离开BC？"

"三世和Shame你们走了扑克怎么办！你们的队友怎么办！"

"粉了三年，今天开始脱粉。极光你太让我们失望了。"

以上几条都是热门评论。

BC、步行者和扑克三个战队的粉丝们非常不能接受这个事实，情绪非常激动。很多人从四个选手的粉丝一下子变成了黑粉，不断地骂他们。

网上的评论看得人很唏嘘。Revenge战队的会议室里，大家不约而同地沉默了下来。

其实，职业选手转会，原因有很多，或许是为了钱，或许是因为早就跟队内不和,又或许是因为别的。陆惜能够理解粉丝们的心情,换她也会很难受,同时也觉得选手们与俱乐部达成协议,没有违规,不能算错。

接下来几天,职业圈腥风血雨不断,网上没有停歇。

三大一线战队的成员变动带动整个职业圈的选手转出转入频繁。

5月12号24点,Vate夏季转会窗正式关闭,一线豪门战队重新洗牌。

LS的五号位并不是明星选手,而是个名不见经传的新人,不过从照片上看,颜值很高,跟整个电竞圈的颜值担当空空竟然不相上下。

另外,整个转会期最让陆惜惊讶的是,LS的教练竟然是宋哥。

回想之前他来南京时,他们三个人在咖啡厅聊天,那时候他应该已经跟LS接触上了。

江云栋的LS战队闹这么一出,BC、步行者和扑克就需要补其他选手,但是国内成熟的一线职业选手一共就这么多。

尤其是扑克战队,这一年来的成绩一直不怎么好,已经滑落到一线战队下游。这一次,继两个核心选手转入LS战队后,另一名担任C位的核心队员转入BC战队,补进来的三名选手都是没有大赛经验的新人,而原本剩下的两名选手也都只有一年比赛经验,难以扛起整个队伍。

这一次转会期,资本的强势介入把圈子搅成了浑水。

一代豪门战队扑克就此跌出一线,取而代之的是刚刚成立的LS战队。

一段历史结束,新的纪年即将开启。

07

夏季转会期结束后,高校联赛即将拉开帷幕。

5月13号,Revenge受N大邀请,走入校园。

这样能传播正能量、让大家了解电竞圈的活动很有意义,虽然苏叙不太喜欢出现在大众视野之中,但是他一个人反对无效。

这一次活动的主办方是N大，承办方是N大的电竞社，在一个中型的报告厅里举行。

活动开始前，现场已经基本坐满，来的大多是Vate玩家，还有一些从别的地方赶过来的粉丝。

在掌声中，主持人邀请小谢、柔弟、回程和空空四人上台。

至于苏叙。

陆惜看了眼戴着顶鸭舌帽、懒散地站在自己身边假装也是工作人员的男人，发出一声轻笑。

正看着台上的苏叙听到声音转头看了她一眼。低低的帽檐遮住了他大半张脸，没被遮住的下巴在灯光下轮廓线条硬朗又好看。

陆勉对这场活动很上心，还特意剪了一段视频出来。视频的内容是Revenge五位成员各自经典战斗场面的混剪，包括苏叙当年凭借精彩的操作被Q社冠名"雷霆领主"那场、前Shape在去年世界联赛时绝地翻盘的那场等，别说是粉丝了，就连陆惜都看得热血沸腾。

紧张、热血、专注，这就是电子竞技的魅力。

活动的整个流程陆惜看过，比较轻松，互动很多。

视频放完后，报告厅里是久久不能平息的躁动声。随后，空空作为他们四人的代表上台说话，现场为数不多的女生开始尖叫。

接下来是提问环节。因为差不多都是同龄人，N大的学生们很热情。

中场休息的时候，陆勉还请了别的社团过来表演。

休息室里，柔弟一口气喝了半瓶水后，攥着矿泉水瓶说："我刚刚都紧张死了。"

陆惜说："挺好的，你们看上去都很自然。"

"惜姐你是不知道，"小谢爆料说，"刚刚有人跟他提问的时候，他都是在桌子下面掐着我的腿回答的。"

大家笑了起来。

这时，休息室的门被打开，罗月进来给大家送小蛋糕。

作为电竞社的预备成员，她也是这次活动的工作人员。

给每人送了一个后，罗月自然而然地站在苏叙身边跟他聊起了天。

"前两天你说想吃学校旁边的蛋糕，我中午特意去买的。"

"谢谢。"

正在跟柔弟他们说话的陆惜留心听着他们的对话。听到这里，她挑了挑眉毛。

原来他们私下里联系还挺频繁的。

活动的下半场依旧主要是互动。陆惜他们还带了许多Vate周边过来，包括手办、毛绒、鼠标、海报等，用以送给现场的玩家和粉丝。

抽奖互动环节，现场的气氛很热烈。

注意到站在自己身旁的苏叙悄悄朝外面走去，像是要去放风，陆惜跟了出去。她现在心里不太痛快，当然也得让他不痛快一下。

一转眼，南京好像就从冬天过渡到了初夏，快得来不及反应。

苏叙站在报告厅外，面前是一条N大的主干道，正好到了要上课的时间，来来往往的都是去教室的学生，对面不远处就是艺术学院。

"这些还在上学的小妹妹是不是特别招人喜欢？"

听到声音，苏叙回头。

陆惜语气里带着笑意，脸上带着嘲讽。她所说的"还在上学的小妹妹"特指罗月。

她现在烦躁得想抽烟，但因为是在学校里，只好忍住。

苏叙看了看她，又把目光移向主路，轻飘飘地说："是比较招人喜欢。"

陆惜觉得如果自己心理素质太差会被他气死的。她努力控制住情绪，不服输地说："还在上学的小弟弟也很招人喜欢。我比较喜欢小狼狗。"

"小狼狗？"苏叙的尾音有些上扬。

他正要回头，面前忽然走来一个人，刚刚有一个回头的趋势就停了下来。

如果他回头，可以看见陆惜那双带着较劲意味的眼睛，亮得逼人，仿佛整个校园的阳光都汇集在了里面。

朝苏叙走来的是个中年女人，看上去有些严肃。陆惜觉得她有些眼熟，想了一下才记起来她是苏叙专业主课的老师之一，自己曾经在他们教室外和图书馆见过她。

"SUGER？"

老师一开口，叫的不是"苏叙"而是苏叙的游戏ID"SUGER"，这让陆惜很惊讶。同时，她看见苏叙的身体僵硬了一下。

"老师，很久不见了。"跟老师说话，苏叙身上那股子不着调少了一些。

老师看了眼报告厅外的海报，笑着说："我儿子很喜欢打Vate，我是从他电脑上偶然看到你的照片，问了他以后才知道的。"

苏叙难得有这样说不出话来的时候。

"老师的儿子多大了呀？"陆惜忍着笑意，适时救场。

老师朝她点了点头，说："在上高中。"

陆惜意外地问："高中了老师还让他打游戏吗？"据她所知，大部分家长对孩子打游戏是很反对的。

"适当放松一下也是有必要的，"老师说，"起先我也很反对，但是跟他好好聊了一下之后，我发现以前我对游戏有偏见，电子竞技是可以传达正能量的。"

陆惜听了简直想拍手。这正是现在许多电竞人想要告诉大众的。

"我们带了一些周边过来。我去拿几个给老师带回去给儿子吧。"

有陆惜插了这一段，苏叙已经缓过来了。

原来老师不仅知道他就是SUGER，甚至还知道Revenge是怎么成立的。

"你以后还会回来上学吗？"

"会的。"

没一会儿，陆惜就出来了。她拿了一只毛绒玩偶、一个鼠标，还有一件T恤和一支笔。

她把T恤拆开，和笔一起递给苏叙，说："身为偶像你不签个名？"因为心中对他的不满还在，她说话的时候挑着眉。

在老师面前，苏叙明显乖多了。

等他签好名后，陆惜把东西都装进袋子里给了老师。

"谢谢。那我先走了。"

临走前，老师又对苏叙说了一句："你女朋友真的很不错，好好珍惜。"

苏叙张了张嘴，还没来得及说什么，老师就离开了。

陆惜一直憋着想嘲笑他，现在终于可以嘲笑了："没想到苏皇还怕老师？"

"你是不是对'怕'有什么误解？"苏叙恢复了平时的样子，语气里透着嫌弃。

"怎么？你在介意老师最后说的话？"陆惜大方地说，"我都不介意，你一个大男人介意什么？难道你有喜欢的人了？罗月？"

苏叙看向她，眼中漆黑，意味深长。

没等他回答，陆惜就自顾自地得出结论，朝他眨了眨眼说："不是就好，回去吧。"

他们两人独处的时候，暧昧的气氛已经越来越明显了。

陆惜觉得现在这样很好，不想戳破那一层窗户纸，所以总是点到为止。她不知道苏叙心里到底是怎么想的，但是无论他现在是接受还是拒绝她，都会给战队氛围造成影响。

他们只有这一次机会，现在最重要的是准备比赛。背水一战的时候，其他任何事情都要靠边。

他们的目标是今年夏天在波士顿举起冠军斧，从未变过。

CHAPTER 09

傲娇的他

苏叙吐出的烟雾隔在他们中间:"撩我这么久,现在打算拍拍屁股走人?"
陆惜一愣。那上扬的尾调宛如羽毛,划过心尖。

01

从N大回来，Revenge就进入了大师赛的准备期。训练强度增加，有时候甚至晚上都要训练。

这是他们在世界联赛之前唯一能参加的国际性赛事的正赛，他们遇到的队伍有70%会跟世界联赛上遇到的队伍重合。这是次练兵的机会，如果取得的名次还不错，也是鼓舞士气的机会。

大师赛的正赛从5月25号到27号。参赛的队伍是各个地区预选赛胜出的11支队伍加上被Q社直邀的Revenge战队，一共12支。他们将在这三天里进行激烈的角逐，争夺大师赛的冠军，以及总共200万美元的奖池。

21号，Revenge就出发了。

陆惜和苏叙的座位刚好被安排在了一起，他们旁边还有一个是陌生人。

飞机起飞后，陆惜看向戴着颈枕、压低帽檐阻挡光线像是只要睡觉的大猫一样的苏叙，问："你有没有觉得这个场景似曾相识？"

苏叙睁开已经眯起的眼睛。

陆惜笑着提醒："去年夏天的飞机上，你按着我的头……"说起这件事她就来气，咬牙切齿。

苏叙漫不经心地"哦"一声，好像是想起来了，但是没有一点愧疚。

"那我也提醒你一件事，"他说，"那天你把我的肩膀当枕头，至少睡了七个小时。"

陆惜下意识地问："真的？你怎么可能没推开我？"她觉得这件事是假的。

他没趁她睡着落井下石就不错了。

那天一上飞机,苏叙就认出了陆惜。那时候陆惜给他的印象一直都是"能来事儿"。为了能好好休息,他没有让她认出来。

他留意到她拿出手机看了好久,一开始好像很生气,后来好像在低声哽咽。

后来,他肩膀上一沉。他本来想要推开她,低头却看见一缕长发从她的脸上滑落,露出小半张脸,眼角有些湿润……他抬起的手又收了回去。

"信不信随你,但是做人要有点良心。"

陆惜:"……"明明是她跟他算账,怎么就变成她没良心了?

飞机一共要飞四个多小时。

陆惜看了会儿杂志后还是困了,直到飞机开始降落才醒。

睁开眼,她最先看到的是一片黑色。她愣了一下才反应过来那是苏叙的衣服,自己不小心又把他的肩膀当枕头了。

感觉到肩上一轻,苏叙睁开眼问:"现在还狡辩吗?"他大概也是刚醒,声音有些模糊,语气里的懒散都要溢出来了,有种男人特有的性感。

这让陆惜不禁联想到他早上起床的画面,心跳有点失控。她勾唇一笑:"苏皇的肩膀靠着很舒服。"

"你头太硬。"

陆惜没好气地说:"我还没嫌你硬呢!"

硬?

苏叙完全睁开了眼睛,眼中带着询问和揶揄,整个人看上去终于精神了。

陆惜愣了一下,终于后知后觉领会到那句话的歧义,脸一下子红了。

旁边的阿姨听不下去了。现在的小情侣都这么奔放?

02

沙巴是马来西亚面积第二大的州,在婆罗洲的北部。举办比赛的城市叫亚庇，在沙巴州内，靠海，是个旅游城市。附近有很多漂亮的海岛，也是去诗巴丹、卡帕莱潜水的中转城市。

落地后，从机场出来就能感觉到东南亚的湿热。

他们很快找到了主办方派来接他们的车。

作为Revenge唯一的女性，出门后，陆惜终于体会到了好处。她的箱子根本不用自己提。

上车前，目光无意间跟苏叙的对上，她想起飞机上的事情，狠狠瞪了他一眼。

苏叙眼底带着笑意，懒洋洋的。

主办方给他们安排的酒店环境很好，有海滩，很适合看日落。他们的房间都在同一层，而且是挨着的，很方便沟通。

距离吃晚饭的时间还有一会儿，大家各自回房间休息。

陆惜把行李放好后拿出手机。酒店的无线网很慢，回消息还好，刷个微博要加载半天。

她登的是Revenge的官方微博，发了个定位告诉粉丝们已经到了。

发完微博后，她翻了翻未关注人私信，点开了最新的一条。

这条私信说有人在贴吧造谣苏叙，附上了链接，还有一张没加载出来的图片。

苏叙在这个圈子的口碑是公认的好，没有黑料，怎么会有人这么无聊造谣他？

陆惜点进链接，几分钟过去了什么都没加载出来。她只好关掉网页。

正好这时候，粉丝发的图片加载出来了，是帖子的标题截图——"苏皇的女朋友曾经是他的粉丝"。

陆惜挑了挑眉。

女朋友？她怎么不知道？

这个帖子勾起了她的好奇心，可是那个贴吧链接怎么也打不开。

她忍不住打电话给前台，让送一张电话卡过来。

酒店前台本来就出售供游客用的不记名电话卡，不到十分钟就送来了。

换上本地的电话卡后，陆惜终于用流量打开了链接。

发帖的人叫"一颗小樱桃"，看昵称是女的，自称是苏叙的老粉，他退役后就不再关注电竞圈了，近段时间才听说他复出。

"一颗小樱桃"说自己和苏叙的女朋友以前是在一个群的。众所周知，苏叙没有建过官方粉丝群，这个群是粉丝们自己建的。

她说那个女生在群里很少说话，但是因为同是女生，所以跟她私下关系还可以，偶尔会聊天。这个女生告诉她自己跟苏叙在一起了的时候，她很惊讶，以为是骗她的，后来才发现是真的。

从两三年前开始，那个女生就很少上网了，当年苏叙宣布退役后，那个女生就完全联系不上了，社交账号也不再登录。她以为他们是结婚过日子了，没想到两年后苏叙居然复出了，没有传出结婚，也没有传出有女朋友。

她不知道那个女生现在怎么样了。

或许是因为"一颗小樱桃"的文字里并没有任何攻击苏叙的意思，叙述很平实，像回忆一样，原本抱着看造谣帖心态的陆惜竟然有一点点相信了。

苏叙当时突然退役确实有点说不过去。他这种老油条怎么可能仅仅因为输给一个17岁的孩子就退役？

可是她从没听说过苏叙有过女朋友，去他家也没有发现任何有女人生活的迹象。

帖子是四十分钟之前发的，还没到晚上，逛贴吧的人不多，所以回复也不是特别多。大部分人都是表示不相信的，当然也有人相信，还有趁机带节奏的。

"就算是真的又怎么样？你不谈恋爱？有什么好黑的。苏皇正在沙巴准备打比赛，请不要打扰他。"

"也许这个妹子是被骗了，毕竟睡粉这事在哪个圈子都有。"

"楼上是职业黑粉，大家不要理他。"

回帖人数不断在增加。

陆惜觉得苏叙做不出睡粉这件事，这个帖子很可能是个高级黑发的。

"惜姐，吃饭去了。"门外传来柔弟的声音。

陆惜关掉帖子，收起手机。

这家酒店晚上的自助餐很不错。

陆惜吃得有些心不在焉。那个帖子的内容不断在她脑中重复，她忍不住悄悄看向苏叙。

苏叙吃饭依旧一副慢条斯理的样子。不管是做什么，他总有自己的步调和节奏，舒适缓慢，不但不受外界打扰，还能感染周围的人。

虽然陆惜之前已经认定那是高级黑发的帖子，但是心里还有个声音在忍不住问，如果是真的呢？或者有一部分是真的呢？

她不是那种喜欢胡思乱想的人，喜欢直截了当地问出来。

她的话都到嘴边了，被一声"惜姐"打断。

"嗯？"陆惜吓了一跳。

苏叙抬头看了她一眼。

"之前听到有人敲你房间的门，是谁啊？我就住你隔壁，有事可以叫我。"

陆惜的房间左边是柔弟，右边是空空。

"没什么，是我打电话让前台帮我买东西送上来的，"回答完后，她又补充说，"还有三天就要比赛了，你们好好适应一下。酒店的无线网有点慢，你们……这两天就不要上网了，好好调整心态。另外，我跟主办方联系好了，明天早上带我们去熟悉场地。"

场合不合适，也没有立场，问了还会影响大家的心态，所以她改变了主意，没问出口，也不准备问了。

当下最重要的是比赛。

提到无线网，回程深有感触地说："酒店的无线网有还不如没有，消息都不能一口气发出去。"

吃完后，大家离开餐厅，准备各自回房间的时候，在酒店大厅里遇到了一群正在办入住的人。

来参加大师赛的队伍被主办方安排在了两个酒店，陆惜没想到冤家路窄，竟然跟Closer住一起。

"Lucy！"

Closer的领队最先看到陆惜。

陆惜只好上去跟他们打招呼。

Revenge加上老板一共六个人,Closer的人数至少是他们的一倍。除了选手和领队外,他们还有教练组、数据组、生活后勤人员。

陆惜打完一圈招呼准备离开,坐在旁边沙发上戴着耳机看手机的尤斯塔才后知后觉抬头看见她。大家全都在前台,就他一个人跷着二郎腿坐在那儿打游戏。

他摘下耳机站起来朝她招手。

尤斯塔从一战封神至今已经三年了,一直在巅峰阶段,"天才少年"称号让他很自信,由内而外地散发着光芒。20岁的年纪,他脸部的轮廓线条介于少年和成年男人之间,一头棕色的头发很利落,绿色的眼睛透着轻狂,总给人一种目中无人的感觉。

不过,他有这个资本。

陆惜翻了个白眼,只当没看见他。

他跟在她身后不停打招呼,一直跟到了Revenge这里。

看见苏叙,尤斯塔停下来打量他。

柔弟、小谢他们严阵以待。

苏叙和尤斯塔之间的过节大家都是知道的。他们不喜欢尤斯塔嚣张的样子,更不觉得苏叙会输给他。柔弟甚至做好了准备,尤斯塔要是说出什么过分的话,就拉着回程一起动手揍他一顿。

但是尤斯塔什么都没说,只是轻狂一笑。

曾经他刚开始打职业的时候,苏叙正是巅峰。他把苏叙当作要打败的目标之一,等他终于把苏叙变成手下败将之后,就觉得没那么有意思了,现在还是跟陆惜搭讪重要。

这种态度更加气人。

苏叙却像没感觉到一样。他看向陆惜,幽幽地问:"小狼狗?"

陆惜被他没头没尾的话问得愣了一下,皱了皱眉。

随即,她想起上次在N大的报告厅外的那次对话。

他这是记仇还是吃醋?

她的心情好了起来,勾起唇朝他眨了眨眼。

一旁听不懂中文的尤斯塔看见陆惜对苏叙笑，以为他们说自己坏话了，迷茫又气愤，有点想跳脚的意思。

小谢推了下眼镜，打算做一次好人。虽然他英语水平很差，但是把"小狼狗"翻译成英语还是可以做到的。

"Dog."

怕尤斯塔没听清楚，他又重复了一遍："D-o-g，dog."

骂他是狗？尤斯塔的脸色直接变了。

陆惜忍不住笑了出来。

小谢听见尤斯塔说了一串英语，但是基本都没听懂。就在他努力想要分辨出一点的时候，脖子上一重。

苏叙懒散地把手臂搭在他脖子上，一边带大家离开，一边说："他脑子不好，不用理他。"

陆惜跟尤斯塔没什么好说的，也跟着离开。

尤斯塔正要追上去，办完入住的Closer领队过来把他拉了回去。

Revenge住在11层，出了电梯后大家各自回房间。

柔弟他们几个动作很快，刷了下房卡就进去了。陆惜打开房门，发现右边隔了一间房的苏叙还在慢悠悠地开门，就喊了他一声。

"嘀——"

苏叙转动门把手，转头。

陆惜披散的长发有一缕滑到肩前，发梢弯曲的弧度透着女性的柔美，精致的脸上带着明艳的笑，眼中映着走廊的吊灯，星星点点的，让人移不开眼。她开口的声音更是动人："我不喜欢小狼狗了，现在比较喜欢成熟稳重的男人。"

说完，不等苏叙反应，她就进房间关上了门。

撩完就走，她心里竟然有些紧张。

走廊上，苏叙神色不明地在门口站了半分钟，看了眼自己左边才进门。

不知道是因为在飞机上睡过了，还是因为别的原因，晚上，陆惜躺在床上翻来覆去好久都没睡着。

她拿起手机想要去看看那个帖子，犹豫了一下还是没有看。最后，她拿起烟去了阳台。

不管帖子上的内容全都是假的，还是有部分是真的，都等打完比赛回国再说吧。

03

第二天早上，Revenge跟着大师赛主办方的工作人员去熟悉了一下比赛场馆。

场馆里的比赛主舞台已经搭好，绚烂的灯光特效还没有打开的前提下，最引人注目的就是主舞台斜对角的两个隔音室。每个隔音室里都有五个位子，对战的两个队伍会分别坐在里面。

他们距离世界联赛越来越近了。

看完比赛场馆后，下午，大家一起去参观了亚庇大学，去了加雅街，晚上在海边吃了顿海鲜后才回酒店。

到酒店大厅，陆惜停下脚步说："你们先上去吧，我去商店买点东西。早点睡，明天、后天好好做赛前准备。"

商店就在酒店的一楼，大家点点头上去了。

陆惜去商店买了包烟。

她带来的烟盒里一共就剩三支烟，昨晚抽完了。

这里烟的包装她不是很喜欢，上面印的都是因为常年抽烟而坏掉的器官，看着很瘆人。

走出商店，她把烟放进包里，抬头就看到了苏叙。

"你不是跟他们上去了吗，怎么在这里，来找我的？"

苏叙没有回答，只是迈着缓慢的步子走在她身旁。

走了一段，他才开口："你这两天不太舒服？"从门外进来的海风卷着他独特的语调，吹得人懒懒的。

陆惜惊讶地问："你就为了问这个？"她还以为他是看到了贴吧的帖子。

苏叙一副"你爱答不答"的样子。

陆惜没想到自己这两天心不在焉的状态被他看出来了，一瞬间有点心虚。

随即，她微微挑起眉毛，仰头看着他，打趣说："没想到苏皇这么关心我。"

"说你属猴你就顺杆往上爬。"苏叙不为所动，按下了她的头。

陆惜"呀"了一声，没好气地瞪他。

头顶还残留着被他手掌触碰的感觉，他的手很大，带着温度。算上在回国的飞机上那次，这已经是他第三次按她的脑袋了。从前没感觉，现在，她觉得这个动作透着点儿亲密的意味。

苏叙是那种懒到能动嘴说就绝不动手的人，能劳驾他伸手，真的很不容易。

这样一想，陆惜的气就消了。

她正想反撩他几句，却看到一个不该出现在这里的人站在不远处。

"江先生怎么会在这里？"陆惜换上了很官方的笑容，语气里带着一丝嘲讽。

他让大师赛的主办方不给他们报名，结果Q社直接邀请他们参加正赛，他难道是特意来现场被打脸的吗？

江云栋朝他们走来。天气有些热，他身上的衬衫穿得一丝不苟。"有人说我不懂电子竞技，当然要来了解一下。"

想起启明科技的所作所为，陆惜没忍住，冷笑了一声问："江先生不会以为看两场比赛自己就懂了吧？"

江云栋没有回答她。

陆惜顺着他的视线，发现他在看苏叙。

"苏叙，好久不见。"江云栋讥笑了一声，声音透着冰冷。

陆惜终于在他脸上看到除了"严肃"以外的表情。

他们认识？

为什么苏叙从来没提到过？

陆惜把目光移向苏叙,发现他身上万年不变的闲适消失了。

"好久不见。"

除了两句"好久不见"之外,他们什么也没说。江云栋像是刚到,打完招呼就走了,苏叙之后一直没有说话。

僵硬、冷然的气氛在江云栋走后还有残留,久久不散,使得陆惜有满肚子疑惑想问苏叙,又觉得不太是时候问,最后只好憋着,回了房间。

04

大师赛的主办方特意在各个战队下榻的酒店里安排了临时的训练室,以供选手们做赛前热身。

22号玩了一天,23号开始,Revenge投入赛前准备,从早上开始就一直在训练室里。

下午,同为中国战队的KB来串门。

这次中国赛区预选赛胜出的两支队伍分别是KB和Middle。Middle被安排在了另一家酒店。

"你们什么时候到的?"陆惜问。

"昨天早上,"悠然径直走向苏叙,站在他身后说,"苏叙,好久不见。上次直播你把我骗得好惨。"

他指的是苏叙第一次直播的时候。

苏叙手上动作没有停,抽空抬头看了他一眼,说:"我说不是你就信?"

今天早上陆惜见到他的时候,他就是一副和往常一样的样子。他没有提起昨晚跟江云栋的事情,她也不好问,只当什么都没有发生。

她忽然觉得自己对他了解得太少了,或者说,他从来不愿意多说。

悠然沉默了一下,决定换个话题:"明天你们谁去抽签?"

25号比赛第一天打突围赛,由抽签决定对手,BO1单败赛制,输了就淘汰。

"我们老板去。"

苏叙懒得去抽，柔弟、回程、空空和小谢谁去抽到不好的都会被其他几个骂，最后大家商量了一下，决定让陆惜去。

悠然看了看陆惜，又看了看苏叙，感叹地说："果然没有永远的敌人。"

"希望明天不要抽到你们或者Middle。"陆惜说。

悠然点头："是啊，我们也是这么想的。"

虽然平时在国内，几个战队在预选赛争得你死我活，但是国际赛事的时候还是会团结一致对外的，大家都不希望那么早打内战。如果在突围赛相遇，必然有一支战队会被淘汰。

KB离开后没多久，陆惜的手机响了一下。

她看了眼正在跟空空他们讨论战术的苏叙，拿着手机离开了训练室。

给她发消息的是陆勉，她回了个语音电话过去。

陆勉很快就接了："姐，你们现在怎么样？有没有看我给你发的截图？"

"这个帖子我22号晚上就看到了，现在怎么样了？"

"讨论得很热烈啊，不过很多人还是相信苏皇的。"陆勉忍不住问，"这到底是真的还是假的啊？苏皇知不知道？"

"他们这两天都没时间看手机，应该还不知道。也可能……知道了没说。等我们比赛结束回去了再处理吧。"

说到这里，陆惜停顿了一下，警告说："不许找他们任何人问这件事，要是他们从你这里知道了，我回去饶不了你。"

在国内的陆勉瑟瑟发抖："好的好的，我保证不说。"

挂掉电话后，陆惜的心情有些说不出的复杂。她回头看了眼训练室方向，想了想，决定回房间补个觉。昨晚她又没睡好。

没走多远，她发现酒店真的很小。她遇到了江云栋和他的助理。

她礼貌地朝他们点了点头，打算从他们身边走过，却被江云栋叫住。

"能不能请陆小姐去喝一杯咖啡？"

陆惜这才发现旁边是咖啡厅。

她笑了笑，拒绝说："谢谢江先生。只是我们能聊的实在不多，还是不用了吧。"

江云栋身上缺乏一种亲和力,给人的感觉就是严谨、冷漠,即使偶尔露出一点微笑,也充满着距离感:"我们能聊的其实很多,比如最近贴吧那个帖子。"

陆惜挑了挑眉:"好。"

这个时候酒店咖啡厅的人很少。

他们两人坐下后,江云栋的助理去了隔壁一桌,并没有跟他们坐在一起。

"所以那个帖子又是你们搞的鬼?"陆惜连假笑都不愿意装了,语气很冷。

"陆小姐可能对我有什么误解。我不只有电竞这一个产业,虽然电竞产业的发展趋势很好,但是目前我的重心还是在启明科技上。"江云栋的语气里并没有流露出明显的嘲讽,却给人一种高高在上的说教的感觉。

陆惜从他的话语里听出来,他还不是很看得上电子竞技。

她故意用恍然大悟的语气说:"哦,原来之前搞禁赛,还有直播间、网上带节奏、不让我们报名、暗中通过柴薇挖回程这些小动作的都不是你们。"

"有些是我,有些是我的顾问团,"江云栋大方承认,"禁赛是因为你们违反规则,不让你们报名是遵循制定的规则。"

陆惜觉得他这套说辞好像是在用上帝视角说话,仿佛他就是电竞行业的上帝,简直就是自以为是到无可救药。

"如果帖子不是你们搞的鬼,'日理万机'的江总怎么会知道?怎么会跟我提起?"

"我只能告诉你,那个帖子说的是真的。"

江云栋的话让陆惜僵硬了一下:"我凭什么相信你说的是真的?"

"你可以去问问苏叙。"

"你们以前认识?"

江云栋脸上出现了跟昨晚遇到苏叙时一样的冰冷和嘲讽:"这个问题你依旧可以问他。"

他为什么知道帖子里说的是真的?他跟苏叙之间到底有什么过节?

如果帖子里的内容是真的,那个女生现在在哪儿?

陆惜很想现在就去问苏叙,但是后天比赛就开始了,不能打扰他们训练。

"抱歉，江先生，"陆惜沉默了一会儿，终于开口，"这件事我确实很好奇，但是不会那么冲动地去问。我们在国内再怎么争得你死我活，打国际比赛的时候也该先把个人恩怨放一边，一致对外，而不是内讧。这个道理你以前可能不懂，现在我教你。"

她的声音清晰，语气坚定，说话的时候一双很亮的眼睛直视着江云栋。

或许贴吧的事情真的跟他无关，但是他在距离比赛还有两天的时候告诉她这件事就有很深的用意了。

他想利用她影响苏叙的赛前状态。

陆惜真的很生气，声音有些冷："你一个把电竞行业当作小产业的大总裁做这样的事，有点小家子气了。"

江云栋一直在打量着她。他昨晚就察觉她跟苏叙的关系非同一般，可以看出来她刚才明明已经乱了，甚至感觉到她即将起身离开，没想到她后来会说出这样的话。

她比他想象的要成熟、冷静。

同时，她的话让他有些难堪。

见江云栋这么盯着自己，陆惜意识到他应该是生气了，但是她现在憋着一肚子火，就没害怕的。

"江先生，你和你的顾问团队真的有能力的话，就多花心思在LS上吧，世界联赛上见。"

说完，她冷着脸起身离开。

与江云栋的这场对话，她没有告诉任何人。

05
»

24号早上，陆惜代表Revenge去抽签。

参加正赛的队伍一共有12支，25号的突围赛将淘汰一半。三支中国队没有在突围赛碰上，Revenge跟Perfect一组，是个美国强队，KB对战欧洲的ES，Middle对Closer。

陆惜回来把消息带去训练室，大家都对这个结果很满意。

"好了，抽签结果都出来了，你们定下心准备吧，明天就要比赛了。"

柔弟充满信心地说："好的，惜姐，你放心。"

很久没打过大赛了，大家都跃跃欲试，对比赛充满期盼。

"加油。"陆惜朝他们笑了笑，目光不经意跟苏叙的对上，若无其事地移开。

看见他，她就会忍不住想起昨天跟江云栋的谈话。

"Hi！"

训练室忽然来了位不速之客。

陆惜看向尤斯塔，挑了挑眉。他来干什么？

尤斯塔那张精致的脸上带着笑，像是感觉不出Revenge对他的不欢迎，或者说根本不在意。

他走向陆惜，开始对当初劈腿的事情道歉，并且表露出想继续做朋友的愿望。

眼看老板被尤斯塔缠住，柔弟和回程互相看了一眼。

保护老板，义不容辞。

就在他们打算去把尤斯塔隔开送出去的时候，苏叙先站了起来。

他来到陆惜身边，伸出手在尤斯塔头顶比了比，说："几年没见，你长高了不少。"懒散的语调带着十足的轻蔑。

尤斯塔的身高是个梗。他16岁开始打职业比赛，17岁赢了苏叙拿到世界联赛冠军，那时候还是小萝卜头，直到17岁那年冬天才开始飞快地长个子。

陆惜跟他在一起的时候他差不多一米七七，现在似乎又长了一点，快接近一米八了，但跟苏叙比起来，还是矮。

苏叙可以说是职业圈的身高担当了。

尤斯塔虽然听不懂中文，但是能看懂手势。他气得表情都变了，想要跟他一对一solo。

见苏叙不说话，他得意地笑了起来，称呼他为"手下败将"，越来越嚣张。

回程看得想揍人。

就在陆惜想要把他轰出去的时候，苏叙开口说："空空，你跟他solo一把，solo完让他走人。"他漫不经心的语气仿佛是在敷衍叫嚣的小朋友。

被点名的空空愣了一下，说："好。"

陆惜也很想把尤斯塔打发走，就帮他翻译了一下。

尤斯塔听完更生气了。叫一个打五号位的跟他solo？这不是打发他吗？

这时候，门外有人中气十足地叫了一声："Eusta！"

进来的是一个大胖子，是Closer的主教练，也是整个战队里尤斯塔唯一怕的人。陆惜跟他很熟。

原来尤斯塔是趁着上厕所的时间偷偷跑过来的。

被揪回训练室前，尤斯塔还跟陆惜说了一句话。

他说，没想到陆惜会跟苏叙组了个战队，还问她，他们组战队是不是就是为了报复他。

如果不是他被主教练带走，陆惜很可能会忍不住让回程和柔弟动手把他丢出去。

就是为了报复他？他哪来的自信？

苏叙说得很对，他脑子不好。

陆惜懊恼以前的自己为什么没有发现，还那么喜欢他。

她收回目光转身，发现苏叙在看着她。

训练室拉着窗帘，有些暗。柔弟他们已经坐回电脑前，电脑屏幕散发着幽幽的冷光。一缕阳光从窗帘的缝隙里照进来，拉了一条斜长的直线一直到苏叙的脚边。他背对着那缕光，眼中漆黑一片，像深海一样望不到底。

陆惜心中一跳，移开眼睛说："你们继续吧，但不要太累，今天早点结束回去休息。我先回房间了。"

她不是生气，因为事情没弄清楚，也因为没什么立场可以生气，只是有点吃醋，外加控制不住自己胡思乱想。明天就要开始打突围赛了，她不想让大家看出自己反常的状态，让大家担心。

06

晚上，陆惜在微信群里发消息让大家早点休息，养精蓄锐，自己却根本毫无睡意。

十点多的时候，她穿上衣服一个人去了海滩。

虽然晚上的海水深得发黑，但是沙滩上的灯光很好，椰子树上挂着彩灯，酒店还在这里弄了个吧台。沙滩上有很多人，有的五六个人坐在一起玩游戏，有的三三两两在聊天，很热闹。

陆惜沿着海滩散步，海风吹起她连衣裙的裙摆和长发，不知疲倦的海浪一次次打湿沙滩，漫过她的脚腕。

看到两个熟悉的人时，她忽然停下脚步。

没想到会在这里看见苏叙和江云栋。两人似乎在说着什么不愉快的事情，江云栋眉头紧锁，苏叙身上的闲适消失在海风里。

陆惜本想当作什么都没看见，只是她看见他们的时候，他们也看见了她。

她没有过去，而是大方地朝他们挥了挥手算是打了招呼，然后转身往回走。

她只是走了一段就停了下来。

海风吹散了白日里的湿热，微凉的感觉让她的手臂上泛起一层鸡皮疙瘩。

她在海水能够触及的地方站了一会儿，任由涌上的海浪弄湿双脚和裙摆，然后又去沙滩上坐下。

原本她转身应该回去的，但是莫名地就是不想走，想等一会儿苏叙过来问他一些事。

都让她撞上他们私下见面了，她若无其事地离开会显得很奇怪。

吹了会儿海风后，她又有些犹豫，毕竟明天就要比赛了，不该影响他的状态，但等都等了十几分钟了，哪有现在走的道理。

就算他不想回答，糊弄她，她也认了。

又过了五六分钟，江云栋和苏叙一前一后走了过来。

陆惜正抱着手臂站在椰子树下抽烟。江云栋走过来的时候，她正好吐出一口烟雾。无声翻滚的烟雾成了一道屏障，模糊了视线，刚好让她不用跟他打招呼。

随后，苏叙来到她身边。

陆惜又抽了一口，然后把烟夹在手指间，抬头看向苏叙问："你们以前就认识？"

缭绕的烟雾让她的表情有些模糊不真实，再加上不经意的语气，好像真的只是随口一问。

苏叙的眉毛微不可见地皱了一下。

陆续知道他不喜欢闻烟味。

就在她准备找个地方把烟熄了的时候，手指间突然一空。苏叙竟然抢了她的烟自己抽了一口。

那可是……她抽过的啊！

自认为算是"老司机"的陆惜脸唰的一下红了。

"你——"她好不容易找回自己的声音，"你不是不抽烟吗？"声音里的一丝慌乱被隐藏在了海风里。

"不喜欢抽而已。"

苏叙抽烟的样子确实不像是新手。他吐出的烟雾由密集变淡，残留的几缕飘过陆惜的脸。陆惜觉得那几缕烟好像变成了抓得到、碰得着的东西，好像是一只手撩了她一下，在她脸上留下特殊的触感，让她的心跳都加快了。

这是她第一次看到苏叙抽烟，比平日多了一点颓废的性感，还真是……帅得不行。

即使被撩得心里老鹿乱撞，陆惜嘴上却不愿意表现出来。她没好气地问："想抽不会自己点？"

"懒得动。"

老油条的心理素质就是强大，这理所当然的回答让陆惜无言以对。见他拿着自己抽了一半的烟，没有松手的意思，她干脆移开了眼。

沉默了一会儿后，苏叙没有征兆地开口："我跟他确实认识。网上的帖子你看到了？"

陆惜点了点头，顿了下后问："上面说的是真的吗？"

她意识到自己有些紧张。

"是真的，"苏叙的声音懒散又悠远，"帖子上说的那个确实是我的女朋友，我以前很爱她。"

听到"很爱她"三个字，陆惜的心像是被一只手狠狠攥了一下。她忍住想走的冲动，决定再问一问："后来呢？你们现在为什么没在一起？"她尽量让语气听上去很轻松。

"她死了，自杀的。"苏叙轻飘飘地说了六个字，随后沉默地抽着烟。

陆惜诧异地看向他。

他身上不知什么时候多出一种疏离感，像是不为人知的陈年往事被拨开，透着陌生。

陆惜自己还处于震惊之中，心中有很多疑问，心情很复杂。她不知道是该安慰他，还是该说些什么，张了张嘴，觉得说什么都不合适。

他的这段过往知道的人应该很少，或许现在应该让他静一静，她也需要消化一下。

"我先……回去了。你不要在这里太久，早点回去睡觉。"

苏叙抽烟的动作一顿。

陆惜抬脚准备走，手腕却忽然被拉住。

她很疑惑，眼中带着询问。

苏叙吐出的烟雾隔在他们中间，使得他的表情有些莫测："撩我这么久，现在打算拍拍屁股走人？"那上扬的尾调宛如羽毛，划过心尖。

陆惜一愣。

正当她要解释的时候，苏叙的脸在还没消散的烟雾中逼近。他空着的那只手按上了她的后脑，不容拒绝地吻上了她的唇。

海风再一次吹起她的裙摆，她的长发飘动，拂过他的脸和肩膀。

唇上柔软、带着点凉意的感觉让陆惜脑中空白了一下，随即一口烟侵入口中，直冲她的鼻腔和眼眶。

她猝不及防，被呛到了，推开苏叙剧烈地咳嗽了起来。

她咳得脸上充血，鼻子里呛得难受，眼泪不受控制地往下流，别说是骂人了,就连一个字都说不出来。

隔了好久才缓过来,她擦了擦眼泪,控诉地看向苏叙。

苏叙一只手夹着烟,眼中浮现浅浅的笑意,不知是有意还是无意的,还舔了下唇。

陆惜脸上的红晕没消散,一下子更红了,说不清是被气的还是因为被撩的。

从来没被这么呛过,感受太深刻了,她觉得自己以后只要抽烟,就会想起他这个吻。

"对了,她是江云栋的妹妹。"

这让人惊讶的关系打散了陆惜心中的遐思。

但苏叙却没有继续说下去的打算。他看了眼陆惜身上轻薄飘逸的碎花连衣裙:"风越来越大了,回去吧。其他的等比赛结束后再说。"

除了"好",陆惜不知道该说什么。

明天要比赛的是大爷,说什么就是什么。她只能迁就。

07

大师赛的主赛事分为三天,25号突围赛,12支队伍淘汰一半,26号开始双败淘汰赛,决出四到六名,27号决出前三名。

Revenge和Perfect的比赛是在下午第一场。

早上,Middle输给了Closer,提前结束了主赛事之旅,这让剩下的Revenge和KB的压力很大。KB的比赛在Revenge之后。

第一天突围赛总体观众并不多,但下午要好一点,场馆坐了大半。

两队选手分别出场的时候预示着比赛即将开始,观众席响起了热烈的掌声。

当Revenge出现,观众席上许多人站了起来,挥舞着写着"SUGER"的灯牌,大声呼喊。

苏叙的粉丝在国内外都很多,这是他复出以来第一场线下比赛,粉丝们尤其激动。

听着周围此起彼伏地呼喊着"SUGER",坐在VIP席的陆惜激动了起来,身体里的血液在慢慢变热。

VIP席距离主舞台很近,视野很好。

柔弟、空空他们向观众席挥手示意的时候,特意朝陆惜这里挥了挥手。

陆惜挥手回应了一下,目光跟苏叙的对上,蓦地想起昨晚那个让她印象深刻的吻。昨晚回去她想了很久,也没弄清楚他是也喜欢她,还是纯粹为了教训她胆子大敢撩他。

其实,她的胆子还可以再大一点。

她大方地朝他眨眼笑了笑,可以算是明目张胆地调戏了。

正好这时候现场的工作人员控制摇臂把镜头转向她给了个特写,场上四块大屏幕画面同步播放,官方同步直播。

VIP席上只零散地坐着几个人,陆惜这一排只有她一个,所以非常明显。

来看比赛的大多是男生,看到一个漂亮的小姐姐朝镜头笑,一片呼喊和口哨声。

隔空撩苏叙竟然被现场直播了,陆惜的脸红了一下,心虚地收起表情,目不斜视地看着舞台。

她似乎看到苏叙笑了一下。

现场两个英文解说里有一个是认识她的,立即对她做了介绍。许多人这才知道她是尤斯塔的前女友、Revenge的老板,同时身兼领队、战队经理等数职的那个陆惜。

两队选手分别进入隔音室,做对战前最后的准备。

两个队伍的隔音室里各有一个裁判,此外,按照规定,还可以有个教练。

Revenge的教练就是苏叙。本来陆惜是可以以教练的名义进去的,但是她觉得自己帮不上什么忙,就选择坐在外面观战。可是刚刚被直播后,她就后悔自己没进去了。

没过多久,现场的大屏幕切到游戏画面,两个战队的BP开始了。

Perfect是个比较强势的队伍,打法跟KB有点相似,擅长打前中期,喜欢使用打架核，因此，他们选择的都是前中期英雄。

苏叙这边也提前做过功课，ban英雄的时候针对了这一点。

而Perfect这边很明显是在防苏叙，ban的都是他从前擅长使用而且目前版本比较强势的英雄。

陆惜猜测Perfect认为小谢是他教出来的，打法上不会有很大的差异，所以才做了这样的针对。但其实，苏叙除了提点小谢一些意识和技巧外，在打法和英雄的选择上对他干涉并不多，大部分时间都是在指出问题，帮他在现有的基础上调整。

BP结束后，看到选手们各自确定了自己的英雄，现场躁动了起来。

苏叙转四号位几乎是尽人皆知，但真的看到世界第一C位复出后去打四号位，大家还是觉得遗憾和惋惜。

就连现场解说都在感慨英雄迟暮，仿佛此刻苏叙身上透着悲情色彩。

陆惜对此很不认同。

现场的四块屏幕全部进入游戏载入界面。黑暗中，一个人在她旁边隔了个位子坐下。

江云栋姗姗来迟。

看他身边没有跟着秘书或者其他人，陆惜忍不住问："江先生能看懂吗？"

江云栋也不生气："我看不懂，陆小姐可以跟我讲一讲。"

陆惜问那句话的时候本意是带着嘲讽的，没想到他态度还不错。又想起他的妹妹，她勉为其难地说了声："好吧。"

对局开始后进入对线期，现场解说的声音很清晰。

对江云栋这样的人来说，听解说足够了。

听到陌生的词汇，他忽然问："反补怎么补？"

陆惜眼睛盯着大屏幕，嘴上回答说："看来江先生还亲自玩过Vate呀。"她意外的语气带着讽刺的意味。

"玩过两次。"

玩过两次就好意思来指手画脚制定规则？陆惜好不容易才压制住心底冒上来的火气，没好气地解释说："反补是键盘上的Alt键加普通攻击，不光小兵能反补,防御塔也能反补。"补刀就是补小兵的最后一刀,可以获得更多的经验和金钱。正补就是补对方小兵,反补就是补己方小兵或者防御塔,目的是减少对手的补刀数。

对线的时候主要的还是正补,反补只是顺便兼顾,需要一定的反应能力和操作,普通玩家很容易顾此失彼,所以在路人局里反补的人很少。

江云栋听完后不再说话。

陆惜怀疑他除了能看出谁击杀了谁,哪一方推了塔之外,什么都不懂,心中更加不屑。

前中期是Perfect的强势期,上路回程已经被抓了两次,Revenge整体有些落后,她看得很紧张。

"拉野怎么拉?"

解说正好提到空空在野区拉野。

"江先生还真是不客气。"陆惜看向江云栋。

这时候现场的声音有些大,她不得不微微靠向他那一边:"看游戏里的时间。每到42秒的时候,打一下野区的小怪把它们吸引出来后,原地就会刷新出新的野怪。而原来被吸引出来的野怪没被打死就会自己回去,这样一个地方就有了两波野怪。用这个方法可以囤好几波,通常都是留给大哥来补经济的。Vate里这样的细节还有很多,你——"

余光扫到屏幕切到了观众席正对着他们,陆惜立即坐直。

可惜已经晚了,刚刚拍到了他们在交谈。

江云栋察觉到陆惜的反应,刚刚看了屏幕一眼,屏幕就切回了游戏对战画面。

"这是直播?"他问。

今天被镜头关照了太多次,陆惜烦躁地说:"对,全世界的那种。国内应该都看见我们俩说话了。"

"……"

接下来,对局进入中期,越来越紧张。

Revenge被破一路的时候,江云栋笃定地说:"你们要输了。"莫名想起陆惜前几天说他太小家子气、只知道内讧,他语气里的不屑戛然而止。

即使这样,他还是被陆惜瞪了一眼。

"谁说的?还不一定。"

"你就这么相信苏叙?比赛不是靠你相信就能赢的。"这一次,江云栋语气里的轻蔑非常明显。他看不上苏叙,也觉得陆惜对苏叙的盲目信任很没有道理、很幼稚。

陆惜朝他笑了笑:"我相信自己的眼光和判断,当然,也相信他。"昏暗的环境里,她的眼睛映着屏幕的光影,很亮。

说完,她继续一动不动地看着比赛。

江云栋看了她一会儿,视线转向大屏幕。

这时候比赛已经进入中后期,虽然Perfect看上去依旧强势,但是已经有力不从心的迹象。小谢和回程的经济超过Perfect的C位,分别成为全场第一和第二。

局势在解说激动地叫了一声"SUGER"后开始逆转。

苏叙完美先手控制住了Perfect的C位,小谢、柔弟他们联手先把C位秒了,然后空空、回程分别接大招,困住另外四个,以零减员打了Perfect一波团灭。

这一次苏叙的先手堪称出其不意,操作非常灵性。

镜头被切到了隔音室里给了他一个特写。他身上的懒散被专注取代,眼睛盯着屏幕,脸部轮廓被电脑屏幕散发出的冷光照得更加英挺。意识到摄像在隔音室外拍他,他露出了一抹笑,漫不经心的。

连续几次团战后,经济差被拉开,Revenge推上Perfect高地。终于,Perfect打出"gg",比赛结束。

直到这一刻,陆惜放在腿上紧握成拳的手才松开,手心全是汗。

"你看,我们赢了,"她得意地笑了起来,"江先生还得多学习一下,不然每次都被打脸。"

刚好这一刻场馆的灯光全部亮起。明暗交错的刹那,明艳的笑乍然闯入江云栋的眼中,就好像是突然被聚光灯照亮,整个场馆的灯都汇集于她一身。

两个战队的选手走出隔音室接受观众的掌声,陆惜已经迫不及待地站起来离开VIP席前往后台。

Revenge和Perfect走的是两个选手通道。

陆惜在通道出口等了一会儿，才等到他们出来。

"惜姐！"柔弟走在最前面，脚步轻快。

大家看到陆惜全都加快脚步，唯独苏叙慢悠悠地走在最后面。

虽然只是进前六，但是大家都很高兴。因为这是他们战队成立以来第一次在主赛事上取得胜利。

"你们很棒。"

陆惜给了他们一人一个拥抱。

原本为了庆祝胜利一个个抱过来没什么，但是苏叙离柔弟他们四个有一米远，这中间短暂的空当让即将到来的拥抱变了味。她的动作僵硬了一下，觉得自己伸着手臂好像是在特意等他。

在她打算收回手的时候，离她还有两步的苏叙突然就到了她面前，抓住了她的手臂。

陆惜毫无防备，几乎是撞进他怀里的。

雪松的味道在东南亚的夏天里显得特别清冽。

"惜姐，我们会再接再厉的。"

第一次直接在耳边听到苏叙的声音，比平时还要低沉，直接钻进了陆惜的耳朵里，像一只猫爪，挠得陆惜颤抖了一下。

柔弟他们看见苏皇和陆惜轻轻抱了一下就分开了，没有察觉任何异常。只有回程的目光在他俩之间转了转。

等陆惜回过神来，苏叙已经走到了前面，一只手勾着小谢的脖子往外走，一边走一边跟他们几个简单复盘刚刚的比赛。

她不知道他这么做的用意是什么，只知道自己被撩到了，心跳快得控制不住，脸上还残留着他胸膛的温度，有些烫。

下一场比赛是KB对ES，他们留下来观战。

KB发挥得很好，毫无悬念地拿下了这场比赛。

一天的突围赛结束后，大师赛六强产生，中国战队占了两个席位。

08

⌄
⌄

26号开始，比赛进入双败淘汰赛制。

有了昨天被镜头切到的经验，陆惜今天特意做了准备，在手机上放了"Revenge加油"的滚动字幕，打算再被镜头关照到就举起来。

另外，她只希望今天江云栋不要坐到她旁边。每次看到他自以为是、仿佛开了上帝视角的样子，她就忍不住来火。

不过直到比赛进行了大半，江云栋也没有出现。

想到他很可能只是第一天来做做样子，陆惜心里更加不屑。

今天的比赛格外激烈，强度也很大。

上午，Revenge和KB分别以一比二的分数输了比赛掉入败者组。下午，两队在各自战胜对手后，在败者组相遇，争夺三、四名的席位。

在此之前，Closer已经锁定前二，东南亚战队Cause锁定前三。

只要打内战，原本一致对外的中国粉丝们就会开始互掐。

许多人认为Revenge从成立到现在，凭借自己的实力根本没有打进过大赛的正赛部分，这一次完全是靠运气，占了直邀的便宜。

但是，没想到Revenge居然以二比零战胜了KB，成了"全村的希望"。

上午那一场比赛输得很影响士气，意味着接下来只要再输一场就会被淘汰。看到大屏幕上Revenge这边出现"VICTORY"，紧张了一天的陆惜终于松了一口气，激动地站了起来。

明天上午他们将和Cause对战，赢的一方可以在下午跟Closer进行总决赛，争夺大师赛的冠军。

比赛结束，两队选手从隔音室走出来，互相握手。

KB的选手们情绪有些低落。

悠然一副心不在焉的样子，走到苏叙面前，跟他握了握手，说："回去我们约练习赛。"

"不是不让吗？"苏叙问。

"俱乐部不让，我们可以私下里约。接下来加油。"

近几年，几大一线战队的打法一直没有太大的变化，互相之间都比较熟悉对方的打法体系。这一场比赛结束，悠然发现苏叙的打法跟以前不一样了，而且有四个前Shape成员的队伍打法跟以前的Shape也根本不一样。

这一次对战，悠然发现应对他们有些吃力，自己这一队有些被打蒙了。

他终于意识到这几年国内的环境好像太安逸了，有了危机意识。

5月27号，沙巴大师赛决赛日，两场BO5将决定出冠亚季军。

比赛场馆爆满，观看网络直播的人数也突破这几天的最高数据。

成为"全村的希望"的Revenge在中国玩家的瞩目中，二比三输给了Cause，成为这一届沙巴大师赛的第三名。

没有哪个选手输掉比赛不难受的，但是第三名的成绩比他们原先预想的要好，柔弟他们低落了一会儿也就接受了。

至于苏叙，他每一场比赛都打得很认真，但是不论是输还是赢，走出隔音室的时候脸上都没有欣喜，也没有难受。

陆惜想了想，觉得也很好理解。

他是只差一个世界联赛的冠军就能拿到大满贯的人。

只有经受过荣耀的洗礼、目标明确且坚定的人，才能在这条路上，不受得失影响，宠辱不惊。

下午两点，总决赛开始。

陆惜他们在现场观战。

她上一次看尤斯塔比赛还是在去年的世界联赛总决赛上。不得不承认，这段时间里尤斯塔又成长了不少，强大到可怕。

他的打法跟他的性格一样，非常轻狂、嚣张，擅长使用身法灵活的solo型英雄，经常凭借漂亮的操作秀翻全场，甚至可以一个人跳入敌方五人里，骗一波技能后杀掉一个人再残血逃生。他的比赛观赏性非常强，现场总是一阵阵尖叫。

但是跟他对战的人总是会被气得不轻，主要是因为他的性格。

他顶着"天才少年"的称号，出道即巅峰，17岁打败苏叙，19岁获得世界联赛的冠军，字典里好像就没有"谦虚"和"尊重前辈"这两个词。

苏叙给他取的"尤飘飘"这个外号真的非常精髓。

经过激烈的角逐，Closer三比一打败Cause，获得冠军。

比赛结束后就是颁奖仪式。

大师赛奖池是200万美金，第一名的队伍获得40%，第二名获得18%，第三名获得10%，剩下的按比重分给第四到六名。

在台下观看的陆惜心情有些沉重。

这是Closer今年获得的第二个重量级赛事的冠军，目前队伍积分世界第一，宛如"大魔王"一样的存在，网上很看好他们今年蝉联世界联赛冠军。

Revenge这次比赛全程都没有遇到Closer，可以说运气很好，但是陆惜知道，这座大山是绕不过去的。他们想要获得世界联赛的冠军，就必须要打败他们。

打败目前世界第一的队伍，打败处于巅峰状态的尤斯塔，非常困难。

颁奖结束后，选手们离场。

跟队友说笑的尤斯塔在后台突然叫住苏叙。

苏叙回头。

他们两人的过节职业圈皆知，其他国家的选手也纷纷把注意力转向这边。

只见尤斯塔脸上带着胜利者的笑，做了个抹脖子的动作。

许多选手看不惯他嚣张的样子，同情地看向苏叙。这其中不少是当年跟苏叙同期的选手，看到他复出后被年轻人这样挑衅，不禁联想到自己，心中有些感慨。

空空和小谢这样的好脾气都生气了。

回程揉了揉手腕："我怎么这么想揍他呢！"

柔弟拍了拍小谢说："用你的天选之眼瞪死他！"

"不用。"苏叙拦住了他们。

他并没有像许多人想的那样生气，反而还朝尤斯塔笑了笑，给旁边人的感觉是像大人在包容一个不听话的小孩子。

随即，当Cause的选手还在心中感叹这才是成熟的职业选手应有的气度的时候，他伸出手隔空比了比，手的高度刚好是在尤斯塔头顶。

他轻飘飘地说:"长高点再来吧。"

这句中文,柔弟他们全都听懂了,Cause的选手们基本都会点中文,也听懂了。

尤斯塔虽然听不懂中文,但看他脸上的笑容消失,就知道他也懂了。

这时,苏叙早已转身走向出口,气定神闲的样子好像根本没把他的挑衅放在眼里。

不在后台的陆惜没有看到这一幕,直到晚饭的时候空空他们告诉她才知道。

柔弟绘声绘色地描述了尤斯塔是怎么挑衅的,他们苏皇又是怎么四两拨千斤回击的。"惜姐,以你的脾气,说不定都上去揍他了。"

陆惜的表情僵硬了下。她的脾气怎么了?

听到身旁传来一声轻笑,她转头,对上他带着层浅浅笑意的眼睛。

作为故事的主人公,刚刚空空他们讲故事的时候,他始终没什么反应,好像说的不是他一样,唯独听到这里的时候笑了笑。

陆惜瞪了他一眼。

旁边一桌游客有人抽烟,若有若无的烟味传到他们这里。她不受控制地想起了比赛前一晚那个意义不明的吻,脸上发烫,心虚地转头听柔弟说话。

"他有什么好嚣张的,今年世界联赛我们要打败Closer,拿到冠军!"

回程赞同地说:"你再多练练,到时候比赛里跟他对线的时候狠狠捶他。"

"好!我现在都想回去训练了!"

尤斯塔的挑衅激起了大家的斗志和血性。

陆惜笑着说:"等拿到奖金,我终于能发得起各位大神的工资了。"

CHAPTER 10

我有场恋爱想跟你谈谈

苏叙看着她,刚要开口,她又说:"没什么,我就想问问你,上次亲我是什么意思?"
靠在椅背上的苏叙摘掉只戴了一只的耳机,眼底浮现笑意,若有所思地看着她。

01

中国作为Vate水平比较高的国家，从去年世界联赛结束到现在，几乎没有再拿到过国际型赛事的冠军，尤其是这一次的大师赛，最好的成绩只有第三，这让玩家和粉丝们都很不满意。

几个一线豪门队伍在网上都被骂了，除此之外，获得第三名的Revenge被骂得也不少。

有人说他们跟半决赛对战Cause的时候有很多失误，凭借运气占了直邀名额却表现平平。

陆惜看得很生气。他们的名额是Q社另外送的，没有占其他队伍的名额。

而且，他们在国内遭受联盟的不公平待遇，连报名的资格都没有，凭什么当其他豪门战队被淘汰后就要他们扛起大旗，替其他战队挽回尊严？

她觉得正如苏叙说过的一样，有些问题，只有等到一些战队惨败了才能意识到。

不破不立。

不过，这不是陆惜回国后最关心的事情。

她回来后第一件事情就是想办法处理贴吧的那个帖子。

"一颗小樱桃"说的很可能是真的，但是里面具体是什么情况，苏叙没有说过，她都没弄清楚，怎么能让别人随便猜测、借机造谣呢？

回来后当晚，她顾不上休息，坐在电脑前登上贴吧，想看看现在事态已经发展到哪一步了，却发现根本搜不到帖子了。

她打电话问了陆勉,才知道帖子被删了。

"帖子好像是26号就被删了,发帖的人还专门出来道歉,说帖子里说的都不属实。"

"道歉?"陆惜很惊讶。

这件事有点蹊跷。

"是啊。"陆勉没觉得道歉有什么不对,造谣就该道歉,"姐,你现在应该关心的是另一件事。你跟江云栋是怎么回事啊?"

陆惜听得莫名其妙,问:"什么怎么回事?"

"你等等,我给你发链接。"

陆惜点开链接,沉默了一下。

这是第一天淘汰赛上直播镜头切到她和江云栋的时候的截图。截图上,她跟江云栋正隔着一个座位微微偏过身体交谈,她脸上还带着一丝笑,两人看上去很亲密,那隔着的座位有种"此地无银三百两"的感觉。

只有陆惜和江云栋本人知道,她那一丝笑实际上是带着嘲讽的。

这条微博的转发已经过万,热门评论的脑洞都很大。

"仇人变成恋人,狗血戏码。"

"联盟的老板很帅啊,而且还有钱,陆惜简直是人生赢家。"

"Revenge没有传出不和,难道是要让陆惜用美人计曲线救国,瓦解联盟?"

听到电话那头传来一声冷笑,陆勉抖了一下,小心地问:"姐,这是怎么回事啊?"

"当然是假的啊,我跟江云栋怎么可能?"

陆勉当时看直播也看到了这一段,别说是别人了,就连他都有些怀疑,但是他是不敢说的。"都那么多转发了,怎么办?"

陆惜越想越气,烦躁地说:"什么怎么办!假的事情为什么要去在意?"

好好好,不在意,陆勉瑟瑟发抖:"那你早点睡觉吧。"

在亚庇那几天,因为有心事再加上紧张,陆惜睡得一直不是很好。回国后这一晚,她睡得很沉,一直睡到了第二天中午。

"惜姐,你下来得刚好,我们替你点了外卖。"

"谢谢。"陆惜朝柔弟笑了笑。

其实回来后,她给大家放了七天假,结果柔弟和小谢说要留下来自己训练,回程因为柴薇去实习了,干脆也留了下来,至于苏叙,明明家在南京,但是放假从来不回家,只有空空回上海了。

所以,虽然是假期,但是Revenge的基地几乎是满员的状态。

门铃突然响了。

陆惜刚好还没坐下:"我去开门。"

她原以为是柔弟他们点的奶茶,谁知道是一束花。

"谁送来的花啊?"空空和小谢在楼上看到后跑了下来。

"也许是空空的粉丝送来的吧。"陆惜一边说,一边在里面找卡片。

小谢眼尖,看到了卡片,抽出来看了看后,表情一下子变得有些怪异。他把卡片递给陆惜,说:"惜姐,这是给你的。"

"我的?"陆惜疑惑地接过卡片。

"卡片上写的是江云栋的名字。"

江云栋的名字怎么开始阴魂不散了?陆惜打开卡片,上面只有四个字——多谢讲解。

应该是花店代写的。

"我昨晚在微博上看到比赛直播的截图了,江云栋先是接近惜姐,现在又是送花,肯定有什么阴谋,"柔弟说,"惜姐,这花我替你扔了!"

整个Revenge对联盟和江云栋都没有一点好感。

陆惜本来准备把花给他,但余光看到苏叙站在楼梯口后,改变了主意。

"花还挺好看的,我留着回房间插起来吧。"说着,她抬头挑衅地看了他一眼。

比赛前一晚那个吻一直没有机会说清楚,但她能感觉到他们之间若有似无的暧昧。

苏叙像是没有看到她的挑衅,转身。

陆惜气得不轻。

收一次江云栋的花还好,可是接下来两天,陆惜每天都能收到一束。

大家终于感觉到不对劲了。

陆惜也不清楚江云栋到底想要干什么。

回程看着花,若有所思地说:"惜姐,江云栋是不是想追你?"

柔弟和小谢脸色一变,如临大敌。

陆惜笑了,觉得回程想多了。她刚想回答,就看见苏叙从楼上走下来。

看到他的穿着,她到嘴边的话就变了:"你要去哪儿?"

她自认为这样问很寻常,空空、柔弟、回程和小谢他们,谁出门她都要问一声的。

苏叙看了眼她手上的花,回答说:"以前的同学请我去参加学院的活动。"

"N大的?"陆惜挑了挑眉。

说话间苏叙已经换好了鞋。"嗯,我走了。"说完,他就打开门走了。

还没问完的陆惜心里冒出一阵火。她把手里的花交给了柔弟处理,转身上楼。

回到房间后,她给纪嘉发了消息。

"你们学院今天有活动?"

没多久,纪嘉就回复了:"是啊。你听苏叙说的?"

"罗月也在?"

"当然,她是活动的组织人之一,苏叙就是她提议请的。"

罗月喜欢苏叙。她请苏叙去的用意很明显。陆惜心里生出危机感,对纪嘉叮嘱说:"你帮我看着他一点。"

纪嘉立即发来一个"奸笑"的表情:"怎么这么像查岗?你不会真的喜欢上苏叙了吧?"

陆惜没有否认也没有承认。

跟纪嘉聊完之后,她烦躁地点了一根烟。

抽第一口的时候,她想起比赛前一晚那个带着浓重烟味、很强势的吻,动作顿了顿。

唇上似乎还残留着微凉柔软的触感,那被烟呛到鼻腔和眼眶难受的感觉还记忆犹新,她的心跳蓦地加快。

回来后，苏叙好像忘了这件事，到现在都没有解释为什么亲她。

悸动过后，随之而来的是生气。

抽完一根烟，陆惜忽然想起另一件事，再次拿起手机。

她在通话记录里找到江云栋的号码，给他发了条消息。

"请江先生以后不要送花了，我怕您有什么阴谋，实在不敢收。"

她本以为江云栋这种大忙人不会回复，谁知道一个小时后，他打了个电话过来。

犹豫了很久，几乎到电话快要挂断的时候，陆惜才接。

"江先生，其实您不用亲自给我回电话的，消息看到就好。"

江云栋的声音在电话里听上去更加严肃："我刚开完一个会。你其实应该谢谢我，而不是用这种语气跟我说话。"

电话里可以隐约听到他的助理在旁边跟他汇报行程。

"送几束花就要谢您？"

陆惜的语气听上去很客气，实际上这个"您"用得很嘲讽。

"不，你该谢的是我帮你们摆平了那个帖子。"

陆惜有些惊讶。原来"一颗小樱桃"愿意改口道歉是因为江云栋。

"江先生还真是厉害，白的也能说成黑的，"陆惜的语气里听不出感谢的意味，"商人都是无利不起早，江先生更不是多管闲事的好心人。你有别的原因做这件事，我们只是顺便得到了好处，你应该也不期待我们的感谢。"

江云栋停顿了一下，助理说话的背景音似乎也安静了下来："看来苏叙都告诉你了。"

陆惜从他的语气里感受到了一点不悦和沉重。想起他妹妹的事情，她收起了"攻击状态"，尴尬地说："其实我就知道一点点。我这次主要是想说，花不用送了，那天在现场给你讲解只是科普，算是为电竞圈做点贡献，换成是别人也会这么做。这个圈子的人都很友好。"

后半句她没有说出来的是，让一个根本不懂电竞的人掌握整个圈子是件很可怕的事情。

"那些八卦也是友好？"

陆惜被问住了。看来他也知道他们被截图了。

电话里，江云栋严肃的声音里有了细微的变化，好像没有之前那么紧绷了："花我订了半个月，退不了。你可以收到以后丢了。"

陆惜沉默了一下："好吧。"

电话那端传来助理催促的声音，江云栋说："我下一个会要开始了，挂了。"

一个男人送一个女人花，目的就那么几种，除此之外，根据现在的情况，还可以加上柔弟的猜测，江云栋和联盟有别的意图。

至于到底是为什么，陆惜也不打算费神去猜。

02
˅

晚上八点多，陆惜在房间里听到外面有动静。

整个三楼就住着她跟苏叙两个人，从声音可以判断是他回来了。

纪嘉还算靠谱，把他们的行程实时回报给她，吃晚饭的时候还偷拍了一张照片给她。

看到照片里罗月就坐在苏叙旁边，陆惜气得不轻，心里狠狠把苏叙骂了一遍。

他那次亲她到底是什么意思？

如果是喜欢她，为什么回来后不说清楚？如果纯粹只是为了教训她，那么她也不是好说话的人，不能白被占便宜。

陆惜是个非黑即白、做事很直接的人。躺在床上翻来覆去，心里那口气始终顺不下去后，她看了眼时间，从床上爬了起来。

既然想不明白，就直接去问。

陆惜开门走向对面，敲了两下门后转了下门把手发现门没锁，就直接打开走了进去。

"苏叙——"

她脚下一顿。

苏叙像是刚刚洗好澡，整个房间带着氤氲的湿气。他穿了件黑色的T恤坐在电脑前，头发还是湿的，轮廓英挺的脸上被水汽蒸出的红晕还有残留，眉目如同被春雨洗礼过后的粉墙黛瓦，很清晰。

房间里的空调运转着，吹出凉风，陆惜却觉得有些燥热。

对上他眼中的询问，她收起心底刚生出的退意，反手把门关上。

来都来了，怎么能因为撞见人家刚刚洗完澡就落荒而逃？

"回来了？今天怎么样，好玩吗？"她一边问一边朝苏叙走去。

苏叙看着她，刚要开口，她又说："没什么，我就想问问，你上次亲我是什么意思？"

话说完，她刚好走到他身旁，转身靠在电脑桌上，居高临下地看着他，一副气势逼人的样子。

靠在椅背上的苏叙摘掉只戴了一只的耳机，眼底浮现笑意，若有所思地看着她。

陆惜挑高了眉毛，没好气地问："有什么好笑的？"实际上，她心里正在打鼓，觉得很有可能是自己自作多情了。

"其实，我刚刚是想告诉你，我正在直播。"苏叙一边说着，一边把电脑的画面切到直播间，上面的弹幕一下子密密麻麻占满了整个屏幕。

"我刚刚听到了什么少儿不宜的内容？他们亲过了？苏皇的女粉已哭晕。"

"天哪，我也想被苏皇亲一下！"

"陆惜果然是敢跟联盟作对的女人，问得真直接。"

……

"你是要逼着我当众表白？"苏叙没有被突发的状况和激动的弹幕影响，笑意使得他声音的尾调很特别。

苏皇的粉丝们自认为是整个Vate圈里智商和情商最高的粉丝群体，电竞粉圈食物链顶层，都很聪明，听懂了这句话的含义，自发地开始助攻，在弹幕上整齐地刷着"嫂子好"。

陆惜早在看到直播画面的那一刻，脑子里就嗡的一声，整个人都蒙了，从脸到脖子都涨得通红。

她长这么大第一次这么丢脸。

"你——"她急得音调都变了，带着颤抖的声音听着很娇软。

刚开口，想起直播还没关，她把到嘴边的脏话都收了回去，瞪了苏叙一眼。

她自认为这个眼神很凶狠。实际上，满是惊慌的眼神一点都没有威慑力，反而显得她女人味十足，让人很有保护欲。苏叙看着她，眼中笑意更深。

从前都是社会大姐姐和男大学生，现在他们的身份一下子对调，变成了受惊的兔子和摇着尾巴的大猫。

陆惜实在承受不住这种丢脸的场面，没出息地落荒而逃。

苏叙突然站起来拉住了她的手腕，他原本坐着的椅子滑出去很远，同时，他另一只手握住鼠标，三两下关掉了直播，鼠标点击的位置很精准，一点多余的操作都没有。

陆惜猝不及防被拉回来，撞进他的怀里，清新的雪松味瞬间把她包围。

随后，她腰上一紧。

"又想撩完就跑？"

今天看直播的粉丝们非常幸运，见证了苏皇"老树开花"。

正当他们刷"嫂子好"刷得起劲，顺便还呼朋唤友来看热闹的时候，系统提示"主播已离开直播间"，屏幕一黑，非常像是主播去做不可描述的事情了。

于是大家不约而同地从直播网站转战贴吧和微博。

今夜注定是个不眠之夜。

他们的苏皇这时候正看着怀里打乱他直播计划的人。

"你今天抽烟了？"他眉毛微微皱了一下。

陆惜心中惊讶，这人的鼻子怎么跟狗一样灵？

苏叙提醒说："直播关了，你现在可以说话了。"

陆惜整个人还没从刚刚丢脸的情境中出来，脸上的热度没有一丁点儿消退的意思。她手抵在他胸膛前推了一下，发现没有挣脱开，更加生气了："你——"

她刚说一个字，后脑就被按住，紧接着眼前一暗。

上一次，苏叙只是往她的嘴里送了口烟，这一次却是真的亲吻。

他的吻跟懒散的性格不一样,很强势,陆惜毫无招架之力,感觉原来刚刚自己的脸还没有烫到极限,现在依旧在升温,周身都是他的味道,耳边能听到他喘气的声音。

他居然敢这么对他的老板!

这是陆惜在脑子一片空白前最后想到的事情。

03

南京是几大火炉城市之一,6月初已经很热了。空调不断地运转,发出细微的声音,制冷风力十足,却怎么也阻止不了房间里不断上升的温度。

陆惜觉得很热,只有苏叙还没干的头发偶尔蹭到她额头的时候,她才能感觉到一点点凉意。

一阵电话铃声突兀地响起,打破房间里的安静。

苏叙在她唇上依依不舍地啄了两口,然后把头埋在她颈间。

感觉到他灼热的气息拂过颈间敏感的皮肤,陆惜战栗了一下,偏开头想拉开点距离。可耳边听着他急促喘气的声音,她的心跳速度不降反升,觉得性感得要命。

平复了一下呼吸后,她拿出手机看了一眼,接通电话。

"什么事?"她的声音依旧发软,但好在通过电话传过去就没那么明显了。

"姐,贴吧都炸了,你跟苏皇……是真的吗?"陆勉今天晚上跟舍友开黑,没有看到直播。当他看到贴吧上绘声绘色地描述直播的情形,还有弹幕截图的时候,第一反应是不相信的,所以忍不住打电话来问。

他姐跟苏皇,怎么可能呢?他现在有点怀疑人生。

"嗯……算是吧。"陆惜下意识舔了下因为充血而发烫的唇。

苏叙似乎察觉到了她这个小动作,在她脖子和肩膀连接处凹陷的弧度上轻轻咬了一口。

陆惜猝不及防，差点惊呼出声。她红着脸推开他的头，慌张地微微侧过身不去看他。

她把一个晚上的情绪转化成烦躁发泄在了陆勉身上，态度不佳地问："这么晚了，你打电话来就为了这个？"

陆勉被吓了一跳，立即说："姐，我错了。你早点休息吧。"

挂掉电话后，陆惜捏着手机调整了一下状态，回身看向苏叙。他的唇跟她的一样充血，黑白的颜色里突然多了一抹抢眼的红色，整个人是那种唇红齿白的好看。

看到他眼中调侃的笑意，她才意识到自己刚刚对陆勉的态度很像是被他打断了好事之后，恼羞成怒。

"我先回去了。"平时口齿伶俐的她现在不知道还能说什么。

苏叙好像很喜欢看她惊慌无措的样子，现在浑身流露出来的是愉悦和某种餍足。他漆黑的眼睛里除了笑意外，多了一抹温柔，像是泛着阳光的海面上有一只海鸥飞过留下掠影。

"好，晚安。"他又在她的唇上亲了一下，很温柔。

直到回到自己房间躺到床上，陆惜才松了一口气。

虽然她当时因为开着直播蒙了没有听到他说的那句话，但是他的反应和态度已经很明显了。

她周身雪松的味道久久不散，脸上的温度不减，唇上还有被他亲吻的感觉。

今夜似乎格外燥热，但风和月亮都有点甜。

第二天早上，陆惜起床下楼，发现回程、小谢和柔弟三个人正兴致高昂地讨论着什么。

看见她，三个人不约而同停下来看了她一眼，然后又开始背着她窃窃私语。

"怎么了？"陆惜好笑地说，"想问什么就问吧。"

小谢推了推鼻梁上的眼镜，那双天选之眼冒着幽幽的"八卦之光"，小心地问："惜姐，你跟我们队长真的……"

知道他问的是什么，陆惜大方地承认说："是啊，希望不会影响你们。"经过一晚的时间，昨晚的慌乱已经荡然无存，她又恢复了平日里的明艳和自信。

"惜姐,恭喜。我们一直就觉得你跟苏皇挺配的。"回程说。

柔弟好像觉得有点突然:"回程说之前就看出端倪了,我怎么没发现?"

"我也没有,"小谢依旧小心地问,"惜姐,你们是怎么开始的啊?"

"这个嘛,"听到楼梯上传来脚步声,陆惜笑了笑,"你们可以去问苏皇。"

苏叙刚下来就看到陆惜朝自己这里看过来,眨了眨眼睛。

眼角的一弯弧度很漂亮。

他勾起唇。

两人的视线在空中交汇,一副心照不宣的样子,暧昧流动。

"队长,我们想问你一些事。"随后,苏叙就被柔弟他们缠上了。

听到他们的问题,苏叙眸光动了动,看向坐得老远、一副事不关己的样子的陆惜。

陆惜朝他歪了歪头,幸灾乐祸地笑着。

下一刻,她就笑不出来了。

苏叙一脸正经,像个乖得不行的男大学生,说:"是你们惜姐追的我。"

陆惜:"……"

虽然这是事实,但是为什么要说出来?她不要面子的吗?

一起吃早饭的时候,Revenge的几人手机都在不停地响,尤其是陆惜和苏叙的。

他们的事情在昨晚直播后就开始扩散,今天差不多整个圈子的人都知道了。

苏叙和陆惜好上了,这个消息太劲爆了,大家当然要四处打听,确定消息的真实性。

回复微信的间歇,陆惜忍不住去看被消息轰炸的苏叙是什么表情。只见他低着头,修长的手指在屏幕上点着,眉目中看不出什么情绪,好像只是在回复普通的消息,一点都没有招架不过来的样子。

见他游刃有余,她很想把手机丢给他回复。

要不是他开着直播,他们的事情也不可能以这么快的速度传出去。

她从没想过会这么高调。

突然来了个电话,看是宋哥打来的,陆惜接起。

宋哥特意打电话来也是为了这件事情。他从起床听到这个消息到现在,依旧处于震惊中。

陆惜一手拿着手机放在耳边,另一只手拿着勺子喝粥,说:"我记得你不是说,就算我们好上你都不会惊讶的吗?"

"我那只是开玩笑,谁知道是真的,"宋哥没好气地说,"你们什么时候好上的?不会我去南京的时候你们已经勾搭上了吧。"

陆惜"嗯"了一声:"算是吧。"

说实话她也不知道苏叙是什么时候开始对她有意思的,突然进展迅速,她自己也有点反应不过来。

她若有所思地跟宋哥聊着,打算把勺子换成筷子去夹盘子里的蒸饺时,一只蒸饺突然到了她碗里。

虽然说从昨天到今天,他们的关系发生了改变,但是相处时在回程他们看起来也没什么变化。

苏叙是那种情绪很内敛、发生天大的事都不动声色的人,他们之间在变化的是细节。陆惜很喜欢这种只有他们两人能体会到的细腻,觉得很甜很受用。

给她夹蒸饺这样的事,放在以前苏叙是绝对不会做的。

她朝他笑了笑,眨了下眼。

"陆惜,你有没有在听我说话啊?"宋哥在电话里问。

陆惜敷衍地说:"有啊,怎么了?"

"世界联赛报名要开始了,你们要争点气啊,别海选就被淘汰了。"

"LS比我们还新,你该担心担心你们队,我们还等着去美国后承包你们的机票送你们回家呢,别先被别人淘汰了——"陆惜还要再说下去,手上忽然一空,手机被抢走了。

她看向拿走她手机的苏叙。

"宋哥。"

宋哥一愣:"苏叙?"

苏叙"嗯"了一声,说:"我们还在吃早饭,下次聊。"

才讲了几分钟,就打扰人家陆惜吃早饭了?宋哥大早上早饭还没来得及吃就吃了一嘴狗粮。

"苏叙你——"他刚开口，电话已经被挂了。

苏叙把手机还给了陆惜，在她满是得意和调侃的注视下，轻飘飘地说："吃饭。"

陆惜甜甜一笑："好的苏皇。"

柔弟、小谢看不下去了，觉得他们的苏皇虐狗也是世界级的，跟他比起来，回程那种腻腻歪歪的简直就是小儿科。

回程看了表示十分想念女朋友。

早饭后，柔弟他们三人去了训练室，苏叙跟他们一起。

职业选手的生活都很简单，吃饭睡觉打Vate，工作是打Vate，放松的时候也是打Vate。

陆惜没有打扰他们，自己回了房间。她跟苏叙像是谈恋爱了，又像是没有，生活还和往常一样。

这也是她想要的。在这一方面，她跟苏叙没有说过，却像达成了共识，非常默契。

他们现在最重要的是训练、准备比赛。世界联赛关系战队的存亡、关系每一个人今后的去向，如果在中国赛区预选赛直接被淘汰，那么Revenge就可以提前解散了。

她不想让和苏叙的事情打乱战队原有的状态，影响到柔弟他们。所以原先即使喜欢苏叙，她也没打算捅破那一层窗户纸，即使有了那个很意外的吻，她也只打算私下里跟苏叙弄清楚，如果是互相喜欢，那就保持地下，等比赛结束再说。

想起宋哥电话里说世界联赛快要开始报名了，她打开电脑登录Vate的官网。

官网上已经出现了世界联赛的专题页面，这一届比赛的勇者令和赛程已经出来了。

每届世界联赛前，Q社都会发售"勇者令"。玩家通过购买和充值勇者令，可以获得特殊的英雄外观、载入画面、游戏内的天气等。勇者令的等级越高，获得的东西就越好。

Q社会把发售勇者令获得的收入的70%充入世界联赛的奖池。

这种良心的做法让玩家们觉得很暖,都很乐意买,每年的奖池都会突破新高,去年单单冠军Closer就获得900多万美元。可以说,Vate世界联赛能成为世界顶级电竞比赛,是不忘初心的游戏开发商和有信仰的玩家共同努力的结果。

今年的世界联赛报名时间是6月10号至15号,海选是20号至23号,和其他赛事不同的是,这次的预选赛会在线下举行。

终于离世界联赛越来越近了。

04
∨
∨

下午,花店送花的小哥又来了。

陆惜很有压力,尤其是背后还凉凉的。她花了将近十分钟跟他协商接下来的花不用送来了,随便他怎么处理都行,但是送花的小哥十分坚定地拒绝了。

柔弟、小谢和回程三人目光微妙地看了看站在门口的陆惜,又看了看坐在电脑前不动声色的苏叙,觉得大人的世界有点难懂。

送花的小哥离开后,陆惜想起之前背后的凉意,把花留在了门口没有拿进来。

回过头,对上柔弟和小谢一脸"惜姐绿了我们苏皇"的表情,她尴尬地笑了笑解释说:"我昨天跟江云栋说过不需要他谢我了,但是这花退不掉。"

她顿了顿又说:"你们继续吧。晚上我要去趟超市,你们可以想想有没有什么要带的,或者跟我一起去也行。"说完,她看了眼没什么反应的苏叙,心虚地上楼去了。

晚上陆惜要去超市的时候,回程和小谢都很自觉地说没什么要买的不准备去。

柔弟想要去,结果被回程拽回去了。

最后只剩下苏叙和陆惜两个人。

附近的大超市距离他们住的地方开车要十多分钟。坐在副驾上的陆惜头靠在车窗上看着苏叙。

他侧脸的轮廓线条彰显着成熟男人的英俊，两边掠过的绿化树木和车辆的影子不断从他的脸上闪过，光影飞快的变化使得他整个人看起来没有那么懒散了。

想起他一路都没怎么跟自己说话，陆惜忽然笑了出来："车里怎么这么酸？"

苏叙看了她一眼，目光有些凉："酸？"

到底是苏皇，有时候气场还是很强的。陆惜改口说："我酸，我酸。"明明是讨好的语气，但是她笑着说就有了调侃的意味。

苏叙余光看在眼里，轻飘飘地说："是吗？"

"什么？"正好这时候有车按喇叭，陆惜没听清。

苏叙没有回答。

两分钟后，车拐入超市底下的停车场。

陆惜解开安全带准备下车的时候，被按住肩膀定在车座上。她回头，眼中带着询问。

"不是说你酸吗？"解开安全带的苏叙俯身靠了过来，漫不经心地说，"我尝尝。"

毕竟这里是停车场，来来往往都是人，苏叙在她唇上亲了一下就放开了。

陆惜却在他要离开的时候伸手勾住他的脖子，把他拉了回来。浅浅的轻触让她回忆起昨晚的深吻，心中微动。她的眼睛被车里的灯照得很亮，眼尾的一弯弧度像个钩子似的，讨好地问："是不是亲几下苏皇就不生气了？"

苏叙抬了抬眼，声音低沉地说："看你表现。"

陆惜意会，主动吻上了他的唇。

等出停车场的时候，苏叙的神情柔和了不少，陆惜两颊泛着淡淡的红，眼睛里一层水光很亮，两人手牵着手，十指相扣。

05

随着世界联赛报名的开始,很快就要进入备战状态,一切以比赛优先,约会肯定是没有时间的,像这样逛超市就算是了。

她看着推着购物车的苏叙,发现逛超市也很有意思。他身材高大,使得超市的购物车在他面前都像是小了一号。

"我能问问你前女友的事情吗?就是江云栋的妹妹。"陆惜一边检查着酸奶的保质期一边问。

谁还没有个前任呢?她只是有些好奇到底是什么样的事情。

没有听到回答,她回头看向他,心里有些沉,想起他说过以前很爱她前女友。

苏叙把她手里的酸奶放到购物车里,拉起她的手往生活用品区走。

"她确实是我的粉丝,在一次很巧合的情况下认识的。后来我才知道她有抑郁症,一直在用药物治疗,"苏叙的声音很平缓,"她的家人,尤其是她的哥哥一直很反对她跟我在一起。"

电竞行业这两年发展得很好,江云栋依旧看不上,更不要说以前了。

"所以她是因为这个才……"陆惜紧了紧抓着他手臂的手。

"也不全是吧,抑郁症本来就会发作。那年世界联赛前一个月,我得到消息,她吞安眠药自杀了。"

苏叙轻描淡写地说完后,陆惜一下子不知道该说什么。

赛前发生这样的事情,对他的状态肯定是有影响的。然后在世界联赛里,他又输给了刚刚崭露头角的尤斯塔,可以说是双重打击。往更深的地方想,作为苏叙的粉丝,一定是希望他举起冠军斧,拿到大满贯的,可就是这么遗憾,那一年出现了个天才少年,苏叙成了成就尤斯塔的人。

这样一来,他忽然退役就可以解释了,并不是简单的接受不了输给尤斯塔。

"你那时候退役是不是决定以后都不打了?"除去淡淡的嫉妒外,陆惜更多的是心疼。

苏叙"嗯"了一声。提起这段过往，他的情绪并不是很低落。

他就这样举重若轻，再大的事情都能轻轻拿起，轻轻放下。但是陆惜知道他心里并不像表面这样平静。

"你这次复出是为了世界联赛的冠军吧。"陆惜心里已经比刚刚更加坚定，绝对不能因为谈恋爱影响他的状态，更加不能耽误训练，一切等比赛结束再说。

这一次世界联赛的冠军对Revenge的每个人来说都有很大的意义，每一场比赛都是存亡之战，不能有失败。

苏叙突然说："还有一个原因。"

陆惜询问地看着他。

苏叙高深一笑，并没有回答。

他想起去年的冬天，那天外面飘着雨夹雪，图书馆里的空调很暖，她的椅背上挂着他的围巾。

他记得她格外认真地说，把自己的嫁妆都拿出来组战队了，要是不成功就要回家相亲嫁人。

不知不觉中，购物车被填满了。

等待结账的时候，陆惜拿一包烟。

烟刚刚到手，就被苏叙抽走。

"你——"

苏叙漫不经心地说："我以为你被呛得印象深刻，以后不会喜欢抽烟了。"

陆惜脸一红。那一次确实印象深刻，导致她现在闻到烟味就会想起他的吻。

"说起这件事，我还没跟你算账，你知道我当时有多难受吗？给我。"

苏叙把手举起来，她即使穿了高跟鞋也够不着，干脆重新拿了一包，结果又被抽走。

陆惜气得不轻，打算有机会也要让他感受下被呛得眼泪直流的感觉，表面上却笑着说："我只是买了囤着，又不马上抽。"

"戒了。"

陆惜并没有很重的烟瘾，也不是不能戒，就是嘴上不愿意认输："凭什么听你的！除非……以后每次我想抽烟的时候你就亲我。"

她仰着头，笑着邀宠的样子让人没有办法拒绝。苏叙被撩得眸色变深。

两人打打闹闹，后来苏叙突然停了下来。

陆惜一脸茫然，看了看他后，顺着他的视线看见一个推着购物车的中年女人。

"这是……你认识？"

"妈。"

苏叙一声"妈"，让陆惜整个人都僵住了。

苏妈妈脸上没有什么表情，看上去有些严肃。她点了点头，然后看向陆惜。

陆惜尴尬地松开抓着苏叙手臂的手，乖巧地叫了一声"阿姨"。

刚刚跟苏叙因为一包烟打闹的样子大概都被看见了，不知道现在还能不能补救。

这家超市她经常来，从来没碰到过熟人，怎么昨晚刚跟苏叙确定了关系今天就碰到了他妈妈？

结完账后，他们三人在旁边站了一会儿。

苏妈妈问："女朋友？"

"是的。她叫陆惜。"

苏妈妈点了点头："有空带回家来吃顿饭，给你爸看看。"

"好的。"

"我先走了，"苏妈妈看了看陆惜说，"再见。"

苏叙的妈妈走后，陆惜还有点回不过神来。

"你妈妈是不是对我的印象不太好？她从头到尾都没笑。"

看到她脸上的担忧，苏叙眼中浮现笑意："她就是这样的人，平时也是这样不苟言笑。我爸也是这样。"

"真的？"陆惜有些怀疑。家长这么严肃，怎么能养出他这样性格懒散的人？

苏叙调侃说："如果说形象，你的形象早就没有了。我妈是律师，之前给你的律师函就是我让她帮忙弄的。"

陆惜的表情又是一僵。怪不得刚刚介绍她名字的时候，苏叙的妈妈露出了然的表情。

"你爸妈都这么严肃,应该不会喜欢我这样话题多的。"

苏叙牵起她的手,问:"怎么?已经考虑进苏家的门了?"

陆惜脸一红:"去你的!"

CHAPTER 11

能抱住你是我的过人之处

她抬起头，在他线条好看的下巴上轻轻咬了一下，没好气地说："你是故意的！"

"是你投怀送抱，我只是顺手丢了个控制。"

说完后，苏叙托着她的下巴让她抬起头，吻上了她的唇。

01

七天的假期,空空第五天就回来了,大师赛后的假期提前结束。

空空回来的后一天,还在假期的悠然找苏叙,说想打场训练赛。

俱乐部不让他们跟Revenge打训练赛,但是他们可以私下里组织。

这种事情KB俱乐部未必就真的不知道,只要不拿到台面上来说,就可以睁一只眼闭一只眼。

Revenge和KB打了一场BO5,五局拉满,最后的比分是二比三,KB赢了。

比赛后,悠然和苏叙打电话交流。

大师赛上KB输给了Revenge,现在赢了,他没有显得很激动,反而语气里透着若有所思。"苏叙,我发现四号位还真是适合你。"

以前苏叙打C位,前期发育很重要,但是现在四号位就不一样了,从前期开始就在三条线上游走,配合着队友抓人,各种秀操作。

"还有,你们的小谢进步很大,像个第一梯队的C位了,他的预判能够好好发挥的话,以后说不定不输你。"相比之下,他们队已经很久没有变化了。

苏叙笑了笑:"我替他谢谢你的夸奖。"

"我夸都夸了,你们要是在海选里被淘汰就是打我的脸了。"

世界联赛报名前夕,Q社公布了直邀名额。拿到正赛直邀名额的六支队伍分别是美国队的Closer和Perfect、中国的Middle、东南亚的Cause、欧洲的Nature,还有一支联合队伍。

这支联合队伍是今年新加的,由非洲几个国家的战队联合组成。电子竞技在一些落后和战乱国家还没有发展起来，Q社这次特意邀请，报销所有费用，还将组织全明星慈善赛。

除了直接受邀参加主赛事的队伍外，中国赛区还有三个名额，被直邀参加预选赛的队伍是SO、KB、扑克，还有BC。

其他的队伍则需要报名参加公开赛，争夺另外三个预选赛名额。

6月10号，整个电竞圈最受瞩目、含金量最高、许多职业选手职业生涯中最向往的赛事开始报名。

有了之前Q社的表态，Revenge的报名很顺利，没有受到任何阻挠。

之后，全体进入备战状态。即使是海选，他们也不敢掉以轻心。

6月20号至23号，海选公开赛在线上举行。赛制跟其他大型赛事一样，海选分为A、B两轮，每轮分为四个小组，四个小组第一通过BO3双败淘汰赛制，决出前两名晋级预选赛，A轮被淘汰的队伍可以继续参加B轮。

中国赛区报名海选的一共有132支队伍。

A轮的时候，Revenge的运气不错，一路打到了二组的第一。剩下三组的第一分别是肉山、SO.B和LS。

肉山是非常强的队伍，在亚洲邀请赛的公开赛里就打败过Revenge；SO.B虽然是二线队伍，但是有和许多一线队伍一较高下的能力；至于LS，由四个明星选手组成，拿着江云栋给的最好的教练、数据资源，虽然还没有在大赛上露过脸，但是准豪门的实力不容小觑。

即使只是海选，也是一场硬仗。

经过抽签，Revenge对SO.B，肉山对LS。

Revenge和肉山分别胜出，争夺最先出线的资格，SO.B和LS在败者组相遇，输的直接淘汰。

结果肉山打败了Revenge，最先出线，Revenge在败者组又一次碰到淘汰了LS的SO.B，Revenge胜出，获得A轮第二个出线名额。

粉丝们松了一口气。就在公开赛前一天，大师赛结束后沉寂了很久的Revenge官博发了五个字——"淘汰即解散"。

粉丝们在评论里齐齐地刷着"不淘汰，不解散"。

"不淘汰,不解散"这句话也就成了Revenge的应援口号。

22~23号,是公开赛的B轮,出线的是LS和步行者战队。

江云栋的LS果然很强。

至此,四支队伍全部产生。他们将和受邀的四支队伍一起,在上海争夺今年代表中国出征世界联赛的三个名额。

公开赛结束是23号,预选赛是6月30号开始,时间很紧,各个战队都在加紧训练。

在预选赛前夕,27号的晚上,KB俱乐部的官方微博发声明称KB战队的二号位选手悠然因违反规则,与俱乐部协商后决定离队。

悠然很快转发了这条声明确认。

整个电竞圈一下子炸开了锅。悠然是KB的核心选手,犯了什么错要在预选赛前夕离队?

陆惜看到微博后立即去对面敲苏叙的门。

苏叙打开门倚在门边看着她。

陆惜朝他房间里看了一眼。

"放心,这次没开直播。"苏叙揶揄地说。

陆惜瞪了他一样。

上一次闹的乌龙实在让她心有余悸。

"你看到悠然离队的声明了吗?你说他违规会不会是因为私下里跟我们打训练赛?"

苏叙收起笑意:"我也是这么想的,正准备打电话给他。"

说着,他转身往房间里走。

陆惜跟了进去。

"坐。"苏叙拿起放在桌子上的手机。

他的房间摆设不多,但是很整洁讲究,让人身处其中就感觉很舒适,懒懒的想放松。

陆惜在旋转椅上坐下,抬头看着打电话的苏叙。

苏叙察觉到她的注视,看向她。目光相交,陆惜勾唇明艳一笑。

从打公开赛前几天开始，到现在，她怕打扰他、影响他的状态，私下里跟他都没有太多接触，就跟以前一样，一点也不像谈恋爱。她本来觉得自己成熟了不少，可是现在这样视线交汇，她才发现自己还是渴望像小女生那样谈恋爱的。

"苏叙？"

悠然的声音从电话里传来，打破了房间里无声流动的暧昧。

苏叙开了免提。

"你离队是因为跟我们打训练赛违规？"

"既然你们猜到了，我也没什么好隐瞒的了，队里有人举报了。"隔着电话都能听到悠然的气愤。

陆惜没想到联盟为了让他们打不到训练赛，竟然还做了规定。

苏叙的声音依旧很平静："马上预选赛就要开始了，你不要冲动。"

世界联赛对每个职业选手来说都很重要，打一年就少一年，波士顿的赛场就是圣殿。

陆惜虽然很不屑联盟的规定以及KB里告密的那个人，但是她觉得苏叙这样劝是对的。KB是被直邀参加预选赛的队伍，距离正赛仅一步之遥。悠然是KB的核心选手，只要他愿意跟战队和解，战队为了世界联赛，也不会真的为难他的，没必要现在两败俱伤。

"我很理智，"悠然说出了让他们很意外的话，"苏叙，你说现在国内的一线战队都有什么问题啊？"

苏叙几乎不用思考就回答了："打法固定，英雄池太浅，太安逸。"

悠然笑了笑说："果然你早就看出来了。这次打大师赛我也终于发现问题了。说真的，我挺不看好今年世界联赛的。KB就更不用说了，我最清楚。反正这样去打也是输，不如停下来休息一下，好好想想，反正我还年轻。"

陆惜从心底对悠然生出尊重。

国内职业圈现在的大环境就是这样，不是靠他们一两个认识到问题的选手就可以改变的。但好在意识到问题的职业选手越来越多，总还有改正的机会。

苏叙也没有再劝，只是"嗯"了一声，说："你想好了就好。"

"从预选赛到正赛我打算全程做直播，你们别早早地就被淘汰解散了。"

"我知道,先挂了。"

苏叙挂掉电话后,陆惜站了起来,说:"他不是一时冲动就好。那我回去了。"

"好。"

心底小女生的情绪被这样温情的独处勾出来了,其实陆惜是不太想这么走的,谁知苏叙居然轻飘飘地说了声"好",把她气得不轻又说不出来话。

走了两步后,她实在不甘心,又回头。

苏叙像是早就料到她会回来,漆黑的眼中带着温柔的笑意。在她走到他手臂能够得着的范围的时候,伸手把她拉进怀里。

雪松的味道让陆惜身心舒畅,温暖的胸膛很宽厚。

她抬起头,在他线条好看的下巴上轻轻咬了一下,没好气地说:"你是故意的!"

"是你投怀送抱,我只是顺手丢了个控制。"说完后,苏叙托着她的下巴让她抬起头,吻上了她的唇。

刚刚由浅尝到深入,陆惜就坏心地推开了他。

感觉到他的气息乱了,她心里得意,后退了一大步说:"门还开着呢。早点休息,这两天好好训练,不要胡思乱想。"

这"胡思乱想"指的是不要想她。

苏叙抬了抬眼皮,目光有些凉,身上多了点恼火的意味。

"控制效果结束了。晚安,苏皇。"陆惜朝他眨了眨眼,跑回房间。

她从来不喜欢吃亏。

02

今年汇集上海打预选赛的队伍非常有意思,火药味十足。

网上有玩家盘点了一下,单单是LS就跟除了KB和肉山以外的其余五支队伍有许多恩怨。

　　LS的四个明星选手分别是从步行者、BC、扑克挖来的，教练是从SO来的，这次他们将遇到老东家。

　　至于跟Revenge的恩怨就更不用说了。复仇者联盟的组建就是打联盟的脸，之后更是遭受了联盟许多不公平的待遇，而LS是联盟的大老板组的。

　　除此之外的看点还有核心选手刚刚离队的KB。

　　玩家们觉得这八支战队即使不打比赛，只坐下来聊天都会很有趣。

　　预选赛是6月30号到7月3号。

　　28号，Revenge到达上海，入住主办方安排的酒店。

　　这一次八支战队都在一家酒店里，在酒店吃饭的时候很容易遇到。

　　虽然粉丝们在网上掐得你死我活，尤其是LS几位选手的粉丝和原来战队的粉丝，但是选手们真正见面都比较客气。陆惜还看到LS的三世和Shame跟扑克的前队友们打招呼。

　　跟其他战队比起来，Revenge所有队员加上工作人员一共就六个人，显得人丁单薄。

　　柔弟忽然拉着回程坐直。

　　"干什么？"回程问。

　　"坐直能显得我们气势足一点啊。"

　　陆惜被逗笑了。柔弟的关注点总和别人有点不一样。

　　"陆惜妹妹，谈了恋爱就是不一样啊，满面春光。"宋哥忽然走了过来，正好站在苏叙和陆惜中间。

　　陆惜学着他的语气说："当了LS的教练就是不一样啊，全身散发着土豪的气息。"

　　在她这儿碰了一鼻子灰，宋哥不怀好意地打量了一会儿苏叙，拍了拍他的肩膀说："苏皇老树开花、老房子着火，看上去很淡定。"

　　"老树开花""老房子着火"这两个词很形象，空空他们默默憋住了笑，就连陆惜都很想笑。

　　只有苏叙没什么反应，好像说的不是他一样。

注意到门口有一队人走来，苏叙提醒说："SO来了，你不去跟前东家打声招呼？"

陆惜看了眼门口，发现真的是SO来了。宋哥离开SO的时候闹得有些不愉快，但是招呼还是要打一声，不然显得太小气。

宋哥叹了口气，觉得苏叙真的太会给人心里添堵了。

"我真没想到你们两个会好上。大师赛期间网上还传你跟我们老板呢。"说完他就去找老东家打招呼了。

陆惜莫名躺枪，对上苏叙带着凉意的目光，尴尬地笑了笑。

他们从来没有提到过这件事，但是他应该是看到了。

"大家都吃完了吧？我们上去吧，早点休息，明天早上去看比赛现场。"陆惜转移话题。

Revenge的六个房间全都在同一层。除他们之外，扑克也在这一层。

见柔弟他们四个都开门进房间关上了门，陆惜收起手上的房卡，走到隔壁门口刚刚打开门的苏叙身边，碰了碰他还搭在门把上的手。

"我跟江云栋那个纯属误会。"

"你开门的时候做了那么多假动作就为了跟我说这个？"苏叙半边的身体靠在门框上。

动作很假吗？

陆惜解释说："后天就要比赛了，我怕苏皇因为吃醋影响比赛状态。"

"是吗？"苏叙看了眼她还搭在自己手上的手。

女人手指线条要比男人的柔和很多，两只手叠在一起，就衬托得更明显了，她的小指微微弯曲就像她笑起来时眼尾弯起的弧度。尤其是在酒店房间门口，她的手覆在他的手背上，多了某种意味特殊的挽留。

苏叙的眸色有些深："你这样才会影响我的比赛状态。"

陆惜立即收回手，回到自己房间门口说："那我进去了，你早点休息。"

"好。"

他们都是很有分寸的人，知道当下最重要的是比赛。

不过，陆惜觉得为了同一个目标而奋斗和努力的感觉也很好。这种默契是她以前谈恋爱时没有感受过的，心里感觉每一天都很甜很充实。

线下预选赛的主办方做得很周到。虽然Revenge是脱离在联盟之外的，但是按照标准该有的他们都有。

其他多余的一点都没有。

29号早上，Revenge去看比赛场馆。这是个能容纳1.5万人的大型场馆。

广场上，除了Revenge的外，其他七个战队的战旗在通道两边一字排开，气势很足。

场馆内贴着各个战队的logo（徽标），还有专门的应援区。这些也没有Revenge的。

他们对这些都不是很在意，因为他们本来就没有logo和战旗。

这一次预选赛的赛制有些不一样，分为两阶段。

第一阶段是单循环积分赛，每个队伍都会跟其他七个队伍打一场BO1，最后按照积分排名次。第一名直接出线，代表中国参加世界联赛，二到五名进入第二阶段的BO3双败淘汰赛，胜者组第一和败者组第一将分别获得剩下两个名额。

6月30号，积分赛在盛夏中开始，持续两天。八个队伍加起来一共要打28场BO1。

这28场的最后一场是LS打扑克。

LS的二号位三世和三号位Shame原来是扑克的明星选手。他们离开后，原来的C位也走了，扑克的核心完全没了，补进来的新人选手还很稚嫩，整个积分赛发挥得并不是很好，没有达到一线豪门的实力。要不是凭借原先的战绩受到直邀，扑克恐怕连海选都过不了。

作为积分赛的最后一场，许多战队留在了现场观看。

现场的粉丝们情绪特别激烈。因为三世和Shame离开扑克，一部分他们原先的粉丝接受不了，直接变成了他们的黑粉。

从前有多喜欢他们，现在就有多讨厌他们。

依旧支持扑克的粉丝们已经不管扑克能不能出线了，只希望他们能赢下这一场，狠狠打三世和Shame的脸，让这两个人看看，即使没有他们，扑克也会很好。

只是现实总是不那么如人意,热血的一幕没有发生。

扑克被打得根本没有还手之力,开局不到三十分钟就被LS上了高地,被迫打出gg,结束比赛。

每一场比赛结束后,总有人为获胜的一方欢呼,但这次不一样。

当现场的音乐伴随着光效响起,两队选手走出隔音室,观众席上的嘈杂掩盖了欢呼声。

扑克积分垫底,无缘世界联赛。

许多粉丝哭了。他们原先爱这个队伍,爱这个队伍的选手,可现在,原来的队友成了对手,他们喜欢的选手亲手打败了这个队伍。即使有了心理准备,现场亲眼见证这一幕依旧让粉丝们很心痛。

扑克作为一线豪门战队的时代已经不复存在了。

"三世!你为什么要离开扑克?"前排观众席上,有粉丝哭着大声质问。

这个时候破音,没有人嘲笑他。

又有人大喊:"Shame,你为什么要离开扑克?"

扑克的粉丝们开始重复这两句话,越喊越整齐,最后响彻整个场馆,那种悲痛和愤恨让人心中震撼。

看两队选手分别走向选手通道,有些激动的粉丝开始往LS扔手上的应援棒和矿泉水瓶。

见现场有失控的迹象,主办方的工作人员立即让观众席上的保安维护秩序,又让人保护选手的安全。

"三世!你为什么要离开扑克?"

"Shame,你为什么要离开扑克?"

粉丝们的质问依旧没有停,听着像是濒临绝望时不甘心的呼喊。

在即将走入后台的时候,Shame忽然不顾队友的阻拦,跟工作人员要了个麦克风转身回到舞台。

Shame平时话不多,很腼腆。原来在扑克的时候,粉丝们都开玩笑叫他"小公主"。

粉丝们朝舞台上丢矿泉水瓶的动作还在继续,立即有两个安保人员来到他左右。

职业选手大部分时间都在舞台上的隔音室里,很少有机会单独站在舞台上。

"扑克的粉丝们,对不起!"Shame深深鞠了个躬,"扑克是我从青训队出来后待得最久的队伍,我在这里学到很多,有很深的感情。"

观众席有人站起来大喊:"那你为什么要走?"

"对啊,那你为什么要走?"

既然有感情,为什么要走?留下来和原来的队友一起努力不好吗?

"因为我想拿世界联赛的冠军,对不起!"Shame眼中已经有点泪光。

他这句话几乎是吼出来的,十分决然。

因为去LS比留在扑克更有机会。

为了冲击世界联赛的冠军,即使舍不得,即使被骂,也要离开。

说完后,他走向选手通道,脚步坚定。

Revenge也留下来看了这场比赛。结束后因为突发的状况,他们没着急走。

Shame最后一句话里毫不掩饰的野心震撼到了陆惜,让她鼻子有些发酸。

每个职业选手都是有野心的。这种野心并不丑陋,反而值得尊重,是选手们不断超越和突破的动力。

手上忽然一热,陆惜低头,发现是苏叙不动声色地握了握她的手,像是察觉到了她的情绪在安慰她。

空空他们都站在前面没有发现。

陆惜轻轻回握了一下,心里的柔软被斗志和决心取代。

拿到世界联赛的冠军也是他们的野心,她不想苏叙再一次经历失败,不想空空他们四个失望。

"好了,走吧。我要先去抽签,你们先回去,明天开始的比赛更加不能掉以轻心。"

这次积分赛的第一是BC战队,直接拿到晋级主赛事的名额。这是大家都没想到的。

BC原来的C位Babe去了LS,顶替他位置的是原来的替补队员红色,游戏ID:RED。

扑克的粉丝们期待的逆袭打脸被BC完成了。

BC从积分赛的第一场开始势头就很猛,当了一年多替补队员的红色在C位崭露头角,得到大家的认可。他们跟LS那场打赢了,唯一输的一场是输给了步行者战队。

陆惜看了一场BC的比赛,红色表现确实亮眼,甚至可以说不输原来的Babe。

其实许多战队都会有一到两个替补队员。他们除了在正式队员出状况时补上外,平时还要陪练。所以他们通常都会不止一个位置,甚至还能模仿别的职业选手的风格。

他们中间有些人实力真的很强,只是差一个机会,只要给他们一点点机会,他们就能大放异彩。

红色就是这样的人。

这次预选赛一共八个战队参加,实际上能打的只有六个。扑克被挖走两名核心选手已经不行了,悠然在赛前离队,KB的实力和原来差了一大截。

二到五名分别是肉山、Revenge、LS和步行者。

至于SO,换了个教练后似乎并没有起色,积分赛获得第六名。

陆惜是很相信苏叙他们的,唯一有点担心的是遇上肉山。毕竟从他们组建以来,碰上肉山的比赛就没有赢过一场。

不过好在她这次运气还不错,抽签结果出来,肉山打LS,Revenge打步行者。

7月2号上午,两场对战分别开始。

Revenge和肉山进入明天的胜者组决赛。LS和步行者则掉入败者组,下午两个队伍对战后,将有一个队伍被淘汰,另外一个锁定败者组决赛的名额之一。

终究还是要跟肉山对上的。

Revenge下午没有比赛了。回到酒店后,苏叙让陆惜把肉山在预选赛的比赛视频全都下载了下来,午休之后就开始带着大家在主办方提供的训练室里看。

陆惜身为老板兼经理和领队,明天的比赛这么重要,今天当然是要陪着他们的。距离世界联赛的正赛越近,越艰难,随时都会面临被淘汰。她有时候甚至多愁善感地想，整个战队在一起的时间并不多了。

因为要看投影，训练室的窗帘全部被拉上了，灯也被关了，环境很暗。

陆惜的目光不自觉地落在苏叙身上。

昏暗的环境模糊了他的五官，却清晰了他的面部轮廓，带着男性特有的魅力。投影的光照进他幽深的眼睛里，里面满是认真。

他这样偶尔流露出的认真很容易感染人。

明天如果赢了肉山，他们可以直接进入正赛，如果输了就还要去败者组跟LS打。他们目前遇到肉山的胜率是零。

LS有成熟的教练和成熟的选手，缺的只是磨合以及互补，每一场比赛都在进步，不容小觑。但是在积分赛相遇的时候，LS输了，要再赢他们一次还是很有可能的。

所以从策略上讲，上午跟肉山的比赛可以保留实力，下午跟LS全力以赴。

休息的时候，陆惜和苏叙站在窗前，把自己的想法告诉了他。

"这个方法确实可行，可是——"苏叙笑了笑，眼中浮上一层很淡的流光，"可是打一场就能晋级，我们为什么要打两场？"

他这是拒绝了，陆惜也不生气，点了点头说："就算现在躲过去，以后还是会遇到的。"想要拿到冠军，面前的这座肉山就必须搬开。

苏叙握住她垂在身侧的手，语调轻松地说："不要紧张，相信我。"

他可以泰山崩于前而色不改，永远保持闲适的样子，举重若轻，给人感觉很可靠。

陆惜之前确实有些紧张。感受着他掌心的热度，她勾起手指在他手上挠了一下，笑着说："苏皇都开口了，我怎么敢不相信。"

身后传来空空他们几人很假的咳嗽声。

苏叙很坦然地松开手，转身说："我们来练两把。"

03

7月3号上午,Revenge对战肉山,赢的队伍晋级,输的队伍则会掉入败者组和LS争夺最后一个名额。

今天恰逢周末,现场几乎全部坐满。

能容纳1.5万人的观众席上,分散地亮着"苏皇""空空快看姐姐一眼""天选之眼""不淘汰,不解散"等字样的灯牌,像星星一样。

冲着苏叙来的人太多了。许多人是在他复出后第一次有机会看他的线下比赛。

他的粉丝都是国内最早开始玩Vate的玩家,几乎是跟着苏叙的职业生涯成长的。他退役的那两年里,许多粉丝也面临毕业、工作、成家,不得不淡出游戏。

现在,即将走入"油腻中年"的他们又和当年一起打游戏的朋友们一起聚到现场支持苏皇冲击世界联赛,就好像青春又回来了一样。

这些激动到尖叫的人里,不乏有各行各业的精英或者别人眼中的领导。

此外,最近正值N大的考试周,昨天才刚刚结束。今天,陆勉就组织了电竞社的一些社员和网上认识的Vate玩家来现场给Revenge加油助威。

陆惜在VIP席上一眼就看到了举着"Revenge必胜"横幅的纪嘉。

她没有组织应援,所有都是粉丝们自发做的,很让人感动。

随着现场大屏幕切到游戏界面,比赛开始了。

陆惜意外地在VIP席看到了江云栋。他的位置离她比较远,坐姿很端正,远远地就能感觉到他的严肃。

没想到他居然会来看这场比赛。

现场大喊"雷霆领主"的声音让陆惜很快把注意力转向了比赛。

呐喊的声音代表粉丝们的期盼,他们都很希望复出的苏叙打C位,祭出他的代表英雄,回到他的巅峰时代。

Revenge在BP的时候针对了一下肉山,上来先把他们最近出场率最高的英雄抢下。

随后，肉山选了另一个比较擅长的四号位。

Revenge继续针对，接连拿了四个英雄全是在肉山那边出场率高的，肉山那边原来的阵容体系被破。

但是支持Revenge的粉丝也担心了起来。

Revenge拿的这四个英雄都是他们在之前的比赛很少用的，而且这四个到目前为止看不出能怎么配合，好像只是纯粹为了针对肉山，没有考虑自己这边的阵容。这是伤敌八百，自损一千的做法。

VIP席离选手作战的隔音室很近，陆惜可以看到空空他们几个都站在苏叙身后讨论。

苏叙是这个队伍的主心骨，她相信他这么做是有想法的。

终于，第五个英雄选了出来，是个非常冷门的英雄，Revenge的阵容也清晰了起来。

有核心、有控制、有输出，肉山的几个绝活英雄被组成了另外一套体系。

苏叙对Vate的理解非常深刻。

第一局，Revenge终于打破遇到肉山零胜率的魔咒，赢了。

士气起来后，他们又赢下第二局，终于以2∶0战胜肉山，获得胜者组第一名，挺进世界联赛的主赛事。

"Revenge！Revenge！"粉丝的欢呼声响彻整个场馆。

陆惜激动地站了起来，身体里的血液翻腾。

离场的时候，她在VIP通道遇到了江云栋。

"没想到江先生有时间来看我们的比赛，"刚赢了比赛，她很兴奋，眼角眉梢都是得意，"很抱歉，我们赢了。你们下午的比赛要加油呀。"

昨天下午败者组的比赛里，LS淘汰了步行者。

江云栋的情绪没有被影响，平静地把她的表情收进眼里，说："我希望你们是赢的。"

陆惜有些意外，问："你良心发现了？"

"LS输给过你们。"

陆惜明白了他的意思。苏叙他们要是输了就会掉到败者组决赛再碰到LS，江云栋是觉得刚输过，要赢回来把握不大，很有风险。

不愧是商人，根本不带个人情绪，只有博弈。陆惜自问自己是做不到的。

江云栋又说："还有，我从来不觉得联盟有错，是你们违反了规则，我为什么要良心发现？"

他坚持自己原则的样子很自以为是，陆惜心里一阵恼火，嘲讽说："江先生还真是不知悔改。"

江云栋没有被激怒。当一个人坚持认为自己做的事正确的时候，偶尔跳出一两个反对的人在他眼里就很幼稚。跟幼稚的人，当然不会生气了。

陆惜觉得他自大到无可救药。

正当她准备离开的时候，江云栋忽然问："你跟苏叙在一起了？"

"是的。"

回答完后，她看到他的脸色沉了沉。

猜想他大概是想起自己的妹妹了，她犹豫了一下，说："你妹妹的事情让大家都很难受，但是不能全都怪在苏叙身上。"

真要深究，反对他们在一起的人是不是也有责任呢？

"是吗？"江云栋似乎不喜欢在他内心已经有了明确判断的事情上跟别人争论，转移话题说，"Revenge并不是个很好的选择。如果你哪天想通了，欢迎加入我的团队。我们是互相成就，你会成为国内最好的战队经理。"

想通？当她现在是误入歧途吗？

陆惜发现跟三观不同的人果然没什么好说的，拒绝说："多谢江先生看中我的能力。我可能不会想通了。如果没有别的事我就先走了，我的队员们还在等我。"

"你觉得一个男人送一个女人花是什么意思？"江云栋忽然没头没尾地问。

跟别人交谈的时候，他永远把控着交谈的走向和内容，很强势。

当然是想追她或者想睡她啊！

陆惜刚要回答，突然反应过来，不可思议地看着江云栋。

江云栋的意思是他想追她？

为什么？

难道是因为不断被她嘲讽和打脸生出好感了?

或者是想要利用她报复苏叙?这种做法在他看来很幼稚,应该不会这么做。

不管是因为什么,都不重要。面对一个隐晦表达喜欢自己的人,陆惜没有办法摆出嘲讽的态度,只是平静地说:"我已经有男朋友了。抱歉,我先走了。"

这一次,江云栋没有叫住她。

他脸上没有被拒绝后的尴尬和失落,只是看着陆惜离开的方向,笃定地轻声说:"你会发现,我比他好。"

陆惜刚到休息室,就看到柔弟那张阳光的笑脸。

"惜姐!我们晋级了!"

刚刚跟江云栋的谈话让陆惜到现在还有些没回过神,毕竟太让人震惊了。

苏叙感觉到她的心不在焉,问:"怎么了?"

"没什么,"陆惜笑了笑,"就是太高兴了。"

这时,她的手机响了起来。

电话里,陆勉的声音很激动:"姐,恭喜你们!打得太好看了!"

"谢谢!"陆惜难得对他语气这么温柔,"你们现在在哪儿?"

旁边叽叽喳喳的很嘈杂,陆勉不得不提高嗓门说:"我们都还在观众席呢,准备连下午的比赛一起看。为了庆祝拿到名额,你是不是该请我们来加油的吃顿饭啊?不对,应该是姐夫请。"

陆惜手机的音量也很大,声音刚好都传了出来,旁边空空他们都听到了。

怎么就自来熟叫"姐夫"了?

她尴尬地警告说:"再胡说八道你就滚回南京——"

手上一空,手机被抢走。她抬头,看见苏叙拿着她的手机对陆勉说:"我中午请你们吃饭。"他眼中带着笑意,似乎很高兴。

刚被陆惜吓得瑟瑟发抖的陆勉非常感动,觉得以后被欺负的时候有靠山了,开心地说:"好的!"

还是他苏皇好!

一直喜欢的偶像成了姐夫,他的粉丝生涯也算是很圆满了。

挂掉电话后,苏叙把手机还给陆惜,见她神情有些怪异,漫不经心地说:

"走吧，请小舅子吃饭。"

回程他们看到惜姐的脸上出现难得一见的娇羞的表情，当即觉得被上了一课，心里给苏皇世界级水准的套路打电话。

陆勉他们一共15个人，里面有N大电竞社的同学，也有他在网上认识的Vate玩家。

除了陆勉和纪嘉外，其他人都是第一次见苏叙，很激动。

尤其是那三个陆勉在网上认识的Vate玩家，之前一直以为他是在吹牛。

因为还要看下午的比赛，吃饭的地方定在了比赛场馆附近。

吃饭的时候，陆勉悄悄地问陆惜："姐，大伯和大伯母都一直盼着你有对象呢。你什么时候把苏皇带回家让他们开心开心啊？"

带苏叙回家？

陆惜之前没想过，觉得太早了。

自从上次陆爸爸和陆妈妈来南京，他们不欢而散后，她就再也没有跟家里联系过，打算等世界联赛结束后再处理家里的问题。

她打量着陆勉问："我谈个恋爱你这么着急干什么？要不要你跟他谈？"

陆勉立即摇头说："不要，不要。"他哪敢啊？

他只是想早一点让苏皇真的变成他的姐夫。

正当陆惜在教育"熊孩子"的时候，纪嘉那边拉着苏叙，一脸得意地说："我就知道你们会好上。"

苏叙没理他。

他继续说："那时候陆惜经常来我们学校找你的时候，我就感觉到你对人家有意思了。我跟她走近一点，你就怪里怪气地对我，嘴上还不肯承认。"

陆惜不知道还有这样的细节。

她看向苏叙，脸上满是调侃和得意，眼尾一弯弧度很明艳，仿佛是在问他是不是那时候就对她有意思了。

苏叙这样的老油条心理素质相当过硬，在大家八卦的目光中还是那副岿然不动的样子，表情没有一丝变化。

他突然问："你期末考试怎么样？"

纪嘉笑不出来了:"好好的,你提这么糟心的事干什么?"

"关心你。"

谁信!

下午,LS和肉山的比赛很激烈。

肉山先是输了一局,在第二局的时候把比分扳平。

第三局,两个队打了一个多小时,都被破两路,很胶着。后来,LS终于在肉山的一次失误里找到机会,上高地推掉了第三路,获得比赛的胜利。

这场比赛结束后,代表中国参加世界联赛的队伍全部揭晓。

他们是:BC、Revenge、LS以及被Q社直接邀请的Middle。

04

这一次的预选赛发生了很多事情,也让两个新人崭露头角。

除了BC的C位RED外,还有LS的五号位Remix。但是他靠的不是比赛里精彩的操作,而是颜值。

颜值很高的五号位,这个定位跟空空很像。预选赛结束后,网上出现了很多关于Remix的通稿,标题和内容毫无疑问都提及了空空。大量女性玩家甚至不打Vate的女性都被Remix圈粉,迅速成立了后援会,接下来又有了代言。

电子竞技靠的从来都是实力而不是颜值,Remix在预选赛并没有什么亮眼的发挥,全都是靠其他四个大神队友带起来的。

铺天盖地的消息让许多真正的玩家很反感,连带着空空的路人缘也不好了起来。

LS是把别的圈子炒作的风气带到了电竞圈,像是要造星。陆惜替无辜招黑的空空生气。

空空倒不是很在意,还开玩笑说终于有人帮他吸引火力了。

长得好看会让人忽略选手本身的能力,只有能力更强,才会被认同。作为电竞圈的颜值担当，他一直很有压力，经常有人会抓住他在比赛里的失误去他微博底下骂他。

苏叙对这件事的评价是："电子竞技，菜是原罪。有些人现在不懂，以后会懂的。"

柔弟他们觉得苏皇说得很有道理，而且浅显易懂。

距离8月2号开始的世界联赛主赛事还有一个月的时间。别的战队还有第二届甲级职业联赛要打，Revenge就只剩下备战这一件事。

陆惜给大家放了五天假，让大家稍微放松一下，外加准备赴美的签证材料。

他们六个人里，除了苏叙符合递签要求，其他人都是要去面签的。

陆惜一直把空空他们四个当成小孩子，不放心他们。

美国签证说容易也容易，说难的话也难。每年各个战队都会有选手因为签证问题去不了，最后只能让替补上。她记得有一年国外有个队伍因为选手过不了签证没办法去美国，最后是他们国家的官方解说员替补上场比赛的。

他们Revenge没有替补，真要是有人过不了，怕是陆惜自己要硬着头皮上场比赛了，所以签证绝不能出问题。

空空他们把材料准备完后，她要亲自再整理确认一遍。

"需要帮忙吗？"

陆惜从一堆材料里抬起头，只见苏叙倚在她房间的门框上，高大的身体几乎把门口占满了。

他总能让人觉得很可靠，陆惜心里一软，难得娇气了一下说："当然需要。"

苏叙走到沙发前，在她身边坐下。

整理和讨论的时候，他们两个都很认真，即使有时候安静下来不说话也不会觉得尴尬。

不知什么时候，苏叙的手搭在了陆惜的肩膀上，盘腿坐在沙发上的陆惜靠进了他的怀里。他一手搂着她，一手拿着资料。

从确定关系到现在，他们接过吻，牵过手，嘴上互相撩过，唯一没有的就是这样亲密又温情地靠在一起，因为一直没有时间。

陆惜觉得自己被他身上的闲适感染了，整个人懒懒的，可背后感受着他身上的热度，她又不争气地心跳加快。

"小谢他们去年去比赛的时候签证很顺利，今年问题应该不大。"苏叙的手指有一下没一下地绕着她落在肩膀上的头发。

陆惜平复了下心情，说："他们只要把资料准备全了就没什么好担心的了。主要是我自己。我原来去上学办的是F类签证，现在毕业了没办法再办F类了，又是未婚女性，很有可能会被拒签。"

"你这是变相在要求领证？"苏叙突然调侃地问。

陆惜在这之前根本没想到这一点。

她气急败坏地从苏叙怀里起来，转身推了他一下，没好气地说："谁要求领证了？"

苏叙按住她推自己胸膛的手，往后一仰。

失去平衡的陆惜立即用另一只手撑住他身后的沙发靠背。随后，她低头，对上苏叙的眼睛，里面浮着一层漫不经心的笑意。

平时因为身高上不占优势，她总是处于一种被动的状态下。难得占据了这种主动的姿势，她总是忍不住想要皮一下，再加上这样的角度看过去，苏叙的五官实在好看，她眼中闪着光，俯下身吻上了他的唇。

没几秒，她感觉到天旋地转，自己躺到了沙发上。

伴随着他们翻身的动作，沙发上的资料纷纷掉到地上，发出轻微的"沙沙"声。

想到那些重要的资料，她伸手去推他，却被他按住了手。

他的吻很柔软，她觉得身上越来越热，周身都是他身上雪松的味道。

不知道过了多久，陆惜的手机响了。

"我来电话了。"她一只手去推在她颈间流连的苏叙，另一只手在沙发上摸手机。

好不容易在沙发的缝隙里摸到手机，她看了一眼来电显示，表情变得有些严肃："是我妈！"

苏叙终于停了下来。

两人的气息都很乱。

陆惜本来打算离他远一点再接电话的,谁知苏叙坐起来后把她拉到怀里,在她耳郭上亲了一下,说:"接吧。"

这两个字伴随着他有些急促的喘气声钻进她耳朵里,直接到了她心尖上,惹得她颤抖了一下。

她拉下不知道什么时候被掀到腰上的T恤衣摆,清了清嗓子。

电话一通,陆妈妈劈头盖脸就问:"陆惜,你是不是有男朋友了?"

陆惜看了看就在自己旁边的男朋友本人,问:"妈,你怎么知道的?"

"晶晶告诉你大姑姑,你大姑姑告诉我们的。"

陆惜沉默了一下,又是晶晶这孩子。

"什么时候把你男朋友带回来给我们看看?"陆妈妈好像忘记了之前在南京的不愉快,语气里全是期待。

现在带回家实在有些早,但是陆妈妈太激动,陆惜担心直接拒绝又会被骂,只好说:"我这两天有点忙,忙完了商量这件事。我先挂了啊。"

陆惜就靠在苏叙怀里,电话里的内容苏叙也大概听到了。

"我爸妈一直有些着急。"她解释说。

其实她不排斥带苏叙回家,但是她爸妈太着急,见完家长下一步大概就要张罗结婚了,进展太快。而且他们接下来还有那么重要的比赛要打。

苏叙没有表现出不快的情绪。他修长的手指在她锁骨上慢慢地来回抚过,像是刚刚吃过罐头还有些意犹未尽的大猫。

"我妈上一次见过你之后,一直在催我带你回家吃顿饭。"

陆惜愣了愣。

她离开苏叙的怀里,转身打量着他问:"苏皇,说实话,你爸妈是不是特别担心你打一辈子光棍?"不管多厉害的人,都会有被家长催婚的窘境。

苏叙抬了抬眼皮,算是默认了:"那惜姐去不去?"

这一声"惜姐"取悦了陆惜。

她想了想,答应了。

当晚,苏叙告诉陆惜跟家里说好了,后天回去吃饭。

陆惜没想到这么快,有些怯场了。

"后天是周六,我爸妈刚好有空。"

05

周六傍晚,陆惜跟着苏叙回家。

柔弟他们听说她要去跟苏皇的家长吃饭,临走前还特意给她打气,弄得陆惜更紧张了。

这种紧张就像平时看柔弟他们上赛场一样,不过这一次是她自己要"上赛场"。

苏叙家离Revenge的基地不是很远,开车20多分钟就到了。

跟着苏叙到他家,一进门看到的就是跟苏叙自己那套房子风格完全不一样的新中式风格。

虽然不像古典中式那样夸张,但是严谨、端正、讲究对称,只有气场比较强的人才适合住。

"来了啊,进来吧。"苏妈妈几乎没什么表情地看了苏叙一眼,然后对陆惜微微露出一个笑容。

根据苏叙的形容,苏妈妈这么个严肃的人能露出这样一个笑容,已经是极致了。

陆惜进来后,看到一个50岁左右、微微有些胖的男人端正地坐在沙发上。

毫无疑问,这就是苏叙的爸爸了。

苏爸爸一句话都还没说,只是看向她,陆惜就感觉到了压力。她乖巧地叫了声:"叔叔好。"

"陆惜是吧?快坐。"苏爸爸说话的时候已经不动声色地打量了她一圈。

陆惜把礼物放下后,在旁边的沙发上坐下。她看了看在旁边坐下、像是怕她紧张还握了握她的手的苏叙,心中不由得疑惑在这样严肃的环境下,他是怎么养成散漫的性格的。

随后她想，大概是物极必反吧。

苏爸爸大概问了陆惜几句"多大啊""哪里人啊"这样的问题。

当听说她上过大学，而且还是在美国读的大学的时候，苏爸爸和苏妈妈眼中流露出了满意。

在此之前，陆惜从来不知道，上过大学还是加分项。

"苏叙是个很不靠谱的人，到现在大学都没毕业。陆惜，以后你要多担待一点，要是他有什么过分的地方，你就告诉我。"

陆惜没想到苏爸爸会数落苏叙，好不容易才憋住没笑。

苏爸爸是检察官，苏妈妈是律师，两个这么严谨的人的儿子居然去做在别人看来很不务正业的事情，确实很糟心。

陆惜偷偷从背后挠了下苏叙的手心。

苏皇，你的粉丝知道你有这么多缺点吗？

被自己的父母在女朋友面前这么数落，苏叙即使是老油条也有点尴尬了。"爸，你可以少说点了。"

苏爸爸冷哼了一声说："难道不是事实吗？还有，你给我坐好。"

心里嘲笑完之后，陆惜忍不住帮苏叙说了几句话："叔叔、阿姨，其实苏叙是个很可靠的人。我们整个战队都很相信他，还有很多人把他当作偶像和信仰。"

苏爸爸和苏妈妈看了苏叙一眼，实在没办法把他跟"偶像""信仰"这样的词联系在一起。可是陆惜语气柔和又真诚，他们也不好反驳。

"来，先吃饭吧。"苏妈妈说。

苏家吃饭的氛围也很安静。苏爸爸几乎不说话，苏妈妈偶尔会说两句，让陆惜多吃一点。

大概就是这样的环境下才培养出苏叙吃饭慢条斯理的习惯。

苏爸爸和苏妈妈都不是话多的人，吃完饭坐了一会儿后，陆惜就打算离开了。

"带你去我房间看看？"苏叙说。自从饭前她帮他说了句话后，他眼中一直带着笑意，似乎很得意很受用。

苏叙的房间应该是有一段时间没人住了，没有一点生活气，每个地方都是整整齐齐的。

大概看了一下后，陆惜被照片墙上苏叙小时候的照片吸引。

他六七岁的照片看上去有些不苟言笑，严肃得像个小大人，再大一点就开始越来越懒散了。

陆惜最喜欢的是看上去他十七八岁的时候拍的一张，那时候他五官的轮廓跟现在已经很接近了，但是还有一点点青涩，少年感十足。

她忍不住拿出手机。

刚打开相机，她的镜头就被伸过来的手挡住。

"这有什么不能拍的？"她问。

苏叙倚在旁边的墙上，声音里带着明显的笑意说："对偶像的小时候这么好奇？"

真是夸他一句能得意上好半天。陆惜收起手机，挑了挑眉提醒说："苏皇怕是忘了我以前是怎么在网上踩你的。"

"当然记得，"苏叙开始细数，"说我年纪大了，操作和意识跟不上，说我过气了，还说我急流勇退是正确的，还有什么？"

陆惜沉默了一下。她没想到他都看过，而且还记得这么清楚。

"没想到你这么记仇。"她这句指责很没底气。

苏叙没有反驳，像是在说自己就这么记仇。

陆惜走到他面前，勾着他的脖子，在他的唇边亲了一下。见他的唇小幅度地勾了勾，她转移了话题问："记得预选赛结束那天，在上海一起吃饭的时候，纪嘉说你很早就对我有意思了，到底是什么时候？"她的手依旧勾在他的脖子上。

苏叙一低头，就对上了她带着探究和狡黠的眼睛，亮得让人移不开眼。

什么时候？

或许是有一天下课出教室，看见她为了好看穿得很单薄，在走廊上冻得瑟瑟发抖却又漂亮得抢眼、把周围女生全都比下去了的时候，或许是那个雨夹雪的下午,她在图书馆自习室里给他看战队成立方案,故作平静地说要回家相亲结婚的时候,又或许是更早。

见苏叙不说话,眼中一片漆黑不知道在想什么,陆惜叫了他一声:"苏皇?"

苏叙伸手抚上她的脸,沿着她侧脸慢慢摩挲,手指下滑后轻轻抬起她的下巴,吻上了她的唇。

大概是因为在家里有些拘束,他亲了她两下后就停了下来,声音低沉得要命:"惜姐这么聪明,自己猜。"

他说话时的气息拂过她的唇,痒痒的。

"既然不肯说,就让我把那张照片拍下来。"陆惜松开他的脖子,走回那张照片前,顺利把照片拍了下来。

苏叙看着她的动作,忽然问:"你是不是有什么特殊的爱好?"

"什么?"

"喜欢美少年?"

听到苏叙语气里的古怪,陆惜忍不住笑了:"不是喜欢美少年,是喜欢你少年的时候啊!认识你的时候你都二十多了,还不让我留一张照片收藏吗?"

不是喜欢美少年,只是因为喜欢你,顺带喜欢你少年时候的样子。

认识你、喜欢上你的时间有些晚,所以要收藏一张你过去的照片填补遗憾。

这大概是苏叙听到过的最动人的情话。

06

两年多的时间,苏爸爸、苏妈妈终于盼到苏叙走出上一段恋情,带女朋友回家了。他们嘴上不说,心里却很欣慰,对陆惜也很满意。

陆惜临走的时候,苏妈妈严肃认真地关照说:"以后再有人在网上造谣你,你就让苏叙告诉我。我帮你收集证据然后起诉。"

这份特殊的关爱让陆惜觉得很有压力，同时又受宠若惊。

她是不敢麻烦苏叙妈妈的。网上的造谣经常有，她怕苏妈妈觉得她太事儿。

见家长不像陆惜原先所想的压力大，也没有那么早谈婚论嫁，她没有那么排斥见家长了。

回基地的路上，她对心情似乎很好的苏叙说："等我们去上海领事馆面试回来的时候，顺便走一趟苏州吧。我爸妈都想见见你。"带个男朋友回去，她爸妈应该就消气了，以后也不会隔三岔五打电话给她，催她相亲找男朋友了。

"好。"苏叙答应得很爽快。

可是，计划赶不上变化。

陆惜和空空他们四个去参加签证面试的时候出了状况。

最有可能被拒签的陆惜顺利通过了，可是小谢和柔弟两人却被拒签了，原因不明。这时候距离世界联赛还有不到20天。

一个队五个选手，两个被拒签，就算她顶替上了人数还是不够啊！陆惜没有心思带苏叙回家了，从领事馆出来后直接回了南京的基地。

回去后，陆惜问柔弟和小谢两人怎么回事，他们两个还有点蒙，不知道哪里出错了。

听他们把签证官的问题和自己的回答说了一遍，大家都没听出来问题。

"这样，我明天找专门办签证的机构咨询一下，你们先去休息吧。"

大家在会议室解散后，苏叙叫住了陆惜。

她疲惫地抱住他的腰，靠进他的怀里。从战队组建以来，他们遇到的问题远比她想象的要多。

"别着急。"苏叙的语气还是跟以往一样。

陆惜叹了口气："我怎么能不着急？"

现在已经有些焦头烂额了，但是不敢在柔弟他们四个面前表现出来。

面试可以再预约一次，可是不知道被拒签的原因，很可能还是会被拒签，那样他们两个就真的参加不了比赛了。

苏叙安抚地摸了摸她的发顶说："这方面我们两个都没经验，不如打电话给宋哥问一下吧，他应该有点经验。"

"我怎么没想到?"陆惜抬起头在他唇上啄了一下,立即拿起手机找到宋哥的号码。

这样亲一下就跑显然让苏叙很不满意。他搂过她的腰,低头凑近她的脸,用鼻尖骚扰着她抬起头,然后重新落下一个深吻,直到陆惜喘不过气才松开她。

"今天没见到家长,总要补偿我一下的,"他像一只餍足的大猫,"我再帮你问问Middle的经理,我跟他关系还不错。"

其实要论起交情,他跟电竞圈的大部分人都有交情。

有个可以依靠的人感觉真的很好,陆惜现在虽然心跳得很快,但又感觉心里很安定,很满足。

上楼回到房间后,她打通了宋哥的电话。

听说Revenge有两个人签证没过,宋哥幸灾乐祸地笑了。

陆惜的脸都黑了,没好气地说:"能不能有点电子竞技精神?"

大概了解了小谢和柔弟准备的资料和面试过程,宋哥想了想说:"面试官应该是觉得他们有移民倾向,没有提供明确的能证明必然会回国的信息。"

陆惜也想到了这个原因,可是又觉得不太可能。她说:"连我都过了啊。"

"你是媒体类签证,不一样的。而且美签一直都这样,说不准的。"宋哥说,"你可以找电子竞技协会试试,让他们开个推荐信和身份证明,我们准备材料的时候就开了,然后找人指导一下面试技巧,再去一次应该就过了。"

陆惜跟宋哥打完电话后没多久,苏叙敲了敲她房间的门。

两人一对,发现得出的结论都是找电竞协会试试。

"这件事我来处理吧。距离比赛不远了,你带着他们好好训练。"不能让签证的问题打乱大家训练的节奏。

可是,找电竞协会开推荐信和身份证明这件事也没有陆惜想象中顺利。

电子竞技协会成立的时间不长,下面有好多个游戏项目,联盟是它的下属机构。协会对电竞的了解还不如江云栋的联盟。

陆惜打电话过去,那边的人只是一味地说Revenge其中有四人被终身禁赛,没有资格参加比赛,怎么也不肯开推荐信。

她没办法,又只好打电话给联盟。

联盟那边也是一样的说辞。

说了半个小时也没有结果，陆惜气得再一次问候了联盟所有人以及江云栋，然后挂了电话。

每次打完电话都要骂人，连大老板都骂，陆惜已经上联盟的黑名单了。

一筹莫展的陆惜去露台上抽了根烟，然后下楼想要去找大家商量。可是走到楼梯上，看到大家在训练室里训练得很认真，她又停了下来。

临近比赛，训练强度加大，他们已经很辛苦了，尤其是苏叙。

她应该竭尽所能解决他们的后顾之忧，而不是打扰他们。

回到房间后，她想了想，翻出通话记录找到了江云栋的号码。

她没有存他的号码，好在通话记录还留着。

"江先生什么时候有空，我们聊一聊？"陆惜给他发了个消息。

十分钟后，江云栋打电话过来了。他似乎不喜欢像短信这样缓慢的沟通方式，总是喜欢直接打电话。

"什么事？"他开口也很直接。

陆惜想了想，他们之间确实没什么可以寒暄的，开门见山说："江先生，我们这儿两个选手被拒签了，在准备第二次面试，想让电竞协会开个证明和推荐信，但是他们那边说我们被禁赛了，不承认我们。"

了解她的诉求后，江云栋说："是你们违规。我早就说过，成年人要为自己犯的错负责。"

"我们并没有错。"

"陆惜！"江云栋叫了一声她的名字，"虽然我对你很有好感，但是也不可能为你改变规则。"

他说教的语气让陆惜有些反感，却还耐心地说："不是为我。江先生，这个规则本身对我们来说就很不公平——"

江云栋打断她说："那就更加跟我没关系了。"

陆惜沉默了一下。她对这种对热血和信念不屑一顾、理智地坚持着自己的原则的人很头疼。

她决定继续跟他讲道理："我们已经拿到了名额，是得到真正的官方认可的,你们就不能大气一点吗?我们不去,就相当于弃赛,国内少一支队伍。你要是真的觉得我们坚持的东西都很愚蠢,那就用你的战队真正在赛场上打败我们,用事实告诉我们,你的规则、体系对战队才是最好的。你接触电竞也有一段时间了,能不能有点电子竞技精神?"

意识到自己有些激动,陆惜深吸了一口气忍住脾气,放缓语气说:"江先生,你是在北京吗?我能不能明天去找你面谈?如果你真的不能容忍我们破坏规则,那我们可以商量出一个解决的办法。你说呢?"

江云栋难得没有打断她,耐心听她说完了。

电话那头,他的声音听不出什么变化,但是态度却似乎有些松动了。"我明天去上海开会,下午三点到三点半是空的。一会儿我让助理把地址发给你。"

晚上吃饭的时候,陆惜把明天要去上海找江云栋的事情告诉了大家。

"惜姐,非要去找他吗!"柔弟听到"江云栋"这三个字眉头就皱了起来。

空空说:"我跟回程没有开推荐信和证明照样过了,不一定非要去吧?"

"我重新整理了下签证材料,发现能加的也没多少。与其到时候去冒险碰运气,不如试试联盟这边,"陆惜轻松地说,"今晚我还会给Q社发邮件寻求帮助,做好两手准备。"

要是第二次面试再失败,他们赶不上第三次面试,就真的去不了比赛了。

苏叙开口说:"我陪你去。"

"你还是留下来训练吧。"

小谢推了推眼镜,自责地说:"也就一天的时间,我们可以自己训练,还是让队长一起去吧,不然我们不放心。惜姐你也是为了我们两个人。"

最后陆惜答应了。

第二天下午,他们按照约定时间来到江云栋开会的酒店。

在酒店的咖啡厅里等了一会儿,江云栋就来了。

看到苏叙,他目光有些冷。

陆惜感觉到苏叙的情绪发生了变化,主动握住他的手。

江云栋的余光扫到她的小动作,表情更冷了。

"江先生,昨天电话里说的,你考虑得怎么样?"

江云栋收回目光，语气严肃地说："我改变主意了。"

陆惜皱起了眉，问："为什么？"

"陆惜，你的激将法对我没用的，"江云栋说，"不过我很欣赏你的能力以及其他方面，欢迎你来到我的团队。"

随后，他又看向苏叙，目光中带着浓重的嘲讽和不屑，说："说是喜欢我妹妹，才两三年的时间，你就把她忘了。"

面对别人的挑衅，苏叙从来都是可以四两拨千斤、轻飘飘地还击回去的，但是这次他却没有说话。

看惯了他漫不经心、嘴上从来不输的样子，陆惜现在觉得很心疼。他不是说不出话还击，只是不想说。

在大师赛前一晚，他说过以前有个女朋友，曾经很爱她。陆惜觉得他退役也是因为江云栋妹妹的离世。

他是个情绪很内敛的人，她相信他没有忘了江云栋的妹妹，但是现在也是真的爱自己的。

人不应该活在过去。

看江云栋的态度是没有余地了，陆惜说："既然没什么好谈的了，也就打扰江先生了。"

准备走的时候，江云栋叫住了陆惜。

"我可以帮你们，而且可以让他们给你们的选手提供尽可能多的帮助，前提是比赛结束后，不论输赢，他都必须退役。"江云栋指了指苏叙。

原先体谅他失去了亲妹妹，陆惜一直很忍让。现在，她被激怒了。

"江云栋！"不等苏叙开口，她率先拍了下桌子，"我知道你们有过节，但是那又不是他造成的。你难道没有责任？你只是不愿意承认吧！别以为所有人都应该让着你！之前我还觉得你虽然自以为是，但是手段厉害，目光长远，但是没想到就这么点格局，只知道内讧和搞小动作。你这样本质上懦弱、自私、活在过去的男人有什么资格来制定规则？别忘了Q社才是官方。"

江云栋的脸色沉得可怕，目光像是能把人冻住。

他的气场很强，陆惜脊背挺得笔直，坚定地抬着下巴，直视着他。

垂在身侧握紧拳头的手忽然被手掌包裹住，感觉到温暖，她紧绷的状态慢慢舒缓下来。

苏叙站在她身前替她挡住了江云栋的视线，语气平静地说："芸芸的事情一直是我心里的遗憾，你可以全都怪在我身上。我现在走出来了，希望你也可以走出来。"说完，他紧了紧抓着陆惜的手，带她离开。

江云栋的助理站在远处不知道该不该上前。

刚刚的争吵惊动了咖啡厅里为数不多的人，她的老板现在脸色沉得可怕。她从来没见过老板这么生气。

等了一会儿后，她看了眼时间，终于鼓起勇气走过去，小心地说："江、江总，接下来的会议就要开始了。"

江云栋像是到此刻才回过神。

他站了起来，恢复了严谨、沉稳的样子，只有眼底还有一丝波动的痕迹。他说："你联系下联盟和电竞协会，Revenge的人要是再找过来，就帮他们把推荐信和证明开了。"

助理惊讶了一下："好、好的，江总。"

陆惜和苏叙离开后直奔高铁站，买了回南京的票。

直到坐上高铁，陆惜的心情都还没有平复。她这次把江云栋得罪得很彻底。

侧边垂下的头发忽然被苏叙伸过来的手撩起，视线清晰了起来，她看向苏叙。

大概是她沉默了太久让他担心了。

她朝他笑了笑。

"惜姐刚刚很英勇。"苏叙语气里带着调侃，眼底却很温柔。

陆惜心里那点柔软被他这句话搅没了，没好气地说："毕竟我是大学毕业混社会的，你连大学都没毕业。"

闹了一会儿后，她想了想说："其实江云栋妹妹的事情不能都怪你。"

"我跟江云芸交往了一段时间后，她告诉我有抑郁症。我那时候粉丝也很多，为了保护她，没有公开。当年的电竞还不如现在，在别人眼里就是不务正业。江家的人都很强势,不同意我们在一起,把她带回了家。当时我确实还不够成熟,"苏叙顿了一下,继续说,"放心吧,我不是自怨自艾的人。"

见他神色如常,陆惜才放心下来。

电子竞技行业能有现在的蓬勃发展,都是苏叙这样早期的职业选手不断打比赛靠成绩争取出来的。但是蓬勃发展后迎来的是现在杂乱的生长,以后会怎么样还不知道,就像他们的战队一样未来不明。

回到基地后,陆惜把今天碰壁的事情如实告诉了柔弟和小谢。

他们听完后也没有太失落。

好不容易打进正赛了,他们怎么能因为签证的事情在赛场外倒下?

悠然听说小谢和柔弟被拒签后,主动在微博上替他们求助。

许多粉丝和玩家知道后都很着急,纷纷出谋划策,其他职业选手也自发帮他们转发,还给苏叙和陆惜打电话。给他们帮助的不仅有同样拿到世界联赛名额的队伍,还有那些被淘汰的队伍,不仅仅一线豪门战队,还有二三线战队。

陆惜很感动。

她不知道江云栋平时会不会上网,很想让他看看这才叫电子竞技精神。

这个曾经被他瞧不起、现在也仅仅被他当作商机的圈子里,大部分人虽然平时会在比赛上针锋相对、会在网上互掐,但是在关键时刻是可以团结起来的。

电子竞技精神和体育精神是一致的。

不过或许江云栋依旧会不屑一顾。

大概是因为之前经常麻烦Q社,这次Q社回复得很快。

收到邮件的时候,陆惜很惊喜。

Q社说会尽力帮他们解决签证问题,还派了专门的工作人员跟他们对接。

有了Q社的帮助后,柔弟和小谢立即预约了第二次面试。并且,在南京专门做签证培训的粉丝还无偿对他们进行了面试培训。

终于在7月底,邀请赛前夕,通过各方的帮助,他们两个顺利拿到签证。

所有人松了一口气。

07

终于到了所有Vate玩家和选手翘首以盼的8月初,全球规模最大、奖金最丰厚的电竞比赛即将在美国波士顿这座历史底蕴丰厚的城市举行。

那在悠久岁月里流淌的查尔斯河见证了新人崛起、大神没落。

不知道在今年的比赛里一战封神的又会是谁。

比赛开始的前一天,也就是8月1号,Q社召集所有参加比赛的战队开赛前会议、宣读比赛规则,并且为接下来的比赛进行抽签。

开会的时候,Revenge旁边坐的是东南亚赛区的Cancer。

火锅哥和苏叙是曾经一起效力于步行者战队的队友,也是好朋友。他的年纪本来在参赛的职业选手里就是最大的了,还留着胡子,坐在一群平均年龄大概24岁的选手里很突兀。

大一点的职业选手最不喜欢谈年龄,但是他却似乎无所谓。

"苏叙,没想到你跟陆惜在一起了,"火锅哥一边咳嗽,一边小声说,"不过看你终于摆脱了单身,老哥哥很欣慰。"来美国的第二天,他就开始感冒。

坐在苏叙旁边的陆惜听到自己的名字,转头朝火锅哥笑了笑。

从他非常感慨的语气里,陆惜察觉出了一丝不同寻常,似乎他是知道苏叙跟江云栋妹妹的事情的。

之后,她分神听他们聊了几句,发现全是火锅哥在调侃他们,也就懒得听了。

对于别人调侃自己跟苏叙,她已经习惯了而且也很能理解。毕竟她跟苏叙以前是出了名的不和。

她把注意力重新转向发言台,看向Q社的官方发言人,无意间,目光和前面回头的尤斯塔对上。

尤斯塔看了看她,然后露出了个笑容。

他的表情有些古怪。

陆惜没有去在意他为什么会露出这样的表情,因为已经不重要了。

尤斯塔跟现在的女朋友关系很好，经常在社交网站上秀恩爱，而她也有了苏叙。虽然当时分手闹得不太愉快，但是现在只要尤斯塔不做出一些让她生气的事情，她还是可以和颜悦色对他的。

世界联赛的主赛事从明天开始，持续到8月12号，用的是双败淘汰赛制。

之后两天是参赛的16支队伍根据今天的抽签两两进行BO3对战，8支队伍进入胜者组，8支队伍掉入败者组。

开完会后，16支战队各自离场。

Q社对比赛向来很重视，世界联赛又是最大的赛事，所以给参赛的选手和工作人员安排的酒店非常好，开会也是在酒店的会议厅里。

苏叙和火锅哥走在后面讨论这一次的抽签，陆惜则和空空他们走在前面。

"惜姐，我们这次抽签还不错。"柔弟说。

Revenge这次抽到的队伍是AMW，美洲的一支队伍。这支队伍虽然不如Closer、Perfect出名，但是能在竞争激烈的美洲赛区拿到参加主赛事名额的，实力都不容小觑。

陆惜说："还行吧，不要掉以轻心。"

其实运气最好的是欧洲的Pink战队。这是支欧洲新队，大家叫他们粉队，抽到的队伍是Q社为了促进电子竞技行业普及和发展特别邀请的联合队伍AF。

此外，LS对战欧洲的ES，Middle打美洲队伍SHT，BC会对上Perfect。

四支中国的队伍没有那么快就碰在一起。

"Hey，Lucy！"

他们的路忽然被前面的尤斯塔挡住。

发现尤斯塔好像是在特意等自己，陆惜挑了挑眉。

听完他的话，她的眉毛挑得更高了。

尤斯塔问她跟苏叙在一起是不是为了报复他。

问这句话的时候，他那充满少年感的脸上写满了自信，一双绿色的眼睛在酒店的水晶灯下泛着宝石一样的光泽。

旁边小谢他们几个英语水平有限，听得有些蒙。

在他们身后不远处，火锅哥推了推苏叙问："尤飘飘还是没什么长进。你听得懂吗？要不要我给你翻译？"作为曾经的队友，他对苏叙的英语水平很了解。

"不用。"

陆惜曾经觉得尤斯塔自信的样子很耀眼，现在却觉得他自大得没边，有些招人烦。

正当她要开口让他醒醒的时候，苏叙高大的身影从她右后方过来，挡在了她面前。

视线几乎全都被他挡住，入眼只有他的后背，陆惜低头，看到酒店的釉面砖光亮平滑如水面，形成的倒影从他脚下延伸，拉得修长。

这么高大的身形，往前面一站，什么都不用说。

感觉到来自身高的蔑视，尤斯塔磨着牙，一边点头，一边朝后退。

如果就这么轻易被苏叙镇住，那就不是尤斯塔了。

后退了一段距离，直到半径三米内无人，自己足够显眼后，他不顾其他战队和酒店工作人员的围观，朝苏叙露出了个嚣张的笑容，让他加油留在胜者组，要再一次在世界联赛里打败他。

说完，他做了个抹脖子的动作，转身离开。

回程虽然只听懂了一半，却被他挑衅的样子气得不轻："让我去揍他一顿。"

空空和小谢立即拉住他让他冷静。

苏叙面无表情，仿佛看傻子一样看完后，问陆惜："你以前喜欢他什么？"

被调侃的陆惜没好气地说："以前是我瞎。"

像尤斯塔这样顶着光环，外貌条件优秀，性格张扬，动不动就秀翻全场的选手是很圈粉的。

陆惜以前觉得他有狂的资本，现在觉得他实在太膨胀了。

看了一场表演的火锅哥从后面走过来，手搭在苏叙的肩膀上提醒说："根据抽签结果和赛程，如果你们都没有掉到败者组，就会在8号的胜者组第二轮相遇。当然，你们也可以留着他给我们队狙击。"

被尤斯塔打败的那一年，也是火锅哥离世界联赛冠军最近的一次。

在那之后，辗转了好几个队伍，从中国到新加坡，从别人的队伍到自己组建战队,他心里也憋着一股火。

苏叙看了看他说:"总会遇到的,你先把身体养好。"

他们都明白,Closer会是他们夺冠途中必须打败的大魔王。

8月2号,隆重的开幕式结束后,大家翘首以盼的世界联赛正式开始。

经过两天的激烈角逐,八支胜者组队伍和八支败者组队伍决出。

Revenge和Cancer都顺利进入胜者组。四支中国战队中只有BC战队进入败者组。

4号的败者组第一轮里,将会有四支战队被淘汰,不过BC会遇到联合队伍AF,这场对战基本上没有悬念,可以顺利挺进败者组第二轮。

在接下来的胜者组第一轮里,Revenge将遇到欧洲强队Nature,Middle将对战火锅哥的Cancer,LS则是打Closer。

5号,胜者组第一轮的比赛开始,四场比赛分为上午两场和下午两场。

LS和Revenge的比赛刚好都在上午。

比赛前,陆惜在选手休息室外面的走道里遇到了宋哥。

"宋哥,一会儿的比赛祝你们好运啊。"她幸灾乐祸地说。

从去年拿到世界联赛冠军开始,Closer的状态一直很好,今年有很大的希望打破世界联赛没有战队可以卫冕的魔咒。可以说,没有一个战队希望这么早遇上他们。

宋哥表情一僵,皱起眉说:"陆惜妹妹你这样就不好了吧?说好的电子竞技精神呢?"

一提到"电子竞技精神",陆惜就想到江云栋。

不过江云栋的态度并不影响她跟宋哥的关系。

宋哥抓了抓头发说:"我还就不信这个邪,等我们今天把尤飘飘送到败者组。"

"好啊,加油。"

LS跟Closer的对战在Revenge之前。苏叙他们在休息室里做战前最后的部署,陆惜留下也帮不上什么忙,就去看了LS跟Closer的比赛。

现场的气氛很热烈,从全世界各地赶来看比赛的粉丝很多,但是这里是美国,可以说是Closer的主场,给他们加油的呼声响彻整个比赛场馆。

LS的五号位是队伍里的短板,平时不是很明显,在遇到强队的时候就体现出来了。而Closer除了尤斯塔外,其他队员也都很强。

更让陆惜惊讶的是尤斯塔比她上一次在大师赛上看他现场的时候又强了。

看完比赛后,陆惜回到后台选手休息室。

她进去的时候,休息室里的讨论停了下来。

"惜姐,结果怎么样?"小谢有些紧张地问。

"0:2,LS输了。"LS和今天另外三支掉入败者组的队伍将参加明天的败者组第二轮的比赛。

大家"哦"了一声,似乎有些失望,又似乎在意料之中。

Closer果然是很难战胜的。

LS输了就意味着他们这场赢了以后就会在胜者组第二轮碰上Closer。

陆惜甩开脑子里乱七八糟的想法,鼓舞士气说:"不管怎么样,先打好这一场!"

Revenge对战欧洲强队Nature,Revenge赢了。

胜者组第一轮的比赛全部结束后,Middle掉入败者组。胜者组剩下的四支队伍是Closer、Revenge、Cancer和Pink。欧洲的粉队Pink成了今年的黑马。

参赛的四支中国队伍只剩下Revenge还在胜者组,即将在8号的胜者组第二轮对战Closer。

胜者组第二轮的赛程表出来后,中外粉丝都很激动。

当年的第五届世界联赛上,尤斯塔初露锋芒,打赢苏叙登上神坛,苏叙则在赛后退役,那场比赛可以说是两个人职业生涯的转折。

三年过去了,现在他们两个将再次在世界联赛上相遇,一个已经拿到了世界联赛的冠军,一个则从C位转打四号位,从头开始,不知道这一次的结果会是怎么样的。

在打赢Nature后,陆惜他们没有时间高兴,立即进入下一轮备战中。

他们有两天的准备时间。

其实Revenge从来没有停下过对Closer的关注,尤其是在备战世界联赛期间，因为要拿冠军，有很大的概率会碰上他们。

6号，陆惜把Closer这次比赛的所有录像下载了下来，跟大家一起在Q社提供的训练室里观看。

针对Closer的分析基本上都是她在讲。因为她曾经在Closer工作过，队里没有人比她更了解这个战队和尤斯塔了。

下午的时候，赛场上传来了一个不好的消息——Middle被淘汰了。

今年各个赛区被直邀的队伍似乎都像中了魔咒一样，不仅是中国的Middle，美洲赛区的Perfect、欧洲赛区的Nature，都在这一天结束了世界联赛之旅。

BC则顺利挺进了明天的败者组第三轮。

晚上从训练室出来，陆惜拿着手机走在最后面。

走着走着，发现前面的阴影，她抬起头看了看，才发现柔弟他们四个已经回房间了，只剩苏叙站在她面前。

"后天的比赛你紧张吗？"柔弟他们的紧张她是看得出来的，尤其是在知道Middle被淘汰后，但是苏叙紧不紧张她却看不出来。

苏叙语调懒散地说："惜姐还知道关心队员。"

这明显是在不满她晚上一直抱着手机。

陆惜朝他笑了笑，正要说话，手机又响了一声。

她拿起手机看了一眼，察觉到一只手伸过来要拿她手机，立即把手背到了身后。

看到苏叙不满地抬了抬眼，她上前踮起脚搂住他的脖子，在他唇角亲了一下，说："我先回房间了，早点休息，晚安。"

说完，她径直走向自己房间。

苏叙站在原地看着她的背影，手指抹了一下唇角刚刚被亲过的地方。

这个吻实在是有点敷衍。

第二天早上九点，吃完早饭后，苏叙带着空空他们四个去了训练室。

直到半个小时后，陆惜才姗姗来迟。

苏叙转过头看了一眼。

她朝他眨了眨眼睛。

"惜姐，你怎么从昨天晚上开始就神神秘秘的？"敏感的空空也发现了她不对劲。

陆惜站在门口说："你们猜猜是谁来了？"

空空他们面面相觑。

看到门口进来的人，柔弟从椅子上蹦了起来："六月！"

"六月是来给我们加油的。"

六月以前是柔弟他们的队长，五个人关系很好。

看着他们四个把六月簇拥了起来，陆惜走向苏叙问："你怎么一点都不惊讶，难道猜到了？"

"在你说有人来了的时候我就猜到了。"苏叙靠在电脑桌前，一副闲适的样子，似乎很享受这种懒懒的状态。

听出他声音里的一丝凉意，陆惜猜到他还在介意自己昨晚的敷衍，轻轻碰了他一下，解释说："小谢他们都太紧张了，所以我提前保密，想让他们惊喜一下。"

六月在纽约读书，是特意过来看他们比赛的。因为怕影响到小谢他们的状态，所以事先只联系了陆惜。

一年的时间过去，六月今年23岁，比起当职业选手的时候看上去更加成熟了。离开职业圈一年，他专心读书，同时也一直关注着Vate，关注着曾经的队友们。

他虽然样子有了变化，但内心依旧是当年从网吧打到世界联赛的少年的样子。

被柔弟他们闹了一顿后，六月看向苏叙，忐忑地叫了一声"苏皇"。

他以前是打C位的。国内打C位的年轻选手就没有一个不是苏叙的粉丝的。

面对自己的偶像，以前又没怎么接触过，他自然是有些紧张的。

苏叙朝他露出了个堪称"和蔼"的微笑，这个待遇是柔弟他们没有的。他说："来了正好，我们可以三对三练习了。"

偶像开口，六月当然不会拒绝。

他们训练的时候，陆惜去给六月弄了个工作人员的证。接下来几天，直到比赛结束，六月都会跟他们一起。

下午，又一个不好的消息传来，BC被淘汰了。

东南亚的About接连淘汰了Middle和BC。

好在六月的到来让空空他们四个很兴奋，BC被淘汰对他们没有造成太大的影响。

8月8号，胜者组第二轮的比赛开始。

上午是Closer对Revenge，下午是Cancer对战Pink。

Closer和Revenge这场被玩家和媒体称为尤斯塔和苏叙宿命的对决，现场观战的人特别多。

美国和中国有时差，比赛的时候国内是凌晨，而且今天还是工作日，但是熬夜看这场比赛的人尤其多。

"现在我们就只剩下LS和Revenge这两支队伍了。说起来很巧，这两个都是组了不到一年的新队。"

悠然的直播间里聚集了很多人。他从8月2号主赛事开始就每天凌晨做直播，每一场都不落。

"你们问我哪个队赢面大一点？这不好说，但是我肯定是支持Revenge的。"正式比赛还没开始，他把画面切到了官方直播视角，两边选手刚刚入场，正在相互握手。

他忽然说了句脏话："看到了没有，尤飘飘挑衅了一下苏皇。"

尤斯塔挑衅的动作在现场看得更清楚。

他朝苏叙抬了抬下巴，做了个抹脖子的动作。

比赛本来就是充斥着火药味的，多一点冲突会更好看，观众们一直就很期待这一场，现在气氛更是被尤斯塔的挑衅点燃。

两队选手进入隔音室准备后，距离比赛开始还有一段时间。

坐在VIP席的陆惜紧张得手心冒汗，于是转移注意力和六月闲聊了起来。

"你现在在纽约上学怎么样？还适应吗？"

"我挺好的，"六月笑了笑说，"我发现柔弟他们都变强了很多，以前都没发现小谢很适合打C位。"

听出他语气里的一丝遗憾，陆惜心里替他惋惜，说："你想回来的话还是可以回来的。"六月不仅是个很好的C位,而且还很有领导能力。

六月摇了摇头说:"我既然决定读书了,就要好好读书。"

每个人都有自己的选择,陆惜没有再劝他。

很快,比赛开始了。

前几分钟,中路柔弟和尤斯塔势均力敌,补刀和经济基本持平。

四分多钟的时候,Closer的四号位忽然游走到中路,配合尤斯塔击杀了一次柔弟,一血产生。

现场一半的观众激动得鼓掌,另一部分观众遗憾地"啊"了一声。

陆惜放在膝盖上的手不自觉地握成了拳。

没过多久,当下路小谢、空空和苏叙被Closer三人牵制住的时候,尤斯塔又一次和队友配合击杀了柔弟。

苏叙他们似乎已经反应过来了,但是使用回城卷轴传送到中塔的时候已经晚了。

接下来,尤斯塔没有再跟队友配合。他使用位移技能跳到Revenge塔下,再凭借精湛的操作躲开柔弟的技能回到自己塔下,完成一次挑衅。

他精彩的操作赢得现场的欢呼。

六月忽然说:"不好,柔弟开始上头了。"

陆惜也发现了,心里开始担心。虽然都说回程脾气暴躁,但是柔弟也是个情绪型的选手,局势好的时候他可以发挥得很好,甚至超常发挥秀翻全场,但是局势不好的时候,他会控制不住自己的冲动,单枪匹马往前冲。

就这样,柔弟带领了两波团灭。三号位回程的经济起不来,Revenge三路外塔全掉,中路还掉了二塔,空空去野区插眼被发现然后被击杀。野区视野被压制,小谢一冒头就被抓,没有发育的空间。

三十一分钟的时候,Closer上了Revenge高地,Revenge毫无还手之力,打出gg,第一局比赛结束。

观众席上嘈杂的声音里带着明显的失望。

陆惜和六月互相看了一眼。陆惜平静地说:"没关系,还有机会。"她的手心已经全是汗了。

很快,第二局对战开始。

尤斯塔有了上一局的热手之后,这一局的状态更加好了。开局之后,他不再盯着跟自己对线的柔弟,而是专注发育。

等经济和装备起来后,他开始在三条线上游走,而且专门去骚扰苏叙。

前期的时候,苏叙凭借操作和意识躲开了许多次,但是他用的只是个四号位辅助英雄,没有输出,而尤斯塔经济全场第一,装备差距太大,渐渐力不从心,连续被击杀。

Revenge其他四个似乎从上一局开始就被打蒙了。

尤斯塔手感越来越好,各种操作秀翻全场,整张地图似乎都成了他炫技的地方。

Closer的粉丝们爆发出一阵阵的尖叫,Revenge的粉丝却看得越来越沉默。他们恼火,却找不到发泄的地方,心里堵着一口气。

代表他们的青春和信仰的苏皇,时隔三年在世界联赛的赛场再次遇到尤斯塔,被虐得毫无还手之力,许多粉丝都要看哭了。

从国内过来的官方解说已经说不出话来了。

这一场,Revenge输得毫无悬念,最终以大比分0:2输给Closer。

迅速地连输两局,根本不给人反应的时间,满怀期待来看比赛的粉丝们感受到了巨大落差,一时接受不了。

Middle和BC前两天被淘汰了,Revenge今天掉入败者组后,明天即将跟LS打内战,之后会只剩下一支中国的队伍。

Revenge被尤斯塔秀翻,参赛的四支队伍两支被淘汰,两支掉入败者组即将相遇,这成了中国Vate史上最黑暗的一天。玩家们这才意识到今年的形势大为不妙,国外的队伍都很强,国内的战队都显得有些疲软。

国内,悠然的直播间里只剩下赛场上的画面和声音。许多熬夜看比赛的人心态崩了,在弹幕上大骂。他们原本期待的是一场精彩的对战,却没想到结果是这样的。

"走吧,我们去休息室吧。"陆惜的嗓子像是被什么东西卡住了一样,好不容易才找回自己的声音。

六月安慰她说:"惜姐,还有机会的。"

她点了点头。

08

去休息室的一路上,陆惜都在不断调整自己的情绪。她知道苏叙他们上场比赛的一定比她更难受。

让陆惜没想到的是,还没到选手休息室,她就看到回程要冲上去打尤斯塔的一幕。

"快拉住他!"

小谢和空空两个人差点没拉住回程,柔弟站在一旁不知道想什么没有动,最后还是苏叙站在回程面前挡住了他。

尤斯塔看见陆惜来了,朝她得意地笑了笑,然后又朝苏叙摇了摇头,说了句"手下败将"。

接着,Closer的领队出现,把他带走了。

"怎么回事?"陆惜问。

小谢这么斯文的人难得露出十分生气的表情,摘下眼镜说:"他挑衅。"

明知道回程他们打得憋屈,赛后还敢挑衅,尤斯塔是真的不怕被打。

陆惜也很想让回程揍尤斯塔一顿,但是理智告诉她现在不能煽动大家的情绪。

她拉起苏叙垂在身侧的手,跟他十指交缠。输了比赛,他表现得还跟往常一样,眼角眉梢的闲适带着轻描淡写的意味,但是她觉得他输了比赛心情一定是低落的。

没有哪个职业选手输比赛会没有感觉,尤其是这样输,而且还是输给尤斯塔。

感觉到了陆惜无声的安慰,苏叙紧了紧手,与她掌心贴掌心。他看了看她,眼底闪过温柔，随后说："回去吧。只是掉入败者组而已，我们还有机会。"

他依旧懒散的声音给人感觉泰山崩于前而色不变，有种安抚的能力。

不知道谁拍了回程差点打尤斯塔的照片发到了网上。不到一个小时，国内的贴吧和微博上，还有国外的社交媒体上都在转发这张照片。

尤其是外网上，许多人评价Revenge输不起。

这场比赛后，网上满满的都是关于Revenge的负面评价。不过陆惜已经顾不上了，现在最重要的是让大家赶紧调整心态，准备明天的败者组第四轮的比赛。

下午，大家休息过后来到训练室。

原本按计划是要复盘上午的比赛的，可是上午的比赛视频实在让人不忍心看，看了只会更加影响士气。

最后苏叙把复盘改成了别的项目。

一整个下午，空空他们四个都是蔫蔫的。据回程说，中午柔弟还很自责地哭了一场。

怎么安慰都没有见效，吃完晚饭后，陆惜只好让大家早点回去休息。

"出去走走？"

陆惜本来打算回房间，却被苏叙叫住。

"好。"

Q社安排的酒店就在查尔斯河边。

查尔斯河从波士顿的市中心一直延伸到剑桥市，河两岸林立着哈佛、波士顿大学等名校。

这里晚上的风景很好，隔岸的灯光似乎都透着浓重的历史氛围，夜跑的人很多。

在回程他们面前一直保持着镇定的陆惜终于慢慢露出担忧的情绪。

战队从成立以来，不管是在网上被骂、被联盟阻止报名，还是柔弟和小谢的签证差点没过，遇上问题，大家总是很积极团结，这是第一次士气这么低落。

Revenge似乎遇到了战队成立以来最大的困难。

她停下脚步。

苏叙察觉到，回头看她。

"我想抽根烟。"

感受到苏叙凉凉的目光,陆惜立即补充说:"就抽两口。"

像是看出了她没有表面上那么平静,苏叙终于松口说:"好。"

在他的注视下,陆惜点上烟,抽了一口,在呼出烟雾的时候心底的低落终于好些了。

她叹了口气说:"我很担心柔弟他们的状态。"

"他们总要经历这些的,希望他们能自己调整过来。"

这个道理陆惜也懂。她沉默了一下,问:"今年打完你还打吗?"

想起他没有修完的学业,她又自顾自地说:"应该是不打了吧。要是这次没拿到冠军,我大概也撑不住了。到时候我打算劝他们四个跟联盟和解。"他们四个正处于黄金阶段,今年拿不到世界联赛的冠军,还有以后。

查尔斯河畔的微风吹起陆惜的长发,手指间的红点上有一缕绵长不断的烟一直在上升,她身上透着股感伤和颓废的美。

河对岸的灯火和她的样子全都映入了苏叙漆黑的眼中,成了一幅油画。他开口,低沉的声音悦耳得如同乐器:"惜姐怎么只知道关心他们,不关心关心我?"

陆惜看向他,挑了挑眉说:"你也来两口?还挺管用的。"惨败给尤斯塔,苏叙确实应该是最接受不了的那个,可是她不知道该怎么开口安慰。

她又抽了一口。

苏叙看了看她手里的烟,提醒说:"你说抽两口,现在正好。"

陆惜不满地皱眉。她只是随口一说,怎么可能真只抽两口?

心里忽然想到了什么,她不顾苏叙的阻拦,耍赖似的又抽了一口,然后含住嘴里的烟勾住他的脖子印上了他的唇。

被烟呛得眼泪直流的感觉总得让他也感受一下。

不过她最终没狠得下心,很快离开了他的唇,把烟喷在了他的脸上。

隔着烟雾看苏叙难得地皱眉,陆惜的心情终于好了一些,眼尾勾了起来。

还没等烟雾彻底消散,苏叙的脸突然靠近,按住了她的后脑,重新吻上了她的唇。

这一次是个深吻。

清淡的雪松味让陆惜全身放松了下来，整个人挂在他的身上。

在她脑中慢慢变得空白的时候，苏叙放开了她的唇，拉下她勾在自己脖子上的手臂，从她手中把还没烧完的烟抽走熄灭后扔进了旁边的垃圾箱，然后还顺便从她身上没收了烟盒。

陆惜："……"

看她挑高眉毛的样子，苏叙眼中闪过笑意，低头在她唇上安慰地亲了一下，牵起她的手说："回去吧。"

美色误人！

CHAPTER 12

惜姐，我想要奖励

明明还很热，却能感觉到空调吹得身上发冷，陆惜低头，发现雪纺衬衫的扣子不知不觉几乎全开了。

她脸一红，职业选手的手速就是不一样。

"惜姐，要是拿了冠军，能不能跟惜姐要点奖励？"

01

8月9号，败者组第四轮的比赛开始，距离12号的总决赛只剩几天。

柔弟他们似乎还沉浸在昨天输的那场比赛里，再加上今天是跟LS打内战，情绪都不怎么高昂。

早上，Revenge在酒店里遇到了LS。

宋哥无奈地朝陆惜他们招了招手。

今天他们两支队伍必然会有一个被淘汰。

对电子竞技职业选手来说，状态很重要。临比赛前，看大家的状态都很不好，士气低迷，陆惜很担忧。

上场前，苏叙主动抱了一下陆惜，在她的头发上亲了亲，低声说："别担心，交给我。"

他们两个平时很少在小谢他们面前有这么亲密的动作，这一次很特殊，像是带有某种仪式感。

陆惜抬头，从他那双总是透着几分漫不经心的眼睛里看到一抹很少见的坚定，心中一动。

"加油！"看着他们五个人走入选手通道，陆惜才跟六月一起到观战席。

今天现场的中国粉丝尤其多，但是氛围却不怎么热烈。因为对粉丝们来说，手心手背都是肉，谁输了他们心里都会难受。

陆惜和六月都不像昨天那样心情好，没怎么说话。

Revenge和LS的选手各自进入隔音间备战后，有一个身板笔直的人从楼梯上下来，走入VIP席。

感觉到隔了一个位子有人落座，陆惜下意识转头，没想到是江云栋。

他似乎是刚刚赶来，透着一种风尘仆仆的感觉。

陆惜冷笑了一声，声音里带着浓浓的嘲讽说："江先生，你最喜欢的内战开始了。"自从上一次他提出要求让苏叙退役，她就对他十分反感。

听到"江先生"三个字，六月猜测到了江云栋的身份，朝他这里看了看。

江云栋看了陆惜一眼，没有说话。

陆惜又问他："脸疼吗？"

即使没有联盟和电竞协会的帮助，他们还是过了签证，来到了波士顿。

江云栋终于开口了。他的声音里听不出任何情绪："成年人应该学会控制自己的情绪。我听说了，Revenge昨天惨败给了Closer。"

陆惜心里确实不痛快，被他这么一说更加生气了。

她正要说话，身后观众席突然嘈杂了起来。

"惜姐！快看！"六月指了指现场的大屏幕。

陆惜抬头。

现在两队的BP刚刚开始，Revenge一手选了个"雷霆领主"。

正是这一手"雷霆领主"让气氛低迷的现场稍微热烈了一些。

国内，正在直播的悠然说："看来小谢要拿出苏皇的绝活英雄了，雷霆领主已经很久没有人用了。当年苏叙的雷霆领主非常厉害，不知道小谢得到了他几分真传。"

弹幕上原本还在骂着Revenge的观众一起刷起了"期待"。

陆惜没有心思再跟江云栋说话了，目光看向主舞台上的隔音室。主舞台有一个篮球场那么大，两个隔音室在上面显得很小。

VIP席的视野很好，陆惜可以看到空空他们四个正聚集在苏叙身后。她隐约看到从昨天开始垂头丧气的柔弟脸上露出了笑容，士气似乎回来了一些，不知道里面具体发生了什么。

很快到了双方各自选择最后一个英雄的时候，她把目光移向屏幕。

雷霆领主是个可以让大家激动起来的英雄，但是已经很久没有人用了，而且小谢平时练得也不多。

　　双方各自最后一个英雄选完后，阵容已经清晰。LS用的是他们惯用的一套阵容，胜率很高，Revenge这边是以雷霆领主为核心的大后期阵容。

　　随着一声游戏里的提示音，两队所选择的英雄下出现了即将使用它的选手的名字。

　　现场突然爆发出一阵尖叫和掌声。

　　正在直播的悠然拍了下桌子，激动得飙了句脏话："雷霆领主居然是苏皇拿的，这局他要打C位了！"

　　雷霆领主下面的ID是：Revenge SUGER。

　　"SUGER！"现场，Q社官方的一个英文解说激动得破音。

　　随即另外一个解说立即以飞快的语速流利地向大家介绍雷霆领主这个英雄和苏叙的渊源。

　　解说激动的声音把现场的气氛推向高潮。

　　观众席上有粉丝大喊："神之领主！"

　　陆惜站了起来，目光落在隔音室里苏叙的侧脸上。

　　雷霆领主这个英雄在苏叙手中的时候又有个特殊的称号，叫"神之领主"。只有在他的手中，这个英雄才会被冠上"神"的称号。

　　现在，她终于明白他赛前那句"别担心，交给我"不是安慰，而是承诺。

　　在队伍经历前所未有的惨败、心态全崩、士气低迷的时候，这个男人站出来用行动鼓舞了士气。他如同Revenge背后的大山一样，平时隐在云雾里，岿然不动，在黑云压境、暴雨将至的时候，依旧静默地站在大家身后，撑起压抑的云层。

　　在苏叙复出的时候，大家都期待着他打C位，打雷霆领主，但是他始终打着四号位。在大家终于认清现实，知道苏皇不会再打四号位的时候，他又出乎所有人的意料。

　　这一手雷霆领主选得振奋人心，同时也有一种绝地反击的意味，走投无路了，才祭出这个被他冠名的英雄，祭出这个书写了他曾经荣耀的英雄。

　　陆惜身体里的血液随着现场的掌声和欢呼声沸腾了起来。她觉得自己的四肢和感官都开始不受控制，手抑制不住地发抖，一股酸意涌上眼眶。

全场最平静的大概就是江云栋了。

他冷眼旁观整个场馆响起呼喊苏叙的游戏ID的声音，热烈的气氛无法影响他分毫。这种被情绪控制的状态在他身上是不存在的。

直到看了眼陆惜，发现她眼眶里亮晶晶的，他冷漠的眼神终于有了一丝细微的变化。

他们认识也算有一段时间了，大部分时间她都在遇到困难。就连一度走投无路找上他的时候，她也是挺直了脊背、高昂着脑袋，没有一点脆弱。

这是他第一次见到她哭，是在他很不理解的气氛下。

在他看来，这没什么好哭的。

苏叙改打C位，小谢自然是去打四号位。

或许是因为被现场的氛围影响，又或者是对Revenge的这套阵容没有防备，LS这局上来一开始发挥得不怎么好。

不过，这毕竟也是对他们来说生死攸关的一场比赛，他们以最快的速度调整过来了。

可是已经晚了。

打Revenge这局的后期阵容，需要在前期压着打，尤其面对的是苏叙，是苏叙的雷霆领主，他们更是要零出错、不给他一点发育的空间才行。

所以他们已经来不及了。

通常来说，等到打后期的英雄完全发育成形，至少需要二十五分钟，这还是在不被压制的情况下，但是苏叙的雷霆领主只要二十分钟就足够了。

当开局二十分钟，雷霆领主从经济面板上的第六名不断上升，来到第一的时候，观众席的粉丝们大喊："神之领主！"

教科书级别的后期发育节奏。

雷霆领主这个英雄最特殊的技能就是可以放出继承原英雄100%伤害的两个分身。此外，Vate的商店里还有一件装备，叫"幻影刀"。使用幻影刀也可以制造出两个继承原英雄100%伤害的分身，加起来一共就是四个。

四个分身加上原英雄，相当于一个队伍的人数了。

五个一模一样的雷霆领主走在一起，难分真假，惊人的伤害量，这是苏叙独创的"分身流"打法。

当现场其中一个官方英文解说在向观众们解释"分身流"打法的时候,另一个解说看着Revenge的阵容,忽然若有所思地表示或许这一场不只有四个分身。

听到这里,六月说:"灵魂猎人还能制造出两个分身。"

陆惜看向游戏里的小谢。

这一局小谢所使用的四号位英雄"灵魂猎人"刚好有个技能是可以制造出友方英雄的两个分身,理论上是可以达到六个分身的。

但是从操作上来讲,太难了。之前苏叙最多也就是使用四个分身。

就在两个官方解说热烈地讨论和争执会不会再出现两个的时候,忽然,小谢的灵魂猎人使用技能制造出了两个继承原雷霆领主100%血量的分身。

其中一个解说激动得差点站起来。

真的又多了两个!所以加起来一共是七个雷霆领主!

比三年前还要多两个!

达到了理论上"分身流"的极致状态!

一个队伍才五个人,两边对战的英雄加起来也就十个,而苏叙一个人却操控了七个雷霆领主!

太强了。

观众席不断传来惊叹声,就连亲眼看过各种经典战役的陆惜都被震撼到了。

她看向隔音室里。苏叙认真地盯着屏幕,手上操控鼠标的速度看起来要比以前快很多,但整体给人的感觉还是那副平静的样子,不显山、不露水的。

这个男人内敛、坚韧、有责任感,不管是在游戏里还是在现实中,都强大到让人叹服。

国内,悠然在直播间里忍不住大喊:"太变态了。"

相信不止他在这样感慨。

六个分身,每一个都可以单独行动,都需要单独操作。能同时灵活操控五个的都是职业级水准,而操控加上真身一共七个,完全已经到了极限,不知道是怎么做到的。

通常来说,操控那么多,总会有顾不过来的时候,而行动笨拙的基本上就是制造出的分身。

但是苏叙操控的七个雷霆领主每一个都像是真的，仅仅通过肉眼根本识别不出来。LS只好不断放群体伤害通过血量来分辨真身。但即使找出了真身，要躲过分身的伤害击杀真身也很难。

当看到七个雷霆领主站上LS的高地，打出惊人的伤害，把LS这边一个个轻松击杀的时候，现场的气氛到达了最高点，官方英文解说对着这足以载入Vate史上经典战斗的场景，激动地大喊："Wrath of the gods（诸神之怒）！"

当后期多个雷霆领主开始反击的时候，大家曾给过这样的场景一个名称——诸神之怒。

这是让敌方感觉到畏惧、无力和叹服的诸神之怒，也是在气氛低迷、选手情绪低落的时候让人振奋、警醒的诸神之怒。

诸神之怒再现，势不可当。

观众席和解说台的声音几乎要穿透隔音室。

当屏幕上显示大大的"VICTORY"的时候，Revenge的所有人松了一口气。

小谢拿下耳机看向坐在第一台电脑前的苏叙。

苏叙正好也摘下耳机，朝他看过来，说："这个阵容很成功。"

雷霆领主加上灵魂猎人的搭配是他们两个刚刚在BP的时候忽然想到的，打出了出乎意料的效果。小谢脑中依然是七个雷霆领主打上LS高地的场景，心中的沉闷和压力一扫而空，热血沸腾。

C位不仅是游戏阵容里的核心，也是整个队伍精神上的核心。

他的队长是当之无愧的世界第一carry位，也是自己学习的目标。

02

第二局，LS在BP的时候最先禁用了雷霆领主。

但是苏叙擅长的C位英雄远不止这一个。

这一局，LS被打出了韧性和血性。中路的三世发挥很稳定，三号位Shame在劣势路几次惊险逃生。

LS的每个人都很想赢。

他们背负着骂名和粉丝们的指责离开原来的队伍来到LS，除了因为LS花了大价钱挖他们外，还因为他们想赢，想拿冠军。

这场要是输了，对Revenge和LS的每个人来说，今年的世界联赛就结束了，就要又等一年。

电子竞技选手的职业生涯很短，每一年都很宝贵。

在求生欲的驱使下，LS顶着现场的高压，越打状态越好，就连因为苏叙重新打C位、诸神之怒再现而激动不已的粉丝们都感觉到了他们想赢。

每一个操作、每一个走位都在嘶吼着他们想赢。在苏皇的光芒下，他们打出了自己的亮点，让所有人都看到了他们。

两队的战况胶着，比赛到了50多分钟还没分出胜负。

陆惜看得很紧张，在激动过后，身上有些冷。这是LS从组建以来发挥得最好的一场，原本有些松散的队伍终于在困难中拧成了一股麻绳。

但Revenge在阵容上略胜一筹，LS的阵容不适合打大后期，慢慢露出败势。

终于在第72分钟，比赛结束。

Revenge以2∶0战胜LS，顺利挺进败者组下一轮。LS止步于这一届世界联赛的第六名。

终于赢了！

陆惜激动地叫了一声。

"SUGER！SUGER！"

"Revenge！Revenge！"

"一穿四！一穿四！"

Revenge最先从隔音室出来的时候，观众席上传来呐喊声。

Revenge从掉入败者组开始，要接连赢下后面四场才能获得冠军。后面剩下的都是强队，要四场都赢是很困难的事情。

到昨天为止，大家还不抱期待，但是今天苏叙重新回来打C位，结果或许就不一样了。

也许真的能连赢四场，完成不可能的一穿四呢！

同样激动的还有国内熬夜看直播的玩家们，今夜注定是不眠之夜。

在悠然的直播间看完比赛的玩家们久久不愿离去。

"太燃了！追梦的真的干过了圈钱的！"

"LS发挥得也不错！"

苏叙的粉丝里有很多最早玩Vate的老玩家，许多人现在已经成家有孩子，成了"油腻中年"。今晚，他们偷偷躲在书房或者被窝里看完了比赛，压抑着想要呐喊的声音，仿佛找回了当年的热血和青春。

宋哥带着LS的队员走出隔音室的时候，全场爆发出热烈的掌声。

官方的英文解说对LS的评价很高，敬佩他们在面对强大的对手时的拼搏精神，感谢他们贡献了一场精彩的比赛。

这是今年世界联赛最好看的一场比赛，LS是可敬的对手。他们不会仅仅是这场能载入Vate历史的比赛里暗淡无光的配角。

远远看到宋哥摸了摸头发，陆惜心里生出感伤和遗憾。

两队相遇是他们谁也不愿意看到的，可是没有办法，比赛很残酷。在二进一的情况下，对不起，他们只有全力以赴。

陆惜看向旁边的江云栋，见他面无表情，眼中没有一丝波澜，好像今天所有的激动、拼搏、热血和遗憾在他看来都一文不值。

"江先生，你听到现场的声音了吗？你可能永远都不会懂电子竞技的精神。"她本来还想嘲笑他两句，可想起宋哥他们渴望赢的样子，还是忍住了。

毕竟真正打比赛的是他们，为比赛付出的也是他们，他只不过在意一个比赛结果，对比赛没有投注任何感情。

"惜姐，我们去后台吧？"六月很兴奋，已经迫不及待想去跟柔弟他们庆祝了。

后面的观众席已经有人陆陆续续准备离场了。

陆惜不再去看江云栋，也不想听他接下来会说什么。

"我依然不觉得自己有错，但是——接下来的比赛加油。"

陆惜正要从江云栋面前走过，脚下一顿。

在喧闹的声音里，他几乎不带情感的声音很清晰。

"你说什么？"陆惜满脸不可思议，怀疑是自己的耳朵出了问题。

江云栋的脸色一沉，说："你明明听到了。"

说完，他站起来率先离开了。

陆惜看着他的背影，心情有些复杂。他怎么突然变大方了，是良心发现，还是明白了点电子竞技的精神？

来到后台，看到苏叙被媒体包围着，陆惜就站在远处看着。

这样的男人，即使性格再低调，走到哪里都是发光的。他似乎不太喜欢这种场面，应付如同众星捧月一般的媒体有些不走心，却又让人挑不出错处。

有二米二高的走廊顶部好像就离他的头顶没多少距离，上面的吸顶灯散发出的白色的光描摹着他脸部的轮廓，好看得让人移不开眼。

"惜姐！六月！我们赢啦！"柔弟朝他们招手。

听见声音，苏叙朝陆惜看了看。

两人的目光隔着一段距离相触，一个眼中带着少见的热烈和喜悦，一个懒洋洋地浅笑着。

跟LS的这一场赢得振奋人心，昨天输掉的士气今天终于回来了。

晚上各自回房间前，看大家都很激动，陆惜提醒说："Pink很强，明天的比赛不能掉以轻心。"今天的败者组第四轮除了Revenge打LS那场，还有Pink打东南亚的About。Pink顺利晋级，将在明天上午的败者组第五轮跟他们相遇，About则成为本届的第五名。

明天下午还有场胜者组的决赛，Closer对战火锅哥的Cancer。

参赛的16支队伍经过八天的角逐，不知不觉已经只剩下4支了。

"惜姐你放心，我们有数。"空空说。

陆惜点头："那回去了早点休息。"

实际上，她自己激动的心情都还没有平复下来。

回到房间后没多久，她又出来去敲了敲苏叙房间的门。

苏叙打开门问："怎么了？"他好像正准备去洗澡，手上拿着毛巾。

陆惜没想到自己26岁了，还会像小女孩一样，崇拜一个男人。这种情绪她不知道怎么表达，只想跟他多相处一会儿。

"苏皇，我可以进来吗？"

苏叙看了看她，让开身体。

不知道是不是错觉，虽然酒店的房间构造和布置都是一样，陆惜却觉得他的房间更加舒适。她回头，见苏叙眼中带着询问，猜测他大概以为自己有什么正事要说，笑了笑走向他。

"没什么，就是觉得你今天很帅。"

突如其来的夸赞让苏叙挑了挑眉毛，问："是吗？"大晚上，在酒店，主动进他房间，还说这样的话。

陆惜走到他面前，抬头看了会儿他的脸，伸手勾上他的脖子，在他的唇上亲了一下说："是啊。"

苏叙环住了她的腰，眼底慢慢变得幽深，说："原来你喜欢打C位的男人。"

"你打哪个位置我都喜欢。"陆惜的眼睛里满满的都是情意。

她相信，即使不说，他也能感受到她的崇拜。

苏叙当然感受到了。来自自己喜欢的女人的崇拜让他很受用。

他低头吻上她的唇。

陆惜热情地回应着他，好像心中的情绪只有靠这种亲密的行为才能表达和宣泄。

周围都是他身上清淡的雪松味，她不知道是自己身上本来就烫还是有热度从苏叙身上传来，越来越热，热得她脑中空白。

不知什么时候，她后退到了床尾，然后脚下一个不稳倒了下去。

没等她反应过来，苏叙就覆了上来，继续吻上她的唇。

直到感觉到苏叙身体的变化，陆惜才慢慢回过神，一边推他一边躲他的吻，声音娇软地说："明天还要比赛。"

苏叙被这一声"比赛"唤回理智，停下来头埋在了她颈间。他急促又粗重的呼吸一下一下拂过她的脖子。

知道他在平复，陆惜也没有再推他，毕竟火是她撩起来的。

当下最重要的是比赛，要想拿到冠军，接下来一场都不能输，他们都分得清轻重。

明明还很热，却能感觉到空调吹得身上发冷，陆惜低头，发现今天穿的雪纺衬衫的扣子不知不觉几乎全开了。

她脸一红。职业选手的手速就是不一样。

"惜姐？"

苏叙这一声"惜姐"叫得格外性感，陆惜的心跳猛然加快了一下。

"嗯？"

"要是拿了冠军，能不能跟惜姐要点奖励？"这"奖励"是什么，再明显不过。

陆惜的脸涨得通红，连脖子都红了。她沉默了一下，没好气地说："比赛结束再说。"

从她的用词中明白了什么，苏叙亲了亲她的脖子，意味深长地笑了。

这一声轻笑好听得要命。

03

苏叙用雷霆领主打完那场比赛后，据官方统计，这一晚在游戏里玩雷霆领主的人一下子变多了，这个英雄一下子从冷门英雄变成了使用率前三的热门英雄。

8月10号，距离世界联赛的总决赛还剩两天。

剩下的四支队伍分别为Closer、Cancer、Revenge和About，今天上午将决出本届比赛的第四名，下午Closer和Cancer两支队伍会有一支进入总决赛，锁定前二。

Pink这支名不见经传、赛前不被看好的队伍成了今年最大的黑马，诸如美国的强队Perfect都折在他们这里。

不过Revenge在经历过昨天的比赛后，正处于非常好的状态，打C位的苏叙带领着小谢他们势如破竹，二比一战胜Pink，晋级前三。

Revenge的晋级让中国的玩家们看到这一届还是有希望拿冠军的。

国内其他战队的粉丝也纷纷在网上替Revenge打气。要知道,Vate玩家在网上掐架是出了名的凶,其他游戏的玩家只能甘拜下风。每年只有这个时候,国内天天互掐的战队、选手的粉丝们才会摒弃前嫌,一致对外,虽然和解只是暂时的。

平时再怎么互黑都不要紧,国际赛场上一定要一致对外。这是中国Vate粉丝圈的一种文化。

进入前三的Revenge再一次成了全村的希望。

当他们打败Pink,从主舞台的隔音室走出来的时候,中国观众们高喊:"一穿四。"

甚至有些自己喜欢的战队已经被淘汰了的国外玩家也被这种气氛感染,期待看到Revenge完成一穿四的神话,拿到冠军。

比赛结束后,下午,Revenge全体一起去现场看了胜者组决赛。

Closer和Cancer两支队伍中,输的那个明天会跟他们打败者组决赛。

火锅哥自从来了美国开始就在感冒,而且越来越严重,听说还发烧了,很让人担心,但这没有影响比赛的状态。

这一届或许是他作为职业选手最后一次参加世界联赛,没有任何事情能阻挡他,Cancer整个队伍势头强劲,欧洲黑马Pink就是被他们打进败者组的。

但即使是能战胜身体的不适、把每一场比赛都当最后一场打的火锅哥,遇上Closer也还是输了。

大家都意识到Closer和尤斯塔似乎是无法战胜的。

现场的粉丝也拉起了这样的横幅,像是在提前庆祝Closer拿到冠军。

8月11号的赛程是上午败者组决赛,下午全明星慈善赛。

Cancer和Revenge,分别被称为东南亚的复仇者联盟和中国的复仇者联盟,都是为了这一届世界联赛破釜沉舟、背水一战的队伍。

苏叙跟火锅哥是很多年的老朋友,关系很好。两个老朋友在败者组决赛相遇,有一方必须被淘汰,是一件很残酷的事情。

据陆惜所知,火锅哥昨晚还在发烧,今天早上起床状态还不太好,不能以最好的状态参赛，赢了还好，输了肯定会有遗憾吧。

她想起中国的一句古话——造化弄人。

今天比赛，苏叙依旧打的C位。Revenge状态越打越好。

Cancer那边也没有放水，全力以赴，打法很稳，几乎零失误。

Revenge先赢一局拿到赛点后，Cancer发力追平，总比分变成一比一。

战况很胶着，陆惜看得手心出汗。

第三局的时候，双方都更加谨慎。

这局比赛打得很精彩，尤其是火锅哥和苏叙两人，在这一局的发挥都是教科书级别的。

火锅哥带病向把他踢出的俱乐部证明了自己世界数一数二的三号位的实力。他虽然在职业选手里年纪算大的了，但是始终保持着非常高的竞技水平和对游戏的热忱，一点都不输年轻选手。

在两边同样被破两路的情况下，Revenge在苏叙的指挥下忽然偷袭Cancer的高地。

Cancer五人回来的时候，最后一路高地被破一半。当他们以为Revenge要不顾一切拆他们最后一座塔的时候，苏叙突然跳进塔中控制住了他们的C位。紧接着，小谢和空空的控制技能接上。

对不起，火锅哥。即使是朋友，即使知道你渴望冠军，即使这可能是你作为职业选手打的最后一场世界联赛了，我们依旧要拼尽全力。

对不起，这场比赛我们要赢！我们一定要赢！

Revenge打了一波出其不意的先手，一换四。

团战之后，Cancer只剩下五号位还活着，Revenge只死了个小谢，输出全在。

终于，火锅哥带头打出"gg"。

在国内，深夜解说了整场比赛的悠然激动地说："恭喜Revenge目前完成了一穿三，明天将在总决赛里再次对战Closer。"

"复仇者联盟一穿四！"

"我苏皇无敌！"

"全村的希望!"

玩家们的弹幕几乎把屏幕给占满了。

悠然像是想起了什么,忽然感慨地说:"火锅哥也是我们的老朋友了。"

败者组决赛,Revenge二比一险胜Cancer,挺进总决赛,Cancer止步于第三名,获得本届季军。

两队选手从隔音间走到主舞台中央的时候,观众席的掌声响彻全场。

Cancer的选手都有些失落,唯独火锅哥那带着点不正常红晕的脸上还挂着笑。当年被步行者踢出队伍、回到新加坡几次带完新人后被俱乐部踢出的时候,他脸上都带着这样的笑,好像是习惯了、看淡了、一点也不在意。

可是哪有职业选手对这些是不在意的呢?

要是不在意,他早早就退役转幕后了,怎么还会自己组建战队?

火锅哥的洒脱和乐天之中带着悲情。

跟苏叙握手的时候,他拍了拍苏叙的肩膀,抱怨说:"怎么也不放点水。"重感冒使得他声音变得沙哑。

明明赢了比赛,苏叙的目光却有些沉。不过他的语气没有变,提醒说:"是你让我不要放水的。"

说完,他又补充了一句:"发烧打成这样,真的很好了。"他很少这么直白地夸人。

正好这时候现场的官方解说也在很惋惜地向大家讲述火锅哥是带病出战。

带病出战都打得这么好了,如果没带病呢?

可是比赛就是这么残酷,不看个人原因和状态,只看结果。备战一年,很可能就因为一场感冒、一次发烧功亏一篑。

现场许多观众被火锅哥感动。他是个可敬的人。

Revenge的粉丝带头大喊:"对不起!"

随后越来越多的人对着火锅哥、对着Cancer大喊:"对不起!"

对不起!你们很可敬!但是这场比赛,我们要赢!

真挚响亮的声音让人很震撼。火锅哥把目光移向远处的观众席,眼中隐隐有了泪光。

这是他留恋的赛场，是他喜欢的热闹。

直到情绪差点控制不住，他才收回目光。一阵咳嗽后，他已经恢复了平日里豁达的样子，叹了口气对苏叙说："想想当年我们在一个队打进世界联赛的时候，也是第三名。"

随即，他呼出一口气，整个人放松了下来，说："这是命吧，我怕是只有第三了。你加油，怼他尤飘飘！"

"好。"虽然只回答了一个字，但是苏叙很认真，像是在承诺。

世界联赛是所有Vate选手"证道"的地方，人人都想拿到世界联赛的冠军。有的选手拿得很轻易，比如尤斯塔，19岁就拿到了，也有的选手直到退役也没有机会在波士顿举起一次冠军斧。

有奇迹和热血，也有遗憾和求而不得，这或许才是电子竞技最有魅力的地方。

04

下午的全明星赛是世界联赛十天的赛程里最轻松的比赛。

参加全明星赛的选手是全球Vate玩家通过网上投票选出的票数最高的14位选手和2位受到Q社邀请的联合队伍的队员，一共16名选手，再加上从现场抽取的4个幸运观众，一共20人，组成两个10人的队伍。

Vate是个五对五的竞技游戏，10人对10人就成了大混战，娱乐性很强。

明星选手们上场的时候，全场爆发出欢呼声。

尤斯塔和Closer的另一位明星选手两个人一起走在最前面。自从那一年打败苏叙，一战封神后，每一年的全明星赛必有尤斯塔，而且人气很高。

14个明星选手里，一共有4个选手来自中国的队伍，除了苏叙外，还有LS队二号位三世，以及Middle和BC各一个选手。

分组的时候不知道是不是Q社故意搞事情，尤斯塔和苏叙刚好在不同的队伍里。

因为全明星赛是慈善性质的，Q社规定，会以拿下一血的选手的名义向联合队伍的选手们所在的国家捐款10万美元。同样，每当有选手拿下三杀、四杀、五杀，就会以该选手的名义捐款8万美元，金额可以累计，上不封顶。

比起纯粹表演的全明星赛，这种带有慈善性质的更加有意义，选手们也很愿意参加。

在对战中秀操作、击杀对手是尤斯塔最擅长的事情。

"SUGER。"比赛开始后，他在公共频道里公然叫嚣苏叙。

现场的观众激动了起来。

电子竞技，菜是原罪，观众们不能容忍的是水平糟糕又很狂妄的选手。像尤斯塔这样水平高又很会秀的，粉丝很多。大家不会觉得他不礼貌，只会觉得他狂是有资本。

苏叙很快在游戏公共频道回复了他，并且约他去下路河道。

尤斯塔不顾队友们的阻拦，单枪匹马直接就去了。

而苏叙这边，跟他一起的还有火锅哥、三世以及一个幸运观众。

现场的观众们从上帝视角可以看到两边发生的事情，但是尤斯塔不知道。

两边在下路河道相遇后，随即一血产生。

尤斯塔怒送一血，捡到人头的竟然是一个幸运观众。

观众们大笑。

整场全明星赛娱乐性十足同时又火药味冲天，观赏性很好，一共爆发了将近100个人头，捐出150多万美元。

晚上，Revenge在酒店的训练室里为明天的总决赛做最后的准备。

苏叙让陆惜把他们在胜者组第二轮惨败给Closer的比赛录像下载了下来，一起复盘。

那场比赛就是几天前的事情，每个人的印象都很深刻。

陆惜担心柔弟他们四个心态受影响，围在苏叙身旁复盘的时候一直注意着他们的表情。

"柔弟，你看这里。你的走位太危险了，才给了他们抓你的机会。"整个训练室里只有视频的声音,还有苏叙低沉的声音。

他专注地看着电脑,一只手握着鼠标反复拉着视频的进度条。

就像他说的那样,该面对的总是要面对的。

明天的比赛注定是一场硬仗。

复盘结束后,苏叙转过身看向大家。"说得差不多了,最后我来说一下明天的分路。明天小谢打C。"

包括陆惜在内,所有人都露出了惊讶的表情。

"我……队长,你不是可以打C位吗?明天是总决赛啊,为什么要让我打C?"小谢有些语无伦次。

苏叙轻飘飘地反问:"你没什么问题,为什么不能打?"

小谢紧张地推了下眼镜,舔了舔发干的唇说:"我觉得我的实力还不够,而且、而且明天要打的是尤斯塔。"

"电子竞技,没有无法战胜。你们都是职业选手,起点是一样的。你在去年的总决赛上反秀过尤斯塔,难道忘了吗?以你的实力是完全没问题的,而且这也是明天的战术,你不相信我吗?"苏叙依旧是轻描淡写的语气,"柔弟,你相信我吗?"

被点到名的柔弟"啊"了一声。

苏皇当然是要相信的。他点头说:"我相信啊,小谢的天选之眼不是白叫的。"

苏叙又看向回程、空空和六月。

"相信。"

"我相信。"

"我也相信,而且小谢你C位打得真的很好。"

最后,他看向陆惜,抬了抬眼。

陆惜拍了拍小谢的肩膀,声音温柔地说:"我们都相信苏皇的,也相信你。不要想太多,就把明天的比赛当作最后一场打就行了。"

如果输了,真的很可能是他们在一起打的最后一场比赛了。

小谢的眼眶忽然红了,说:"我今天无意中看到柔弟的手机壁纸了,上面写的'不夺冠就回家'。"

大家沉默了下来。

这次拿不到冠军，Revenge解散是必然的。陆惜因为组建战队跟家里闹翻，苏叙是休学来打的，回程不可能真的让柴薇养着。

现实的残酷终于激起了小谢的斗志和血性。他揉了揉鼻子，抬起头说："明天我会全力以赴的。"

他们没有下一届，没有机会，只有破釜沉舟，背水一战。

赛前最后的小会结束后，大家解散各自回去休息了。

苏叙留下来把比赛视频又看了一遍，陆惜就坐在旁边，看着他的侧脸，安静地陪他。

没想到一眨眼就要到世界联赛的决赛了。当初组建战队的时候，世界联赛只是个口号，她没想到他们会一起走到这里，更没想到自己会喜欢上他。

"看够了吗？"不知什么时候，苏叙看完视频，目光从电脑屏幕前移开。

陆惜支着下巴，摇了摇头，眼尾勾着一抹明艳的笑。

"我以为你会想亲自打败尤斯塔。"

苏叙伸手把她垂落的一缕卷发撩到后面，说："为什么我要跟尤飘飘计较？而且小谢不差，只是缺了点自信。他的职业生涯还很长。"

陆惜原本不太明白为什么明天要让小谢打C，现在终于明白了。

这是苏叙这样的老牌大神在担负为Vate职业圈培养新人的责任。

电子竞技职业选手的黄金年龄很短，新老交替是必然的。

不愧是许多玩家和职业选手的信仰，他的格局是很大的。他热爱Vate、热爱电子竞技这个行业，所以愿意传承、培养新鲜血液，为国内整个行业的将来着想。

这个男人是值得粉丝们仰望的。

做这种事还是一副轻描淡写的样子，陆惜心里简直软得不行。爱、感动和崇拜混杂在了一起，情绪由心而上，冲得她鼻子发酸。

陆惜突然投怀送抱，苏叙低头看了看她，声音里带着一丝笑意问："怎么了？"

"没什么。"她现在恨死那个当年不懂事、跟着尤斯塔一起黑他的自己了。现在的她想要用自己的一切来爱这个男人。

"要是赢了比赛,惜姐别忘了兑现奖励。"

陆惜在他肩膀上咬了一下,说:"你闭嘴!"

苏叙笑了笑,手臂环上她的腰。

过了一会儿后,他问:"要是明天的比赛输了,你有什么打算?"

明天的比赛,即使苏叙也没有赢的把握。

陆惜的心沉了沉,离开他的怀抱,说:"把战队解散了,向联盟低头,争取让空空他们四个能继续打职业,然后回家认错。你呢?"

"回学校读书,然后解决你的燃眉之急。"

"我的燃眉之急?"她不明所以,抬头询问他。

苏叙俯身在她耳边亲了一下,低声说:"被催婚。"

陆惜脸一红。

这是在变相表示到时候要跟她求婚吗?

她挑了挑眉毛,伸手拉住他T恤的领子,一脸社会大姐调戏男大学生的样子,问:"拿到冠军就不解决了吗?"

"那时候惜姐身价倍涨,还愁没有小狼狗?"

陆惜差点没被他这句话气死,没想到他这么记仇。

05

8月12号,万众期待的第八届世界联赛的总决赛来临。

波士顿的体育馆里,早早已经坐满,场馆里响着玩家们熟悉的游戏背景音乐,大家情绪高昂,期盼着总决赛开始。

环绕整个舞台的观众席上随处可见"一穿四"的横幅和灯牌。

今天,除了美国人外,其他东南亚、欧洲战队的粉丝们几乎都在支持

Revenge。他们想看到有人打破Closer的不败神话，上演一穿四的奇迹。

总决赛是BO5，五局三胜。

临比赛前，陆惜给大家做了最后的动员。

"电子竞技，没有无法战胜。加油，我在观众席看着你们。"

之前的比赛，她总是早早地坐到观众席等他们出场，今天是站在选手通道外，看着他们一个个走进赛场。

苏叙走在队伍的末尾。看到他准备进场的时候，陆惜朝他笑了笑。

他忽然停下来，在她满脸疑惑中低头在她唇上亲了一下。

"幸运之吻。"说完，他迈开大长腿，加快脚步追上了前面的回程。

陆惜被撩得心跳加快。

一旁的六月假装什么都没看到，干咳了一声说："惜姐，我们去看比赛吧？"

今天的VIP观战席几乎坐满，许多没走的战队都来看比赛了。

"陆惜妹妹，这儿！"

宋哥跟火锅哥正坐在一起。他们两个以前也是对手，认识很多年了。

陆惜和六月在他们旁边坐下。

这时，场上的两队选手已经走进隔音室坐下准备了，镜头一个个扫过他们的脸播放在现场的四块大屏幕上，解说对每个选手进行了简要的介绍。

在介绍完两队的选手后，两个解说还提到陆惜和苏叙、尤斯塔两人的关系，足以让人脑补许多狗血的剧情和恩怨情仇。

Closer的粉丝们对陆惜并不陌生。

镜头扫向VIP观战席，捕捉到陆惜后立即给了个特写，四块大屏幕上同步显示，全球直播。

为什么总决赛这样的日子，解说要说八卦？陆惜拿起手机对着镜头，亮度调到最大的屏幕上滚动着"一穿四"的字幕，火药味十足的样子引得现场一阵躁动。

旁边的火锅哥忍不住笑了，用沙哑的声音小声说："总决赛总是要搞点事情，这是Q社的传统。"

很快，屏幕切到了两队BP的画面。

"我觉得苏叙拿出绝活雷霆领主还可以一战。"

"我也觉得。"

听着火锅哥和宋哥的讨论，陆惜没有说话，只是紧紧地看着屏幕。

Closer也在防苏叙，雷霆领主第一个就被禁用了。

当两边阵容选好，英雄各自分到选手后，全场突然爆发出一阵诧异的声音。

"我去，苏叙居然不打C位？"宋哥看向陆惜问，"你事先知道吗？"

陆惜点头。

宋哥不可思议地看着屏幕说："你们到底是怎么想的？"

陆惜高深地笑了笑说："看下去就知道了，小谢可以的。"实际上，她已经紧张得满手都是汗了。

"大概是苏叙有什么战术吧。"火锅哥用一口带着口音的普通话说。大概是昨晚终于能放下一切好好休息了，他今天的状态看起来好了不少。

所有人在惊讶过后，跟火锅哥的想法是一样的，就连官方解说也是这么说的。

第一局，Revenge输了。这个结果似乎在大家的意料之中，除了遗憾外，没有惊讶。

第二局，小谢依旧是C位。两个队伍拿的都是打前中期的阵容。

Revenge的状态有所变好，中路的柔弟前期对线的时候跟尤斯塔势均力敌，上下路发育也很稳定，可是Closer的团战更加完美，几乎零失误，Revenge还是输了。

连赢两局的Closer拿到赛点。他们只要再赢一局就能拿到这一届的冠军了。

现场的粉丝们早早地高喊起了"USA"。

通过大屏幕可以看到尤斯塔伸了个懒腰，跟队友们有说有笑，状态很轻松。

火锅哥轻声叹气。作为职业选手，他能体会到此时Revenge所要承受的压力是巨大的。至关重要的总决赛连输两局，想要赢的话，接下来三局一局都不能输，而他们面对的是非常强大的对手。

大家都替Revenge捏了一把汗。

现场原先高喊"一穿四"的人没有再喊了。他们没有底气再"大言不惭",能喊出来的只是"加油"。

大家心底明白,这种情况下要赢太难了。

"希望他们能扛住压力。"六月轻声祈祷。

陆惜声音坚定地说:"可以的,要相信他们。"

国内,今晚所有玩家几乎都在熬夜守着直播。Revenge连输两局后,有一部分人不抱期待选择去睡觉了。

从8月2号开始就熬夜解说比赛的悠然已经习惯了这种日夜颠倒。

看到弹幕上许多粉丝说要睡觉了,他劝道:"别睡啊,还有一局,要相信苏——"

话说到一半,他看了眼屏幕,话锋一转,惊讶得没控制住音量,说:"这一把居然还是小谢打C!"

弹幕上的粉丝纷纷表示:"凉了凉了。"

"睡觉去了。"

现场的质疑声几乎要把体育馆的屋顶掀了,就连官方解说都评价Revenge太自信了,这么重要的总决赛居然让一个转型没多久的人打C位。

"这就是你们的战术?疯了吧?"宋哥问。

陆惜握着座椅扶手的手紧了紧,说:"小谢发挥得不好吗?为什么不行?"

而且他比尤斯塔努力,付出得更多。

他们五个人里,小谢的游戏时数是最长的,相信比大部分职业选手都多,除了训练外,他私下里付出了很多很多的努力。

在质疑和嘘声中,第三局比赛开始。

破釜沉舟对上高歌猛进,这是Revenge关乎生死的最后一战,同时也是Closer迈向胜利的最后一战开始。

这一局的尤斯塔格外兴奋,刚刚开局就游走到上路,在队友的配合下成功击杀回程拿到一血,然后满状态回到中路跟柔弟对线。这时间和节奏把握得刚刚好,经济成为全场第一。

因为是至关重要的一局,被他压制的柔弟没有冲动,小心地在塔下补兵。

Revenge的上路和中路都处于弱势，下路也仅仅是跟Closer势均力敌。小谢不间断地来回于野区和线上刷钱。

开局十二分钟后，上路爆发一波团战，Revenge四打五，苏叙和空空被击杀。

之后连续几次团战，Revenge都是四打五，处于劣势。小谢脱离团队，不断在野区和线上刷钱。

Closer似乎尝到了团战的甜头，开始不断地找Revenge打团战，然后破塔。

多次团战后，Revenge似乎已经没什么胜率了。屏幕切到没什么存在感的小谢的时候，现场总是一阵嘘声。

"小谢在干什么？再这样打下去要输啊。"

陆惜听到后面一排的LS选手说。

"不对，"宋哥突然拉住火锅哥说，"你看小谢的经济一直在逐步上升。Closer这边虽然团战厉害，但是击杀的大都是苏叙和空空两个酱油，柔弟和回程装备不算太差，Revenge的损失不大。"

火锅哥摸着下巴"啧"了一声说："而且空空插的眼位很精到，Revenge的野区视野很好。这么看来，再打下去这局说不定能翻盘。苏叙他们开始打游击战了。"

Revenge的四人不再跟Closer打正面。Closer的人来的时候，他们就跑，他们推塔，只要不是高地的防御塔，他们就放。

对战中期，长达十五分钟的时间没有爆发人头，小谢的经济稳步上升。

Closer像是终于发现了问题，转而去野区抓小谢。

尤斯塔在地图上做了标记，俨然是已经看到小谢了。五个抓一个，胜券在握。

刚好这时候野区的侦察守卫时间到了，小谢没有视野。

从上帝视角看着Closer五名选手从两边包抄向小谢，官方的两名解说把视角切到了小谢的，只见几乎整张地图都是黑的。

小谢大事不妙。

就在一名解说刚刚说完这句话的时候，小谢似乎感觉到了什么，停下打野怪的动作,现场观众发出"咦"这样的声音。

在尤斯塔先一步位移过来的瞬间,他突然使用位移技能。两个方向有人,他刚刚好全部躲开,而且不偏不倚跳到了Closer视野的盲区!

神级预判!

全场惊叹。

他这一跳实在不可思议,让人头皮发麻!好像是亲眼看到Closer从两个方向过来一样。他难道能看到大家看不到的东西吗?

解说忍不住双手抱头,不断地重复"他的视野一片漆黑""完全靠的是预判""天选之眼"这几句话。

全场为之一振。

去年,"天选之眼"通过四号位的惊艳预判初入神坛,经过一年的沉寂后,又以C位封神,不折不扣。

接下来,小谢凭借精准的预判和灵活的操作,跟他们玩起了捉迷藏,好几次虎口脱险。

当然,他也有被抓到的时候。但是复活后,他一刻都不迟疑地再次走向野区,一次又一次,宛如一个无所畏惧的战士。

陆惜已经紧张得说不出话了。她紧紧地看着屏幕,目光偶尔转向隔音室里看着小谢。

天选之眼,靠的从来不是眼睛,而是心理上的判断、周密的思考和平时的学习和积累。

这个戴着眼镜、斯斯文文的男孩有着巨大的毅力和强大的内心。他镜片之下的眼睛里只有两个字——要赢。

"现在的胜率是五五开,感觉这么打下去可以赢啊!"宋哥激动了起来。

Closer跟苏叙他们打团战的时候,小谢从后面出其不意地收割,Closer抓他的时候,他就通过预判,灵活地逃跑。

他的经济很快上升到全场第二,只跟尤斯塔差一点。

Closer在意识到这样打下去不行后,立即换了战术,推塔上高地。

"Closer开始着急了。"六月说。

"是啊，"陆惜的眼睛被大屏幕映得很亮，"他们擅长打前中期，选的阵容拖到后期就弱了，只能选择硬上。"

终于，Revenge在中路高地上团灭了Closer。小谢拿下四杀，经济跃居全场第一。

现场支持Revenge的观众们再次激动了起来，镜头切向小谢的时候爆发出热烈的掌声。

接下来的小谢简直成了"怪物"。

Closer在被破三路后，打出"gg"。

小谢用自己的实力回应了质疑，赢得了尊重。

这局赢得振奋人心，粉丝们看到了让二追三拿下比赛的希望，再次喊起"一穿四"的口号。

国内已经是凌晨五点多，熬夜看比赛的玩家们很庆幸自己没有去睡觉，开玩笑地在直播间的弹幕上抱怨"今晚不用睡了""看完比赛直接去上班"。

第四局，Closer在BP的时候针对了一下小谢，这种针对也算是对他实力的认可和尊敬了。

直播镜头特意切了一下尤斯塔，想看看这位天才少年是什么反应。

尤斯塔的状态依旧很轻松，似乎Revenge能赢只是一种侥幸，还对镜头比了个胜利的手势，十分自信。

但是这份自信没有持续太久。

小谢从上一局的对战里找到了信心和手感，这一局不再沿用上一局的战术，打法变得更加大胆，从前期线上开始就很强势。

第四局结束，Revenge把比分追平，两队又回到了同一起跑线上。

不，从心态上来说，Revenge这边应该更好一点。

"一穿四！一穿四！"观众席上喊的声音越来越大。

宋哥感慨地说："是我们看走眼了，C位能有这么厉害的预判简直太强了，小谢太适合打C位了！"

陆惜自豪地抬了抬下巴说："那当然。"记得苏叙说过，小谢缺的只是自信。现在，这份自信终于从比赛里找回来了。

在他的身上，她仿佛看到了苏叙的雷霆领主的影子，不是诸神之怒，而是精神和担当。

他已经扛起了大旗，成了整个队伍当之无愧的核心。

接下来就看最后一局了，她紧张地吞了吞口水。

06

短暂的休息后，世界联赛总决赛的第五局开始。

斯文的小谢再一次做出了让全场尖叫的事情。在总决赛的最后一轮，他要使用被苏叙冠名的英雄——雷霆领主！

雷霆领主这个被苏叙冠名的英雄就跟苏叙的职业生涯一样，提起来总是带着遗憾和一抹悲情的色彩，即使有神之领主的称号，即使有诸神之怒的气势，也无法掩盖。

三年前的世界联赛上，苏叙输给崭露锋芒的尤斯塔，止步于第二，随后遗憾地退役，职业生涯里只差一个世界联赛的冠军就能获得大满贯。

三年后，小谢在对战Closer的最后一轮里祭出雷霆领主，是想要替他弥补遗憾。

苏叙在做的是传承，而小谢在做的，是致敬，向前辈、向信仰致敬。

看到雷霆领主的那一刻，陆惜身上的血液就沸腾了起来。血液好像在随着她的情绪翻涌，叫嚣着要冲出体外，让她眼眶发热。

现场许多观众高喊小谢的名字。

在波士顿的体育馆里，每个被观众高喊的名字都有足以载入Vate游戏史中"大事记"的分量。

这样的小谢必将成为Vate职业圈新生一代中的领军人物。

"我一大把年纪居然燃了起来。"火锅哥原本就带着口音的普通话在激动中变了调，有些滑稽。

总决赛的最后一局,尤斯塔终于收起嚣张和轻狂,变得认真。他在对线的时候不再冒险秀出那些让全场惊叹不已的操作,开始稳扎稳打。

这个天才少年终于意识到了危机。

时间仿佛回到了三年前,同样的赛场上,同样面对的是被称为"神"的雷霆领主。

认真起来的尤斯塔和Closer变得尤其强大。默契的配合、完美的节奏,还有纵观全局的意识,不愧是现在世界排名第一的强队。

雷霆领主,Closer为了防止七个雷霆领主出现,BP的时候立即禁用了灵魂猎人。开局六分钟后,经济稳居全场第一的尤斯塔给队友发指示,共同去Revenge的野区寻找小谢。

当年他能破得了第一次,现在就能破第二次。

Revenge这边也不差。久旱的人行走在沙漠里远远地看到水源是会疯狂地、不顾一切地跑过去的,就像他们现在距离拿到冠军只有一步之遥,任何人都无法阻挡。尤其是小谢使用了具有特殊意义的雷霆领主,更是让全队燃起了前所未有的斗志和决心。

这一局比赛尤其激烈,两队都拿出了看家本领,观众们紧张到屏息。

在胶着的对战和不断被压缩的空间里,小谢还是顽强地发育起来了。

四个分身出现,诸神之怒降临。

刚巧的是这时候他和尤斯塔在野区相遇。

来了,生死的对决。现场以及线下观战的所有人屏住呼吸。

尤斯塔最先有了动作。他通过群体伤害分辨出小谢的真身,避开所有分身的干扰,打出成吨的伤害。

行云流水的操作。

小谢的真身被控制住,立即操控分身攻击尤斯塔,每个分身都继承了原英雄100%的伤害,造成的伤害量非常可观。尤斯塔的血槽立即空了一大半。

两人的血量都在飞快往下掉,两边的队友都在往这边赶。

眼看单枪匹马打不过小谢,只剩一丝血皮的尤斯塔使用位移技能跳开。所有人都以为他准备逃跑,他却只是把距离拉开。

这时候他的大招时间到了，一分一秒都不差，小谢的血量也剩得不多，一个大招足以击杀。

跳进五个雷霆领主中，以一丝血皮逃生还能反杀，天秀！

"尤飘飘也太强了。"宋哥和火锅哥感叹说。

大胆、对时机的精准把握、精湛的操作，像是艺术一样。

即使不喜欢尤斯塔的人也不得不承认他很强，他是天生的二号位。

血量不多的小谢吃了尤斯塔一个大招，毫无疑问地被击杀了，四个分身消失。但当系统提示"Closer float击杀了Revenge xiaoxie"后，又跳出来了另一条提示——"Revenge xiaoxie击杀了Closer float"。

全场一阵惊叹，不知道发生了什么。

导播回放时大家才发现一个细节：小谢在被击杀前预判到了尤斯塔撤离的方向，操控一个分身卡住他零点一秒。

这零点一秒至关重要，让他没来得及退到安全距离，被小谢操控的另一个分身攻击了一下。

两边几乎是同时的。

尤斯塔很强，小谢也不弱。

天秀对上天选之眼，旗鼓相当的对手！

现场镜头切到电脑前的两人，两人脸上的表情都是前所未有的认真。

随后赶来的队友又打了一波团战，Revenge这边小胜。

之后，两边打得更加谨慎小心。

终于在第66分钟的时候，Revenge在野区团战打了Closer一波团灭。

小谢使用被苏叙冠名的雷霆领主上了Closer的高地。Closer的五名选手里，除了尤斯塔还有不到十秒复活外，其他都还有六十几秒。

"一穿四！"

"一穿四！"

就在现场支持Revenge的粉丝仿佛已经吹响胜利的号角的时候，尤斯塔复活了。

谁都知道大势已去，Revenge破了他们三路，已经在拆最后的基地了。

该打"gg"的时候，复活的尤斯塔没有一刻犹豫，操控英雄单枪匹马地冲进了Revenge人堆里。

不在乎体不体面，只是不想放弃，不愿意放弃。

这时候的他不再是凭借精湛的操作和能力，而是凭着对冠军的渴望赢得了所有人的尊重。

但，他即使再强，一个人也敌不过Revenge一个队伍的人。

结果可想而知。

Closer的基地被破，比赛结束。

虽然他打得前所未有地认真，全神贯注，但是对不起，这场比赛Revenge还是要赢！

"赢了！"陆惜尖叫了一声，站了起来，眼眶里的泪水在积满的状态下终于落了下来。

"恭喜，恭喜，回国请我吃饭啊。"宋哥调侃地说。

看见昔日的队友、现在的好朋友拿到世界联赛的总冠军，火锅哥又是高兴又是羡慕，心中不免也有些遗憾。所有的情绪都化在了他豁达的笑容里。他不满地说："不行，今晚就请。我感冒，只能吃清淡的。"

现场的中国粉丝拿出早已准备好的国旗挥舞。高喊"China"的声音响彻整个场馆。

这个组建以来备受争议和关注、遇到许多困难的队伍在中国其他队都被淘汰的情况下站了出来，扛起了所有人的希望，经过整整五局对战，将近五个小时，让二追三、完成了"一穿四"的奇迹，拿到了这一届的总冠军。

两队选手从隔音室走出来的时候，观众席爆发出热烈的掌声。

在一侧看台的角落上，一个坐姿端正笔直，毫无表情看完了五场比赛的人站了起来，走向通道。

他走后，旁边的人议论了起来。

"我全程没看到他有过什么表情，太严肃了。我嗓子都喊哑了，他到底是不是来看比赛的啊？"

"是吗？刚刚赢的时候他也激动了一下。"

这个人就是江云栋。看着Revenge拿到冠军，他明白了电子竞技靠的不仅仅是个人能力顶尖的选手和强大的数据分析团队。自己不屑一顾的热血和信念在激励着许多人，他们追求的不仅仅是奖金和名誉。

他意识到，自己或许错了。

比赛结束后，陆惜几乎是跑向后台的。

苏叙他们似乎知道她和六月要来，在走廊里等着他们。

看到苏叙，陆惜的心再次柔软了起来。她扑进他的怀里，靠在他胸膛上哭了起来。

在六月和小谢他们五个激动的声音里，苏叙带着一丝笑意的声音很清晰：“这是我第二次看到惜姐哭。”他就是这样情绪内敛的人，无论是面对挫折还是荣耀，都是岿然不动。

去年从波士顿回上海的飞机上，他果然看到她哭了。

想到他看到自己哭了居然还这么可恶，陆惜狠狠地捶了一下他的肩膀。

很快调整好情绪后，她抹了抹眼泪，离开苏叙怀里，跟小谢他们一起拥抱了一下。

余光看到有人朝这里走过来，她抬头，发现是Closer全队。

输了比赛的Closer队伍的气氛有些低迷。

陆惜原本想着如果能打败Closer拿到世界联赛的冠军，一定要好好嘲讽一下尤斯塔出口恶气。可是现在尤斯塔脸上没有了笑容，不再嚣张，她也没了嘲笑的心情。

输掉比赛对每个职业选手来说都是十分难受的。

陆惜本来不打算跟尤斯塔说什么，可谁知他自己走了过来。

"Sorry."

他这一声"Sorry"不仅让Revenge的所有人惊讶，也让他的队友们十分诧异。毕竟他那么高傲。

不知道他是对谁说的，陆惜问："For what？"

尤斯塔摊了摊手，沉默了一下，说："Everything."他身上依旧少年感十足，闪耀得让人移不开眼，只是绿色的眼睛似乎有什么原先很闪耀的东西沉淀了下来。

　　他是天才少年，17岁的时候就拿到了许多职业选手一生都无法触及的荣耀，出道即巅峰。在三年前打败苏叙之后，他的前方就已经没有了可以追逐和赶超的人，他只能不断去超越自己。可是没有了目标，时间长了，总会有迷失的时候。

　　只有经历过失败，才会大彻大悟。

　　察觉到尤斯塔变了，陆惜学着他摊了摊手，露出笑容说："Forget it！"

　　电子竞技，天赋只是一道门槛。没有天赋的人都被拦在门外了。进了这道门，剩下最重要的就是努力。

　　这一次的失败对尤斯塔来说也是一种成长。

　　他今年才20岁，职业生涯还很长，前途无限。

　　半个小时后，第八届世界联赛的闭幕式和颁奖典礼开始。

　　陆惜坐在正对颁奖台的VIP席上，感慨万千地看着苏叙、小谢、柔弟、回程和空空五个人一同举起了代表Vate最高荣誉的冠军斧。

　　这个冠军意义非凡。

　　它让苏叙成为大满贯得主，弥补了他职业生涯的遗憾，让许多玩家和年轻选手心中的信仰不再带着一丝悲情色彩。

　　它让小谢、柔弟、回程和空空四个少年在国际上大放异彩，步入神坛。

　　它让陆惜无限感激自己当初的冲动。

　　Revenge用这个冠军向所有人证明，电子竞技要有一腔热血和努力。

　　追梦的总会干过圈钱的。

　　他们终于做到了。

　　他们，真的做到了。

尾 声

新赛季，继续

新的赛季，还在继续。
追梦的步伐永远不曾停下。

从波士顿回来后，Revenge全体进入休年假状态。

小谢他们五人各自回了家。

陆惜在南京多留了几天，打算跟苏叙好好享受一下二人世界。自从谈恋爱以来，他们一直以训练和比赛为重，没有好好约过会，顶多就是一起去逛超市。

8月的南京热得像火炉，地表温度接近40摄氏度。他们两人受不了这样的高温，最后选择宅在苏叙在秦淮区的那套房子里。

陆惜尤其喜欢苏叙家里那张她曾经躺在上面睡着的沙发，觉得很舒服，没事的时候就喜欢躺在上面。

苏叙坐在旁边打主机游戏的时候，她就靠在他身上拿着手机看电视剧。比起舒服的沙发，他身上那股闲适更让她觉得放松和心安。

正好看到电视剧里男主第一次跟女主回家，陆惜心中一动，想起上次要带苏叙回家结果因为小谢和柔弟的签证没过就没去成。

"过两天你跟我一起回家？"她放下手机，手搭在他肩膀上，几乎整个人的重量都压在上面。

苏叙那半边的肩膀被压得一矮，但是手上的操作没有受影响。

"好，还以为惜姐忘了这回事。"他把视线从电视屏幕上移开，看了看陆惜，入眼的却是她纤细的颈项、精致的锁骨，还有白花花的长腿。

大夏天里看到这样清凉的景象，更加容易燥热。

他这是埋怨她没有带他回家吗？陆惜挑了挑眉毛说："我的记性好得很。"

"是吗？"苏叙的语气漫不经心地，"那惜姐一定记得在波士顿的时候答应了我一件事。"

"什么?"

"拿了冠军是要有奖励的。"苏叙不知什么时候放下了游戏手柄。

"奖励"两个字让陆惜脸一红。这个词以后怕是要跟"烟"一样,只要提起来就能让她想入非非了。

电视上的游戏还在继续,苏叙却靠了过来。她的身体忍不住往后仰。

然后苏叙漆黑的眼中闪过笑意,抓住了她两只手。

身体失去支撑,陆惜整个人倒下陷在了柔软的沙发里,随后眼前一暗,是苏叙的身体挡住了光线。

实际上她已经做好了心理准备,并不抗拒。或许是因为情到浓时,一切都是水到渠成。可是,这两天他们一直都在一起,除了偶尔擦枪走火外,苏叙大部分时间都很规矩。

真到这个时候,她又紧张了起来,心跳得飞快。

这两天苏叙忍得很辛苦,可有人就是不知好歹,整天穿着清凉地在他面前晃、不断地招他。

"你——"陆惜挣脱开自己的手,去推他。

苏叙把她的手抓过来放在唇边亲了亲,问:"惜姐想耍赖?"

他懒散低沉的嗓音里混合着喘气的声音,好听得要命。

陆惜喉咙发紧,吞了下口水说:"不想。"

苏叙笑了笑,覆上来吻上了她的唇。

空调的温度好像不够低,陆惜觉得越来越热,只有不断地靠近苏叙才能得以缓解。短暂的慰藉之后,她变得更加热,都快要烧起来了。

南京今天38摄氏度,外面亮得刺眼。拉上窗帘的客厅里,电视上的游戏因为没人操作已经结束,重复播放的音乐在低沉的喘气声中很没有存在感。午后的阳光从窗帘缝隙照进来,拉出一条斜长的线。线的一端刚好延伸到沙发边缘,一件女士T恤就落在旁边。

沙发上,一截纤细的手臂垂了下来,布艺沙发的质感衬得这截手臂十分细嫩。很快,另一只线条有力的手臂垂下,手指沿着那截白皙的手臂的内侧摩挲至掌心,十指相扣后把那截手臂拉了回来。

陆惜当初来苏叙家帮他补课在沙发上睡着的时候，绝对没想到有一天会跟他在一起，和他的第一次居然就是在这张沙发上。

几天后，他们一起回了苏州。

从南京到苏州坐高铁要一个小时十几分钟，昨晚撩苏叙玩结果一不小心撩过火的陆惜几乎全程都靠在苏叙肩上睡觉。

谁说职业选手天天打游戏身体素质不好的？

她通过这几天的"亲身感受"以及反复"实践"，证明了这个观点是错误的。

反观苏叙，闲适得像一只餍足的大猫，神清气爽。

从去年离开家到现在，陆惜一直没回去过。回到家，她被家里的阵仗吓到了。

没想到她两个姑姑两家、叔叔一家、舅舅一家都来了。

想起自己上次去苏叙家，只有苏爸爸和苏妈妈两个人，陆惜有些尴尬，只好硬着头皮给他们介绍。

原本自己女儿说好7月就要带男朋友回来的，结果当天突然就说不来了，一下子拖到了8月，陆爸爸和陆妈妈很担心是他们的感情出了问题，才搞这么大阵仗，以显重视。

"苏皇！"

陆勉一看到苏叙，就像小粉丝一样要上来拥抱他，结果被陆惜隔开了。

"小苏是吧？快坐。"陆妈妈脸上带着满意的笑。

苏叙无论是身高还是长相都超出陆家亲戚们的预期。至于收入就更不用说了，陆勉半个小时前才跟他们科普过世界联赛的冠军有多少奖金。

看到独自坐在角落里低头看着手机的少女，陆惜挑了挑眉毛，带苏叙走过去说："这个是我大姑家的晶晶。"

就是那个经常把她在网上的那些八卦告诉长辈的孩子。高中的孩子还在叛逆期，在家人和长辈面前话很少，有些格格不入。

晶晶听到声音，摘下耳机抬头。

陆惜这才发现她在看的是Vate的直播。

"你也打Vate?"她惊讶地问。

"不,我就看看直播。"晶晶站起来看向苏叙说,"苏皇你好,我是尤斯塔的粉丝。"

火药味十足。

对高中的孩子来说,苏叙的年龄有些大了,20岁的尤斯塔正好当她们的偶像。

苏叙看了眼还处于惊讶中的陆惜,笑了笑说:"你好。"

女朋友的妹妹,他当然不会得罪了。

一起吃饭的时候,陆爸爸和陆妈妈又问了苏叙一些情况,得知他的爸爸是检察官、妈妈是律师,已经满意得不能再满意了,恨不得他马上就娶了陆惜。

陆惜受不了这样的催婚暗示,当晚就和苏叙回南京了。

9月,各大高校陆续开学。

休学了一个学期的苏叙回到学校继续上学。

纪嘉在新的学年已经升到大三当学长了,他只好独来独往。

一天公共课结束,他正要离开,后排一个很漂亮的女生在朋友的鼓励下来到他面前搭讪说:"小哥哥好眼生啊,是哪个学院的?能不能加个微信?"

苏叙看了眼她已经调到"扫一扫"界面的手机,正要说话,高跟鞋的声音传来。

随后,他放在桌子上的手机被拿走。

"不好意思啊,他不能加。"

女生打量着眼前这个精致成熟的女人,问:"你是谁?不是我们学校的吧?"她不由想起一些富婆包养小狼狗的八卦。

苏叙看着高高挑起眉毛的陆惜,漆黑的眼中浮现一层温柔的笑意,说:"她是我未婚妻。"

"什么?"女生看了看他们,红着脸跑了。

陆惜把手机还给苏叙,没好气地说:"难得来学校上课还要被小妹妹搭讪,苏皇的人气真高。"

苏叙一手拿起包,一手牵起她的手与她十指相扣走出教室,漫不经心地说:

"以后还要惜姐多多罩我。"

大二上学期的课苏叙都修过了,这学期只要补一些公共课,所以不是很忙,只是偶尔来学校,大部分时间都在Revenge的基地。

世界联赛结束后,他退出一线,成了Revenge的教练和替补第六人。

9月初的时候,联盟解除了对小谢、柔弟、回程和空空他们四人的禁赛,承认了Revenge这支战队。在这之后,许多赞助商主动找上门来想冠名这支冠军队伍。

Revenge逐渐步入正轨,成立了Revenge俱乐部,陆惜是俱乐部的老板。她招了一些工作人员,终于不用再身兼数职。

苏叙决定继续读书后,他原先的位置就需要有人接任。

大家一起找了很久,接触过比较成熟的职业选手,也接触过新人,终于在一个三线战队里发现了一个很有天赋的四号位新人,只有16岁。

把这个孩子挖过来之后,Revenge的新阵容成型。

新的赛季,还在继续。

追梦的步伐永远不曾停下。

图书在版编目（CIP）数据

C 位恋人 / 墨汀汀著 . —杭州：浙江文艺出版社，2020.1

ISBN 978-7-5339-5919-7

Ⅰ . ① C… Ⅱ . ①墨… Ⅲ . ①长篇小说—中国—当代 Ⅳ . ① I247.5

中国版本图书馆 CIP 数据核字 (2019) 第 255822 号

C WEI LIANREN
C 位恋人
墨汀汀　著

出版发行　浙江文艺出版社
地　　址　杭州市体育场路 347 号（邮编 310006）
网　　址　www.zjwycbs.cn

责任编辑　瞿昌林
责任印制　张丽敏
封面设计　果　丹
内文版式　谢　彬
封面插画　袁雅婧

印　　刷　三河市嘉科万达彩色印刷有限公司
经　　销　浙江省新华书店集团有限公司
开　　本　880 毫米 ×1230 毫米　1/32
字　　数　314 千字
印　　张　10
版　　次　2020 年 1 月第 1 版
印　　次　2020 年 1 月第 1 次印刷
书　　号　ISBN 978-7-5339-5919-7
定　　价　42.00 元

版权所有　违者必究
（如有印刷质量问题，请寄承印单位调换）